OETINGER TASCHENBUCH

Shane Hegarty wurde 1974 in Irland geboren. Er ist Vater von vier Kindern, arbeitete schon fürs Radio und Fernsehen und war nach eigener Aussage für kurze Zeit »der schlechteste Stand-up-Komiker der irischen Comedyszene«. Zuletzt war er als Journalist bei der *Irish Times* tätig, konzentriert sich aber nun voll aufs Schreiben. »Darkmouth« ist seine erste Kinderbuchreihe.

Shane Hegarty

darkmouth

Die dunkle Bedrohung

Deutsch von Birgit Salzmann
Mit Illustrationen von Moritz Schaaf

Oetinger Taschenbuch

Außerdem von Shane Hegarty bei Oetinger Taschenbuch erschienen:

Darkmouth – Der Legendenjäger (Bd. 1)
Darkmouth – Die andere Seite (Bd. 2)
Darkmouth – Die Legenden schlagen zurück (Bd. 3)

Du willst mehr über die Geschichte von Darkmouth erfahren? Dann hol dir die Kurzgeschichten »Broonie und der Tag vor Darkmouth« und »Darkmouth – Ein legendäres Winterfest« als E-Book.

MIX
Papier aus verantwortungsvollen Quellen
FSC www.fsc.org
FSC® C083411

1. Auflage 2018
Oetinger Taschenbuch in der Verlag Friedrich Oetinger GmbH,
Poppenbütteler Chaussee 53, 22397 Hamburg
Dezember 2018

Aus dem Englischen von Birgit Salzmann
Einband und Illustrationen von Moritz Schaaf
Druck: CPI books GmbH, Birkstraße 10, 25917 Leck, Deutschland
ISBN 978-3-8415-0570-5

www.oetinger-taschenbuch.de

Für Aisling und Laoise

Was bisher in Darkmouth geschah

(Wie es gewonnen wurde. Und wieder verloren.)

Sie hatten die Schlacht gewonnen, aber Darkmouth verloren.

Es hatte eine Invasion stattgefunden, ein Kampf, Tod, Sieg …, und als alles vorbei war, beschuldigte man Finn als Verräter.

Als sie diese schockierende Wende der Dinge langsam realisierten, schlug Finns Mutter vor, in ihrer ausweglosen Lage etwas zu tun, was sie noch nie getan hatten.

»Wir sollten einen Ausflug machen«, sagte sie.

Und schlimmer noch, sie wusste offensichtlich auch schon genau, wohin.

»Ins Smoofy-Land.«

Smoofy-Land war ein Freizeitpark, der seinen Namen einem bekannten Einhorn aus dem Fernsehen verdankte, das, so behauptete sie, Finn liebte. Den Legenden, die ihre Pläne ständig durchkreuzten, hatten sie es zu verdanken, dass sie noch nie dort gewesen waren, obwohl der Park nur siebzig Kilometer von Darkmouth entfernt lag.

»Smoofy-Land wird dir gefallen«, versicherte Clara ihrem Sohn.

»Wird es nicht«, antwortete der.

»Aber du liebst Smoofy«, sagte Clara.

»Tue ich nicht«, erwiderte Finn, dem allein schon der Gedanke widerstrebte.

»Na ja, früher hast du das jedenfalls«, antwortete sie.

»Als ich noch ein Baby war«, räumte er ein.

»Du hast eine Smoofy-Torte zu deinem neunten Geburtstag bekommen«, rief Clara ihm in Erinnerung.

»Du hast versprochen, das nie wieder zu erwähnen«, erwiderte Finn.

»Früher warst du immer ganz aus dem Häuschen, wenn der Titelsong von Smoofy, dem Zaubereinhorn, im Fernsehen kam«, sagte seine Mutter und stimmte ein Lied an.

»In einem bunten Glitzerland,
vor gar nicht allzu langer Zeit,
da war ein Einhorn sehr bekannt,
von dem sprach alles weit und breit.«

»Wenn du noch eine Zeile singst, dann …«, warnte Finn.

Clara sang noch fünf Zeilen.

Und dieses Einhorn, das ich meine, nennt sich Smoofy,
kleines Zaubereinhorn Smoofy.
Smoofy saust durch seine Welt,
zaubert, was ihm so gefällt.
Smoofy! Smoofy! Alle lieben Smoofy.«

Finn wollte den Smoofy-Titelsong nicht hören. Er wollte nicht ins Smoofy-Land. Er wollte überhaupt keinen Ausflug machen. Er wollte Darkmouth zurück. Für seine Familie. Für seinen Dad. Für sich.

Sie hatten die Stadt vor einer Invasion der Fomorianer unter Führung des grausamen Gantrua gerettet, der eine Häuser zertrümmernde Hydra mitgebracht hatte. Sie hatten eine Gruppe Halbjäger einschließlich Emmies Vater Steve vor dem Verräter Mr Glad gerettet, der sie zwischen den Welten gefangen hatte. Und das an Finns Geburtstag, an dem er eigentlich offiziell zum Legendenjäger werden sollte, was aber nicht passierte, weil ein Mann namens Lucien auftauchte, der ihnen Darkmouth wegnahm.

Als Gehilfe des Rates der Zwölf, der Versammlung der Legendenjägeroberhäupter, hatte er offensichtlich zu lange in einem kleinen Büro in einem schmalen Gang in einem großen Gebäude in Liechtenstein gesessen und wollte wohl, dass einmal wirklich etwas passierte. Es war ein Glücksfall für ihn, als plötzlich sämtliche Mitglieder des Rates der Zwölf auf einmal exsikkiert wurden.

Das ebnete ihm den Weg, Befehle zu erteilen und die Herrschaft über die zutiefst verstörten Halbjäger zu übernehmen, die die Invasion in Darkmouth überlebt hatten und nun nicht wussten, wem sie glauben sollten. Lucien machte ihnen klar, dass ein Junge, der sich mit Legenden eingelassen hatte, der Letzte war, dem man trauen konnte.

Estravon Eichensprung, der vorschriftenbesessene Gehilfe, der zuvor mit ihnen auf der Verseuchten Seite gewesen war, stimmte ihm zu.

Und das besiegelte Finns Schicksal.

Lucien nahm Broonie, den Hogboon, gefangen und ließ ihn wegbringen, um ihn exsikkieren zu lassen. Er beraubte Finn und seinen Vater Hugo ihres Rechtes, Darkmouth zu verteidigen, und zwang sie, zusammen mit Emmie und Steve in ein kleines Häuschen zu ziehen, das in den darauffolgenden Wochen Schauplatz von einigen Wutanfällen, jeder Menge Fassungslosigkeit und mehreren heftigen Wortwechseln darüber wurde, wer den letzten Keks gegessen hatte.

Und was passierte dann? Steve wurde nach Liechtenstein geschickt, um dort über die merkwürdigen Geschehnisse zu berichten.

Lucien dagegen blieb in Darkmouth, zusammen mit seinen treuen Gehilfen. Er behauptete, er wolle die Wahrheit darüber herausfinden, was passiert war. Obwohl nichts an ihm wahrhaft klang.

Finn und Emmie war klar, dass Steve nicht nur nach Liechtenstein geschickt wurde, um Informationen zu übermitteln, sondern auch, damit er aus dem Weg war. Noch klarer war ihnen die Tatsache, dass es eine Verschwörung gegeben hatte, damit die Gehilfen die Macht in Darkmouth übernehmen konnten. Diese Tatsache auch zu beweisen, war allerdings eine andere Sache.

Finn würde jedoch nicht ruhen. Er würde darum kämpfen, Darkmouth zurückzugewinnen.

Vorerst würde es also keinen Ausflug geben.

»Smoofy-Land wird dir wirklich gefallen«, beharrte seine Mutter weiter. »Weißt du, dass es in Metzelstadt liegt? Das ist ein alter Heimgesuchter Ort, in dem es früher von Legenden nur so wimmelte. Man weiß nie, was da vielleicht so passiert.«

»Ich werde mich langweilen und schämen. Das passiert«, sagte Finn.

»Im Smoofy-Land gibt es eine Achterbahn.« Seine Mutter lächelte. »Die glitzerndste Achterbahn, die je gebaut wurde.«

»Eben«, antwortete Finn.

TOP SECRET

⋆ VERÖFFENTLICHUNG VERBOTEN ⋆

Bericht von Tiger-Eins-Zwölf
Position: Nordafrika

Als wir eintrafen, stand die Sonne schon an ihrem höchsten Punkt, und die Hitze hätte jedem die Haut abgezogen, der so verrückt gewesen wäre, einen Spaziergang zu machen.

Sie brannte steile Sanddünen in eine Wüste, die sich achthundert Kilometer weit in jede Richtung erstreckte. Außer nach Süden, wohin sie sich zwölfhundert Kilometer weit erstreckte, zwischendurch nur kurz von brodelnd heißem Schlamm unterbrochen. Wahrlich kein Ort zum Leben, außer für die ganz Zähen.

Der Mann, den sie Warmaksan den Unerschütterlichen nannten, war so ungefähr der Zäheste von allen.

Auf dem Weg zu ihm hüpfte unser Geländewagen über die Dünen und rüttelte und schüttelte uns drei durch, die sich in seinem Inneren festklammerten. Unser Ziel war Warmaksans Dorf, das offensichtlich schon lange verlassen war und seine eingestürzten Steinhütten genauso ausgebleicht wie die Landschaft, die sie verschluckte. Den Namen des Dorfes konnte ich nicht aussprechen, aber übersetzt hieß er so etwas wie: *Tod und Verstümmelung sind die Wahrzeichen dieses Ortes.*

Der Fahrer fragte meinen Übersetzer etwas.

»Sind Sie sicher, dass dies die richtige Adresse ist, Verehrteste?«

Ich nickte, und das Fahrzeug kam, Sand und Fliegen aufwirbelnd, am Rande einer zerfallenen Siedlung zum Stehen. Der Übersetzer und ich stiegen erschöpft aus und rüsteten uns für die brütende Hitze. Er wartete kurz, während ich die Krempe meines Hutes gerade zog, um dann auf die einzige Hütte mit noch vollständig erhaltenem Dach zuzuschreiten.

Ich trat ins relativ kühle Innere und brauchte einen Augenblick, um mich an das Halbdunkel zu gewöhnen. Kurz darauf sah ich ein Paar dunkle Augen im schummrigen Licht glänzen, das durch das hohe Fenster fiel. Der Mann, dem diese Augen gehörten, blieb tief in einem alten Sessel versunken sitzen. Das war Warmaksan der Unerschütterliche.

Er war der letzte Legendenjäger des Dorfes und lebte schon viele Jahrzehnte an diesem Ort. Alle anderen waren schon lange fort, seine Pflicht aber bestand darin, auf seinem Posten zu bleiben, falls je der Tag kommen sollte, an dem er gebraucht würde.

Dieser Tag war gekommen.

Sein Blick sagte mir, dass er sich sehr fürchtete. »Frag ihn, was hier passiert ist«, bat ich den Übersetzer.

Die beiden begannen eine Unterhaltung in einer Sprache, die ich nicht verstand.

»Er sagt, die Lichter sind gekommen«, sagte der Übersetzer. »Vom Himmel. Und dass der Boden anfing zu weinen, als sie wieder weg waren.«

Warmaksan sprach weiter, lauter, schneller, bis es ein wildes Gebrabbel wurde.

»Was hat er?«, fragte ich den Übersetzer ungeduldig.

Der hob die Hand zum Zeichen, dass er mehr Zeit bräuchte, und geriet in eine lebhafte Diskussion mit Warmaksan. Als sie beendet war, überlegte er genau, was er mir sagen sollte.

»Er sagt, die Toten seien auferstanden, Verehrteste.«

Das verwunderte mich nicht. Womöglich erweckte ich sogar den Eindruck, als hatte ich diese Antwort erwartet. »Frag ihn, wie viele von ihnen auferstanden sind.«

Der Übersetzer hob ungläubig die Brauen, wiederholte die Frage jedoch trotzdem.

Als Warmaksan nun merkte, dass ich ihn offenbar ernst nahm, antwortete er ruhiger.

»Alle«, antwortete er dem Übersetzer.

Dann deutete er auf die Tür im hinteren Teil der Hütte.

Wir folgten ihm, traten hinaus in den glühend heißen Wüstentag und liefen durch die zerfallenen Überreste dessen, was einst ein Heimgesuchter Ort war, der sich schon lange von seinem einzigen Gewerbe verabschiedet hatte – nämlich

Legenden zu töten. Nachdem das vorbei war, waren seine Einwohner entweder weggezogen oder gestorben. Nur Warmaksan blieb übrig. Als Wache. Beobachter. Nur er und die begrabenen Toten.

Die Toten, die nun nicht länger begraben waren.

Am östlichen Ende des Dorfes befand sich ein runder Platz mit Steinplatten an den Stellen, wo man viele Jahrzehnte zuvor die Toten beerdigt hatte. Aber dort, wo unberührter Boden hätte sein sollen, schimmerte ein Teppich aus Knochen in der hellen Sonne.

Schädel.

Rippen.

Oberschenkelknochen.

Becken.

Einzelne Ansammlungen alter, kahler Gebeine, von denen jeweils eine zu einem Menschen gehörte. Insgesamt lagen da vielleicht vierzig solcher Haufen, und es schien, als hätten sie sich direkt aus der Erde an die Oberfläche geschoben.

Der Übersetzer wich vor diesem grausigen Anblick einen Schritt zurück. Kein Wunder. Ich habe ja schon so einiges gesehen – besorgniserregend viel davon in letzter Zeit –, aber etwas so Sonderbares hatte selbst ich nicht erwartet. Oder gewollt.

Warmaksan der Unerschütterliche schlurfte neben mich und sagte etwas. Ich blickte zum Übersetzer.

»Er sagt, das ist noch nicht das Merkwürdigste«, erklärte der Übersetzer.

Warmaksan führte uns zu einem kleinen Steinhaufen inmitten einiger Sandverwehungen. Zwischen den Steinen stach etwas knallrot und unnatürlich aus dem ausgebleichten Einerlei der Wüste hervor. Ich zog es heraus, schüttelte den Sand ab und hielt es in die Höhe.

»Ein Rucksack?«, fragte der Übersetzer.

»Ein Schulrucksack«, bestätigte ich.

»Was steht denn da drauf?«

Ich drehte den Rucksack um und entzifferte das aus drei Teilen bestehende Gekrakel.

Emmie stinkt, stand in der ersten Zeile.

Stimmt nicht, hieß es in der zweiten.

Und ganz unten auf dem Rucksack war in ordentlichen Druckbuchstaben Folgendes zu lesen: *BEI AUFFINDEN BITTE AN FINN ZURÜCKSCHICKEN.*

Ich schlug nach einer Fliege in meinem Nacken und erwachte aus meiner Trance. Auf der Stelle musste ich zurück in den Schatten, bevor ich anfing, in der Sonne zu verschmoren. Ich gab dem Fahrer ein Zeichen, mir unser Satellitentelefon zu reichen, und zog mich in die Hütte zurück. Mit einem Ruck zog ich die Antenne heraus und wählte eine Nummer. Nach dreimaligem Klingeln, das so entfernt klang, als käme es von einem anderen Planeten, hob jemand ab.

»Blubberschrubb Autowäsche«, trällerte eine Stimme. »Wie kann ich Ihnen helfen?«

»Echse-Drei-Sieben«, sagte ich. »Hier spricht Tiger-Eins-Zwölf. Wie ist der Status von Hässliches Entlein?«

Die Verbindung brach kurz ab, rauschte, knisterte und war plötzlich wieder da.
»Verstanden, Tiger-Eins-Zwölf. Hässliches Entlein befindet sich im Umkreis eines halben Kilometers von seinem Zuhause und isst gerade einen Schokoriegel.« Kurze Pause. »Korrigiere, Tiger-Eins-Zwölf, es ist ein Keksriegel. Wiederhole: Hässliches Entlein isst gerade einen Keksriegel.«
Ich legte auf, bedankte mich bei Warmaksan und ging, den Rucksack in der Hand, zurück zum Geländewagen. Ich brauchte Wasser. Nicht nur wegen der Hitze, sondern auch wegen der Kopfschmerzen, die mir diese Entdeckung bereitete.
Ich blickte zum Horizont, der durch riesige Wanderdünen begrenzt war, und dachte an die Menschen, die irgendwo dahinter durch eine kleine Stadt in einem entfernten Land spazierten.
Ich wusste, dass Tausende von Kilometern weit weg der Junge Finn gerade durch ein Heimgesuchtes Städtchen an der Ostküste Irlands lief und einen Keksriegel aß.
Und ich wusste, dass etwas Großes auf ihn zukam.

1 ERSTES KAPITEL

»Hallo«, sagte Finn, als er an einem Mann vorbeiging, der gerade ein Auto wusch.

»Hallo«, antwortete der Mann von der *Blubberschrubb Autowäsche.*

Wäre Finn stehen geblieben, um einen Moment darüber nachzudenken, wäre ihm vielleicht aufgefallen, dass der Mann immer wieder dieselbe Stelle an dem Auto wusch. Und dass er es, abgesehen davon, nicht besonders gut wusch, sondern bloß flüchtig über eine Windschutzscheibe wischte, die sowieso schon ausreichend glänzte.

Aber Finn war abgelenkt. Erstens, weil ihm ein Klumpen Keksriegel zwischen den Zähnen

hing, der es erforderte, mit dem Finger entfernt zu werden. Zweitens, weil er gerade zwei Personen durch die unzähligen Gassen von Darkmouth verfolgte und versuchte, dabei nicht gesehen zu werden. Oder gehört.

Er hatte eine Baseballkappe tief ins Gesicht gezogen und wählte, nachdem er etwas auf Abstand gegangen war, eine Nummer auf seinem Handy. Es wurde prompt abgehoben.

»Sie reden über Torte, glaube ich«, flüsterte er in den Apparat.

»Torte?«, war Emmies Stimme laut zu hören.

»Torte«, bestätigte Finn.

Vor ihm bewegten sich zwei Gehilfen entschlossenen Schrittes auf ein unbekanntes Ziel zu. Sie trugen das graueste aller Graus, als hätte es jemand extra erfunden, um der langweiligste aller Farbtöne überhaupt zu sein. Zurzeit gab es eindeutig zu viele dieser monotonen Anzüge und der Gehilfen, die sie trugen, in Darkmouth. Diese beiden kannte Finn schon langsam. Sie hieß Scarlett. Er hieß Greyson. Finn hatte sich vorgenommen, herauszufinden, was sie im Schilde führten.

Scarlett und Greyson blieben stehen.

Finn verschwand schnell hinter einer Mülltonne, presste sich eng an die Hauswand und horchte.

»Warum hat es nicht funktioniert?«, fragte Greyson. »Es hätte funktionieren müssen.«

»Wir dürfen das nicht in der Öffentlichkeit besprechen«, antwortete Scarlett.

»Wir haben doch die Brause daruntergemischt«, erwiderte Greyson und tippte sich an den Kopf, als würde die Antwort da herausfallen. »Wir haben Schokolade dazugegeben. Sogar mit Vanillepudding haben wir experimentiert.«

»Bitte, wir dürfen das nicht ...«

»Und wer verschwendet schon gern Vanillepudding.«

»Sei still«, befahl Scarlett und blickte sich um, um festzustellen, ob jemand zuhörte.

Finn, der in unmittelbarer Nähe hinter der Mülltonne hockte, wagte aus Angst, entdeckt zu werden, kaum, Luft zu holen. Er presste fest die Lippen zusammen, um bloß kein Geräusch zu machen.

»Wir müssen vorsichtig sein«, sagte Scarlett. »Die Wände haben Ohren.«

Greyson fuhr mit der Hand an der Wand entlang.

»Ich meine doch nicht *wirklich*«, schnaubte Scarlett. »Komm schon, lass uns gehen.«

»Wenn es heute an der Klippe nicht klappt, dann versuchen wir bunte Zuckerstreusel.«

»Was habe ich gerade gesagt?«, fragte Scarlett entnervt.

Sie setzten ihren Weg fort. Und hinter der Mülltonne, in einen höllisch engen Spalt zwischen die Häuser gepresst, begann Finn, langsam wieder zu atmen. Er war überaus erleichtert, dass sie Emmie nicht gehört hatten, die am anderen Ende der Telefonleitung dauernd »Was geht da eigentlichvor sich?« fragte.

»Ich weiß es nicht«, antwortete Finn, was auch stimmte. Alles, was er wusste, war, *dass* etwas vor sich ging. Dass schon eine ganze Weile etwas vor sich ging. Etwas Seltsames. Er hatte mehrfach Gehilfen beobachtet, die sich verdächtig in und um die Stadt herum bewegten. Vor allem diese beiden.

»Sie gehen Richtung Klippen. Komm dahin«, sagte er und legte auf.

Er nutzte seinen Heimvorteil und huschte durch die kleinen Gässchen, die kreuz und quer durch Darkmouth verliefen. Wenn er in die Scraper's Lane einbog, konnte er eine Abkürzung zur Red Alley nehmen. Und wenn er durch die Lücke zwischen zwei Häusern in der Red Alley schlüpfen würde, käme er in die Stump Street, von wo aus er wiederum schnell am Limpers Rock wäre.

Noch vor den Gehilfen erreichte er die Beach Road, gleichzeitig mit Emmie, die aus einer der anderen schmalen Gassen trat.

»Hey«, begrüßte sie ihn. »Was, glaubst du, haben die Gehilfen vor? Und warum trägst du eine Baseballkappe, auf der ›Aber hallo, Alter!‹ steht?«

Statt einer Antwort packte Finn sie am Ellbogen und drehte sie zu sich um, sodass sie mit dem Gesicht zu einem Schaufenster standen.

Scarlett und Greyson näherten sich.

Finn zog sich die Baseballkappe tiefer ins Gesicht und hoffte, die beiden hätten ihn und Emmie nicht bemerkt, genauso wie die Tatsache, dass sie ein Schaufenster betrachteten, dass bis auf eine paar tote Fliegen und eine dicke Staubschicht lange schon leer war.

»Sie führen was im Schilde«, sagte Finn, nachdem die Gehilfen vorbeigegangen waren. »Und zwar schon eine ganze Weile. Wir müssen herausfinden, was.«

Emmie starrte noch immer auf seine Kopfbedeckung.

»Und die beste Tarnung, die ich auf die Schnelle beschaffen konnte, war diese dämliche Baseballkappe, kapiert?«

»Du hättest dir einen Bart wachsen lassen sollen oder so.« Emmie grinste.

»Das ist nicht witzig«, antwortete Finn. »Was immer sie vorhaben, wir müssen rausfinden, was es ist, damit wir unser altes Leben zurückbekommen. Oder gefällt es dir etwa, das Klo jeden Morgen mit einer Horde von Leuten zu teilen?«

»Da ist was dran«, antwortete sie. »Komm.«

Die Gehilfen kletterten den Pfad zu den Überresten der Klippe von Darkmouth hinauf, einem zusammengesackten Haufen Steine und Erde, auf dem Gras wuchs und in gefährlicher Schräglage Bäume hingen. Sie war eingestürzt, als Finns Großvater Niall Schwarzzunge von der Verseuchten Seite zurückgekehrt und in einer darunterliegenden Höhle explodiert war, um eine Armee einfallender Legenden zu vernichten. Finn hatte sich damals im Verlauf der vorangegangenen Unternehmung ebenfalls in eine wandelnde Bombe verwandelt, aber trotz einiger explosiver Momente in den Monaten nach Gantruas Invasion hatte er mittlerweile das Gefühl, dass diese seltsame Energie verschwunden und er langsam zu so etwas wie seinem Normalzustand zurückgekehrt war. Die Klippe jedoch würde nie wieder dieselbe sein.

Finn und Emmie nahmen eine weitere Abkürzung, rannten

über die steinige Küste, liefen dann vorsichtig auf dem schmalen Kiesstreifen zwischen Erdreich und Meer entlang und kraxelten gerade den steilen, mit Unkraut überwucherten Pfad hinauf, als die Gehilfen von der anderen Seite kamen. Der Wind trug ihre Flüche zu ihnen herüber, als sich Dornsträucher in ihren Anzughosen verfingen, während sie über den Untergrund stolperten, der in einer einzigen fürchterlichen, beinah verhängnisvollen Implosion zusammengestürzt war.

Die Höhle.

Deshalb sind sie hier, dachte Finn. Danach haben sie gesucht. *Die Höhle am Anfang der Welt*, wie man sie einst nannte. Ein Ort, an dem Kristalle wuchsen, an dem sich Tore zur Verseuchten Seite öffneten und wieder schlossen.

Aber die war doch zerstört worden, pulverisiert durch den explodierenden Niall Schwarzzunge. Oder?

Die Gehilfen blieben stehen und blickten sich um, und Finn und Emmie duckten sich schnell hinter einen halb entwurzelten Baum, dessen Zweige noch voller Laub waren, auf einer Seite aber fast den Boden berührten. Als würde der Baum jeden Moment ganz umkippen. Sie manövrierten sich vorsichtig seitwärts, sodass sie sich hinter dem Geflecht aus Wurzeln befanden, das ungewollt ins Sonnenlicht gedrängt worden war, und spähten hindurch. Die Gehilfen waren verschwunden.

»Wo sind sie hin?«, fragte Finn und reckte sich, um besser sehen zu können.

»Nirgends mehr zu sehen«, sagte Emmie.

Sie krochen vorsichtig wieder ins Freie, nahmen an, die Köpfe der Gehilfen hinter dem Klippenkamm zu entdecken. Aber da war keine Spur von ihnen. Sie liefen um ein paar windschiefe Bäume herum in die Richtung, wo sie die beiden zuletzt gesehen hatten, und Finn bemerkte eine Stelle am Boden, wo die Grasnarbe irgendwie verrutscht aussah. Wie eine schiefe Perücke auf einem Glatzkopf.

Als er vorsichtig daran zog, gaben Gras und Erde nach. Zum Vorschein kam ein Loch, das groß genug war, damit ein Erwachsener ziemlich bequem hindurchpasste.

»Ist das etwa eine Strickleiter da drin?«, fragte Emmie.

Finn kannte jeden Zentimeter in Darkmouth – über der Erde und, seit einiger Zeit, auch die Tunnel und Höhlen darunter. »Das war vorher nicht hier«, stellte er fest.

In den umgestürzten Bäumen hinter ihnen zwitscherten lautstark die Vögel. Etwas Klebriges landete in Finns Nacken, und er wischte es weg, während er versuchte, sich auf die Stimmen zu konzentrieren, die aus dem Loch zu ihnen heraufdrangen.

»Das hat nicht funktioniert«, hörten sie Greyson sagen, und Emmie wich instinktiv einen Schritt zurück, wobei sie mit dem Fuß einige Stückchen Fels und Erde löste, die eine Minilawine bildeten und den Abhang hinunterkullerten.

»Wir versuchen es noch einmal«, hörten sie Scarlett tief unter sich antworten.

Finn wurde etwas mutiger und beugte sich über das Loch, um besser horchen zu können.

»Sollen wir es so herum oder andersherum halten?«, fragte Greyson.

»So herum haben wir es letztes Mal gehalten«, antwortete Scarlett, »also sollten wir es dieses Mal wohl andersherum halten und sehen, was passiert.«
Finn und Emmie sahen sich stirnrunzelnd an.
Dann wurde es still. Nur das Geräusch des Windes und der Vögel und der Steinchen, die sich unter ihren Füßen lösten, war noch zu hören. Finn fragte sich schon, ob die Gehilfen die Höhle wohl verlassen und einen anderen Ausgang benutzt hatten?
Da leuchtete plötzlich ein Funke im Dunkeln auf, ein kurzer Lichtblitz, nicht länger als eine Millisekunde.
»Was war das?«, fragte Finn.
Da, schon wieder.
Und wieder.
»Noch mal?«, hörte er Greyson fragen.
»Noch mal«, antwortete Scarlett.
Es folgte erneut ein kurzer Lichtblitz.
Finn stützte sich mit der Hand an den Baumstamm neben sich ab, um die Balance zu halten, während er sich weiter über die Öffnung beugte. Da merkte er, dass die Rinde ganz klebrig war. Und ihm fiel auf, dass sämtliche Vögel in den Bäumen auf der eingestürzten Klippe einen Höllenlärm machten.
Er versuchte, den trocknenden Pflanzensaft von seiner Hand zu knibbeln, und überlegte, was sie als Nächstes tun sollten. »Was denkst du, Emmie?«
»Ich denke, dass mit dem kleinen Vogel da über deinem Kopf etwas nicht stimmt.«

Finn blickte nach oben. Ein winziger Sperling hing kopfüber an einem Blatt, pickte verzweifelt an dem dazugehörigen Zweig und flatterte panisch mit den Flügeln, schaffte es aber nicht, sich zu befreien.
Finn griff nach dem Zweig und merkte, dass der klebrige Saft, der den Sperling festhielt, überall aus dem Baum trat. So sachte wie möglich befreite er den kleinen Vogel, der sich nicht wehrte, so sehr verdrängte die Erschöpfung seine Angst. Finn spürte sein winziges Herz rasen und hielt ihn vorsichtig Emmie hin. Die nahm eine Flasche aus ihrer Tasche und tropfte dem Sperling behutsam etwas Wasser auf Rücken und Flügel und rieb, so sanft sie konnte, darüber, bis der klebrige Saft sich langsam löste und der Vogel mit einem Schütteln wieder die Flügel bewegen konnte.
Finn ließ ihn noch eine Weile auf seiner ausgestreckten Hand sitzen und Kraft schöpfen. Schließlich breitete er die Flügel aus und flog davon, zuerst tief über die Grasfläche, dann stieg er immer höher empor und verschwand über die Klippe in Richtung Stadt. Sie blickten ihm nach, und Finn freute sich, dass sie ihn befreit und vor dem sicheren Tod gerettet hatten.
Bis er merkte, dass in jedem der Bäume in ihrer Sichtweite Vögel zappelten, kämpften, vergeblich versuchten, sich selbst von dem klebrigen Saft zu befreien, der aus Blättern und Rinde sickerte. Er stupste Emmie an und zeigte es ihr.
»Das ist merkwürdig«, sagte sie. »Die armen Vögel.«
»Habt ihr uns etwa nachspioniert?«, fragte da Scarlett, deren Kopf plötzlich aus dem Loch im Erdboden auftauchte.

»Das haben sie«, sagte Estravon, der in dem Augenblick hinter ihnen erschien, flankiert von zwei stämmigen Gehilfen, die ihre Anzüge prall ausfüllten und deren dicke Hälse über die Kragen quollen. »Und ich musste ein gutes Paar Schuhe ruinieren, während ich ihnen nachspioniert habe. Folgt mir, ihr zwei. Lucien wird nicht erfreut sein.«

2 Zweites Kapitel

Lucien war von seinen Kindern genervt. Lucien war immer von seinen Kindern genervt.

»Leg den Schädel wieder hin, Elektra«, forderte er seine Tochter auf, einen achtjährigen Wirbelwind mit scheinbar unerschöpflicher Energie. Sie hatte ein Auge für Ärger. Und ein zweites für Chaos. Im Moment torkelte sie gerade kichernd mit einem zweihundert Jahre alten Minotaurenschädel auf den schmalen Schultern durch die runde Bibliothek in Finns Haus, während ihr sechsjähriger Bruder Tiberius mit einem großen Speer nach ihr schlug.

Finn und Emmie beobachteten sie vom Langen Korridor aus, wo sie mit Lucien direkt vor der kahlen Stelle standen, wo eigentlich Finns Porträt an der Wand hängen sollte. Gleich daneben befand sich ein Rechteck, an dem das Porträt seines Vaters hängen sollte, und daneben das dunkle Karree, von dem aus einst sein Großvater Niall Schwarzzunge geblickt hatte. Auch er war verschwunden, galt er doch als der erste faule Apfel dessen, was Lucien eine verdorbene Ernte nannte.

»Leg sofort den Speer weg, Tiberius«, wies Lucien seinen Sohn an. Woraufhin der ihn auf den Minotaurenschädel auf dem Kopf seiner Schwester schwang und sie rückwärts in ein Regal mit exsikkierten Legenden stolperte.

Lucien schritt zu der Tür, die zur Bibliothek führte, packte sie wütend, wollte etwas sagen, entschied sich jedoch anders und knallte sie genau in dem Moment zu, als Elektra der Länge nach hinfiel und Tiberius ihr auf den Bauch sprang.

»Irgendwann werden sie müde«, sagte er.

Auf der anderen Seite der Tür hörten sie das Aufprallen eines Speeres auf einem ausgestopften Minotaurenschädel, gefolgt von einem gedämpften Aufschrei.

Lucien atmete tief und lange durch und wandte seine Aufmerksamkeit den beiden anderen problematischen Heranwachsenden in seinem Leben zu.

»Ihr wisst ja sicher, dass der Besuch des Verfassers von *Die berühmtesten Legendenjäger von der Antike bis heute* bald ansteht?«

Die berühmtesten Legendenjäger von der Antike bis heute war das bedeutendste, bekannteste und dickste Handbuch überhaupt. Seine Herausgeber hatten darauf gewartet, dass Finn offiziell zum Legendenjäger wurde, um dann eine neue Ausgabe zu drucken.

Dummerweise enthielt *Die berühmtesten Legendenjäger* auch ein Kapitel über Verräter.

»Sie wollen einen Eintrag über dich schreiben, obwohl du noch gar kein richtiger Legendenjäger bist«, fuhr Lucien kalt lächelnd fort. »So neugierig sind die Leute auf deine Geschichte. Alle wollen sie lesen. Allerdings munkelt man, dass noch nicht entschieden ist, ob du bei den Helden im vorderen Teil des Werkes oder bei den Verrätern ganz hinten stehst.«
Er strich sich mit der Hand über sein schütteres Haar. »Da frage ich mich doch, warum du als jemand, der kurz davor ist, das Vermächtnis seiner Familie zu zerstören, so zufrieden aussiehst, junger Mann.«
Mit diesen Worten setzte sich Lucien in Bewegung, sodass Finn und Emmie gezwungen waren, den Gang entlang neben ihm herzulaufen.
»Wie oft soll ich euch noch sagen, dass ihr euch aus den Angelegenheiten in Darkmouth raushalten sollt?«
»Keine Ahnung«, antwortete Finn, so dreist er nur konnte. »Wie oft war es denn bis jetzt, Emmie?«
»Ziemlich oft«, antwortete sie.
Lucien blieb stehen, und obwohl er weder groß noch stattlich war, strahlte er etwas dermaßen Bedrohliches aus, dass Finn ganz anders wurde. Er bekam eine Gänsehaut und hoffte, dass niemand es merkte.
»Du bist ziemlich vorlaut zurzeit«, stellte Lucien fest, und sein Atem war genauso übel wie seine Laune. »Das war nicht immer so. Sagen mir zumindest frühere Berichte. Und alles, was Estravon mir so erzählt.«
»Das war, bevor du uns aus unserem Zuhause geworfen hast.«

Es schmerzte Finn, dass er in seinem eigenen Haus nur *zu Besuch* war. Er vermisste jeden Winkel, und jetzt, wo er kaum noch hier sein durfte, empfand er alles noch viel intensiver. Den unverwechselbaren Muff des Korridors, der nach Messing und Holz und abblätternden Ölbildern roch. Den essigähnlichen Geruch der Exsikkatorflüssigkeit, die über die Jahre in die Wände gesickert war.

Fast überall hatten sich Luciens Sprösslinge mit ihren Spielsachen, Klamotten und ihrem Gestank breitgemacht. Finn wurde schon übel, wenn er nur daran dachte. Im Moment musste er sich aber hauptsächlich auf eins konzentrieren. Und zwar, möglichst widerborstig zu Lucien zu sein.

»Ich war ziemlich nachsichtig mit deiner Familie, angesichts dessen, was ihr getan habt«, erklärte der mit einer geringschätzigen Handbewegung und ging wieder weiter.

»Dir verdanken wir es, dass wir alles verloren haben«, erwiderte Finn.

»Ich habe euch erlaubt, zu Hause in Darkmouth zu bleiben.«

»Das andere Haus ist *nicht* mein Zuhause«, sagte Finn, unfähig, die Geduld zu bewahren, und stellte sich Lucien in den Weg.

Hinter der Tür zur Bibliothek gab es einen dumpfen Schlag, gefolgt von einem Geheul, als entweder Elektra oder Tiberius einen unvermeidlichen Unfall unter Beteiligung eines Minotaurenkopfes erlitt.

Lucien zuckte nicht mal mit der Wimper. »Ich habe euch erlaubt, in Darkmouth zu bleiben, während wir untersuchen, was genau wie genau passiert ist und – vor allem – *wer* genau darin verwickelt war. Ich hätte dich und deine Eltern auch ins Hauptquartier nach Liechtenstein schicken und einsperren lassen können. Oder noch weit schlimmer.«

»So wie du Steve weggeschickt hast«, antwortete Finn.

Worauf Emmies Miene erstarrte.

»Als einer, der zwischen den Welten gefangen war, hilft er uns, die Bedrohung zu verstehen, der wir alle gegenüberstehen. Das ist alles«, sagte Lucien.

»Oder du schaffst dir ein Problem mehr hier in Darkmouth vom Hals.«

»Wir hätten noch weitaus drastischere Maßnahmen ergreifen können. Der Strafenkatalog für Legendenjäger erlaubt deutlich mehr.« Lucien hielt kurz inne. »Estravon?«, rief er dann.

Estravon streckte den Kopf aus dem kleinen Trainingsraum am Ende des Korridors. »Jan der Unausstehliche musste als Strafe für seine Feigheit bei der Schlacht des Kleinen Todes 1867 vierzig faule Eier in unter drei Minuten essen«, verkündete er und verschwand wieder in dem Raum, um zu beenden, was immer er da gerade machte.

»Irgendetwas geht hier vor«, sagte Finn. »Du hast die Halbjäger nach Hause geschickt. Du hast Steve nach Liechtenstein geschickt. Es sieht beinah so aus, als wolltest du sie alle aus dem Weg haben.«

»Das ist clever. Genau die prompte Schlussfolgerung, zu der ich käme, wenn ich, sagen wir mal, ein Verräter wäre, der für die Legenden arbeitet«, antwortete Lucien und blieb am Ende des Gangs vor dem ersten und ältesten Porträt eines Vorfahren Finns stehen. Das Gemälde war schon so in die Jahre gekommen, dass es im Prinzip nur noch ein Viereck aus braunen Klecksen war. Eine verblasste Tafel daneben verkündete, dass es sich um den lange verstorbenen Legendenjäger Aodh den Ansehnlichen handelte.

»Ihr macht irgendetwas in der Höhle«, sagte Emmie.

»Diese Höhle ist ein Ort, an dem unglaublich wichtige und gefährliche Kristalle wachsen«, erklärte Lucien. »Der einzige solche Ort auf der Welt überhaupt. Diese Kristalle sind in der Lage, Tore zur Verseuchten Seite zu öffnen. Natürlich tun wir etwas. Wir untersuchen dieses merkwürdige Phänomen.«

Finn fühlte sich in die Enge getrieben, geschlagen von Luciens Logik.

»Jetzt wirkst du ein bisschen verärgert«, sagte Lucien. »Sei vorsichtig. Ich weiß, dass du schon eine ganze Weile nicht mehr explodiert bist, aber ich habe diese Tür gerade neu streichen lassen, und ich will nicht, dass du sie ruinierst.«

»Ihr dürft damit nicht weitermachen«, sagte Finn.

»Das ist meine letzte Warnung«, erwiderte Lucien. »Wenn du das nächste Mal den Eindruck erweckst, als würdest du für die Legenden spionieren, musst du mit deiner Familie verschwinden. Du. Deine Mutter. Dein Vater. Weg vom Fenster. Darkmouth futsch. Zuhause futsch.«

»Du bluffst doch nur«, sagte Finn.

»Emmie ist dann auch weg. Und es wird alles deine Schuld sein.« Lucien sah Emmie an. »Ist wohl unnötig zu fragen, wie sehr du dich darüber ärgern würdest.«

Finn schwieg.
Lucien sah ihn eindringlich an und schob sich die Brille auf der Nase nach oben. »Es muss nicht so kommen. Denk darüber nach. Denk über deine Zukunft nach.«
Damit entließ er Finn und Emmie hinaus und schloss lässig die Haustür hinter ihnen.
Sie liefen in stillem Zorn ein Stück die Straße entlang, bis sie an die Ecke kamen, wo es zu dem Haus ging, in dem sie jetzt gemeinsam wohnten.
»Um die Höhle kümmern wir uns später«, sagte Finn. »Jetzt wissen wir ja, wie wir reinkommen. Die führen garantiert noch was anderes im Schilde.«
»Du hast ihn doch gehört, oder?«, antwortete Emmie widerwillig, aber freundlich. »Wir laufen Gefahr, noch mehr Ärger zu kriegen, als wir sowieso schon haben.«
»Ich erinnere mich noch an die Zeit, als du mich immer zu etwas gedrängt hast«, sagte Finn.
»Und ich erinnere mich noch an die Zeit, als du der Vernünftige von uns warst«, erwiderte sie, aber Finn trabte schon los.
»Wo willst du hin?«, rief Emmie ihm nach.
»Zu Dad auf die Arbeit«, rief Finn über die Schulter zurück. »Er wird wissen, was zu tun ist.«
So kam es, dass Finn fünf Minuten später in einem Laden namens *Pico Bello* stand und einem ziemlich grummeligen Hugo dabei zusah, wie er einen Labradoodle badete.

3 DRITTES KAPITEL

Der blitzsaubere Labradoodle ließ, klitschnasse dunkle Locken vor den Augen, die Zunge heraushängen, während Hugo – offiziell noch immer der letzte und berühmteste Legendenjäger der Welt – ihm fluchend einen Kamm durch das triefende Fell zog.

»Der Vormittag heute war eine ziemliche Katastrophe«, sagte Finn.

»Dämlicher Zottelköter«, knurrte Hugo, als sich der Kamm in den Hundelocken verfing. »Ich verstehe nicht, wieso die Leute ihre Hunde nicht einfach kahl scheren lassen.«

»Irgendetwas ist im Gange«, fuhr Finn fort und zuckte zusammen, als er sah, wie sein Vater sich abmühte. »Und bloß weil ich versucht habe rauszu-

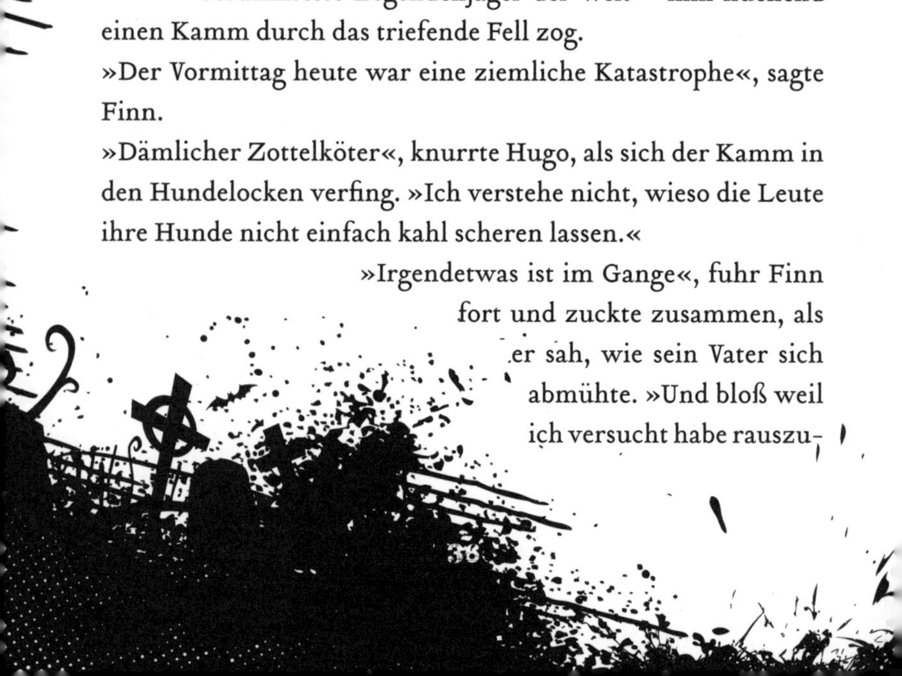

finden, was es ist, hat Lucien gedroht, uns alle aus Darkmouth zu jagen.«

»Du hast keine Vorstellung, wie lange es gedauert hat, diese Pfoten sauber zu kriegen«, jammerte Hugo, ohne seine Tätigkeit zu unterbrechen. »Er muss auf dem Weg hierher durch flüssigen Teer gelaufen sein oder so. Ich musste eine Zahnbürste nehmen, um in die Zwischenräume zu kommen.«

Er zerrte wieder am Fell des Hundes. Der Labradoodle jaulte.

»Bürste ihn lieber vor dem Baden«, sagte Finn.

Hugo hielt inne, während der Kamm sich endgültig im frisch shampoonierten Fell des Hundes verhakt hatte, und blickte seinen Sohn auf eine Art streng an, die ausdrückte, dass er zwar keinen Rat von ihm wollte, ihn aber wohl oder übel annehmen musste.

»Hunde bürstet man besser, bevor man sie wäscht«, wiederholte Finn. »Dann lassen sie sich hinterher leichter kämmen.«

In einem früheren Leben wollte Finn einmal Tierarzt statt Legendenjäger werden. Eigentlich hatte er diesen Traum auch noch nicht aufgegeben, er hatte bloß seit einiger Zeit keine Wahl mehr.

Schweigend schien Hugo den Rat seines Sohnes zu akzeptieren und begann, den Kamm aus dem Fell des Hundes zu entwirren, so als hätte er jetzt genug gemeckert und den nötigen Dampf abgelassen.

Hinter ihm lief sein Chef Mr Green vorbei. »Der Labradoodle müsste schon längst auf Hochglanz und aus dem Laden sein, Hugo. Du hast vor der Frühstückspause noch zwei Katzen zu stylen und ein Meerschweinchen zu frisieren«, sagte er, ohne Hugo überhaupt eines Blickes zu würdigen.

Was diesen zurück in seinen Grummelzustand versetzte, weshalb er zu fest an dem Kamm zog und damit den Hund wieder zum Jaulen brachte.

»Und das nächste Mal bürstest du den Hund, bevor du ihn badest«, fügte Mr Green noch hinzu und verschwand in den vorderen Teil des Geschäfts.

»Ich war mit diesem aufgeblasenen Trottel zusammen in der Schule«, murmelte Hugo so leise, dass nur Finn es hören konnte. »Er hat mich noch nie leiden können. Und jetzt genießt er jede Sekunde. Wenn ich die Sache hier erledigt habe, verpasse ich als Erstes *ihm* eine Wäsche, und zwar so gründlich, dass er auf die Größe dieses Hundes schrumpft.«

Er sah Finn an.

»Wir hätten dich heute Morgen da draußen brauchen können«, sagte der. »Wir könnten dich jedes Mal da draußen brauchen, wenn das passiert.«

»Das *weiß* ich«, zischte sein Vater. »Ich wäre auch lieber dort und nicht hier, bis zu den Ellbogen in Hundeflöhen. Aber ohne Zugang zu unserem Haus ist das die einzige Möglichkeit, genug chemische Zutaten zusammenzubekommen, um unsere eigene Exsikkatorflüssigkeit herzustellen. Und ohne die müssen wir die nächste Invasion – die garantiert kommt – mit nichts als Meerschweinchenhaarspangen abwehren. Oder mit unseren bloßen Händen. Ich wünschte bloß, die richtigen Zutaten wären, ich weiß nicht, in einer Eisdiele oder einem

Burgerladen oder sonst wo zu finden. Nicht hier, bei diesen Pudeldoo…«

»Labradoodles«, korrigierte ihn Finn.

»Wie auch immer«, erwiderte Hugo und zerrte am Fell des Hundes. »Die Viecher haben jedenfalls … zu … viele Locken.«

Der Hund winselte, hatte aber endlich das Kämmen hinter sich. Hugo ließ ihn vom Tisch und in einen Korb springen, wo er anfing, an einem Gummiknochen zu nagen.

Mr Green erschien noch einmal im Waschbereich und ging wieder vorbei, ohne stehen zu bleiben. »Auf der Theke hat ein Kaninchen sein Geschäft erledigt«, sagte er. »Wisch das weg, bevor du mit Killer weitermachst.«

»Killer?«, fragte Hugo.

»Das Meerschweinchen.«

Hugo sah aus, als würde er am liebsten mit der Faust auf seinen Chef losgehen, wenn nicht sogar mit einem ausgewachsenen Labradoodle.

»Es wird Zeit, dass wir Darkmouth zurückkriegen«, sagte er. »Wenn ich noch einem Köter den Du-weißt-schon-was waschen muss, drehe ich durch. Mehr noch, als ich es ohnehin schon bin.«

Finn wusste, dass sein Vater in den letzten Jahren viel auf sich genommen hatte, um seine Pflicht als Legendenjäger zu erfüllen. Er war nie in Urlaub gefahren. Er hatte nie eine ruhige Minute gehabt, wenn es einen Regenschauer gab. Er hatte unaufhörlich trainiert, nachgedacht und Pläne ausgeheckt. Tag und Nacht und am nächsten Tag wieder. Aber das hier war sicher sein größtes Opfer. Seine Würde gegen ein paar Flaschen Hundeshampoo einzutauschen.

Hugo sah sich um, um sicherzugehen, dass Mr Green weg war, dann zog er sechs Plastikflaschen unter dem Tisch hervor und steckte sie in Finns Schulrucksack.

»Hier sind ein paar Liter Schampoodle«, sagte er. Dann griff er nach einer Schachtel im Regal. »Und ein Päckchen *Fantastisches Fischflossenfutter*. In der richtigen Mischung schrumpfen die einen Jumbojet. Lass dich bloß nicht erwischen, wenn du damit rausgehst. Sonst bin ich meinen Job los.«

Hugo dachte einen Moment über diese Möglichkeit nach. Gefeuert zu werden, das hieße wenigstens, von dieser tierischen Maloche erlöst zu sein.

»Nein«, sagte er. »Ich darf nicht in Erwägung ziehen, meinen Job zu verlieren. Ich muss weitermachen. Das ist im Moment unsere einzige Chance.«

»Das sagst du dauernd, Dad, aber was bringt das?«, antwortete Finn, nahm ein Handtuch und legte es dem Labradoodle auf den nassen Rücken. »Nichts. Da draußen spitzt sich die Lage zu, und du sitzt hier fest.«

»Hör mal, Finn«, sagte Hugo. »Glaubst du etwa, ich will hier sein? Glaubst du, mein einziger Plan besteht darin, mich mit Haustieren abzugeben, deren Zehennägel ins Kraut geschossen sind?«

»Was ist denn dann dein Plan?«, fragte Finn, der langsam frustriert war. »Ich erkenne nämlich keinen.«

»Ich habe die Sache im Griff, Finn. Du musst nur Geduld haben.«

»Und während wir Geduld haben«, erwiderte Finn, »sind wir in ein winziges Haus gepfercht, warten auf die Katastrophe und wissen, dass sie irgendwas aushecken, nur noch nicht, was.« Er wurde jetzt wirklich wütend.

Sein Vater hörte auf, den Hund abzutrocknen. »Geh bitte einfach zur Schule, spiel Fußball, mach irgendetwas, aber überlass die Sache mir, falls die Situation wirklich außer Kontrolle gerät.«

»Hugo!«, rief Mr Green von draußen. »Hugo! Kaninchenkacke! Jetzt!«

Hugo biss die Zähne zusammen. Holte zur Beruhigung tief Luft. »Versteh doch, Finn«, sagte er, bevor er ging. »Der sicherste Weg, den Sieg zu erlangen, besteht darin, erst einmal den Eindruck zu erwecken, als hätte man alles verloren.«

»Das ergibt keinen Sinn«, murmelte Finn, nachdem er allein war.

Der Labradoodle nieste und übersäte ihn mit feuchten Sprenkeln.

Finn wischte sich ab und trat in Darkmouths salzige Luft hinaus. Alles war noch genauso trostlos wie vorher. Es schien, als hätte die Welt sich verdunkelt. Da merkte Finn plötzlich, dass sie das wirklich hatte. Während er drin bei seinem Vater gewesen war, hatte sich eine tief hängende, dichte Wolke vor den Himmel geschoben. Das helle, ungetrübte Blau des Tages war einer Art Dämmerlicht gewichen.

Ein Regentropfen platschte Finn auf die Schulter. Er streckte die Hand aus und fing noch zwei weitere.
Für heute war kein Regen angesagt.
Der Regen wurde stärker, piksende Tropfen prallten von seinem Kopf, hüpften überall auf der Straße herum.
Regen bedeutete, dass Legenden eindrangen.
Finn blickte auf, bekam einen Tropfen ins Auge. Er wischte ihn weg und merkte plötzlich, dass der Boden um ihn herum von einem immer heller werdenden goldenen Lichtschein erleuchtet wurde.
Als Nächstes spürte er einen kleinen Piks im Nacken, wie wenn man von einer Mücke gestochen wird. Er schlug mit der Hand danach, wirbelte herum und stand plötzlich vor der Brust von jemandem. Von etwas. Er sah nach oben und erblickte ein Auge, das ihn anstarrte. Nur ein Auge. Mehr nicht.
»Tut mir leid, Junge«, sagte die Legende. »Du kommst jetzt mit uns.«

4 VIERTES KAPITEL

Das Tor öffnete sich nur ein paar Sekunden.
Ungefähr drei Minuten später trafen vier schnaufende, unbeholfen Exsikkatoren tragende Gehilfen am Ort des Geschehens ein. Sie waren durch eine Diskussion darüber, welche Gasse sie nehmen sollten, aufgehalten worden. Die eine Hälfte hatte gesagt, sie sollten rechts abbiegen. Die andere hatte für links plädiert. Schließlich liefen sie direkt geradeaus, was, rein zufällig, genau die Richtung war, die sie von Anfang an hätten nehmen sollen.
Sie stürmten in die Sackgasse hinter dem *Pico Bello*, wo das Tor einen Durchgang in unsere Welt gerissen hatte.

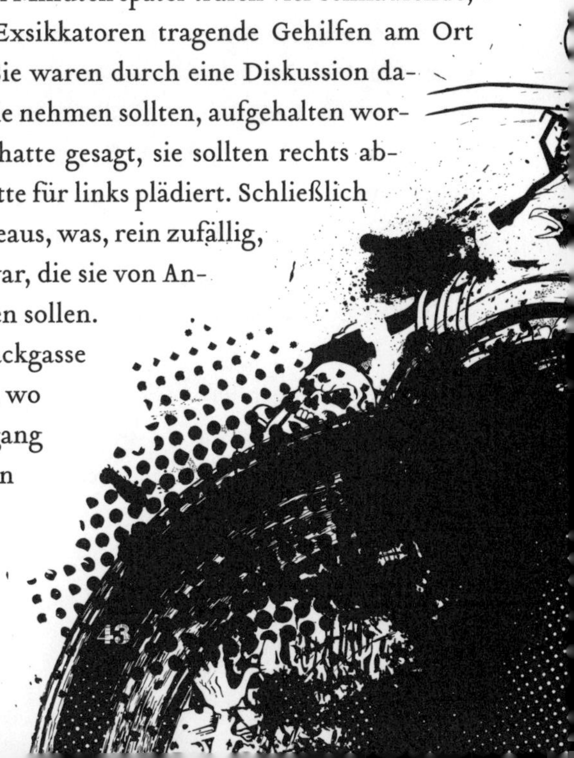

Aber da war kein Tor mehr.
Da waren auch keine Legenden.
Sogar der Regen war fort, hatte so plötzlich aufgehört, als hätte jemand den Duschhahn zugedreht.
Die Gehilfen sahen einander verdutzt an.
»Hier ist nichts«, stellte einer von ihnen fest.
»Ich hab euch doch gesagt, wir hätten rechtsherum gehen sollen«, sagte ein anderer.
»Du hast gesagt, wir hätten linksherum gehen sollen. *Ich* hab gesagt, rechtsherum«, sagte der Dritte.
Da erschreckte sie ein Geräusch, und sie erhoben die Exsikkatoren, die sie mitgebracht hatten.
Aber es war nur Hugo, der eine Schüssel schmutziges Kaninchenkackewasser wegschütten wollte.
Sie richteten die Waffen auf ihn. Hugo hielt inne, und das schmutzige Wasser schwappte über den Schüsselrand.
Die Gehilfen ließen ihre Waffen sinken. Hugo kippte mit Schwung das Wasser auf den Boden, sodass es auf ihre blank polierten Schuhe spritzte, dann ging er wieder hinein.
In geschlossener Formation machten die Gehilfen kehrt und polterten aus der Sackgasse Richtung Hauptstraße, während sie immer noch darüber stritten, in welche Richtung sie hätten laufen sollen.
Während jemand anderes unbemerkt blieb. Emmie, die gewusst hatte, dass sie so sehr darauf konzentriert waren, Legenden zu jagen, dass sie leicht zu beschatten sein würden, war jedem ihrer Schritte gefolgt.

Sie hockte sich auf den Boden und fand eine Stelle mit genau dem Staub, der entstand, wenn etwas durch ein Tor herüberkam. Aber da war nur ein Abdruck, als hätte jemand einen riesigen Fuß in diese Welt gesetzt und dann sofort wieder zurückgezogen. Und nirgendwo Anzeichen von Kratzern an Wänden oder Bissspuren an Mülltonnen.
Nichts.
Sie wollte gerade gehen, als ihr Blick auf noch etwas fiel. Eine kleine Flasche Shampoodle kullerte über den Boden, und eine mattblaue Flüssigkeit lief aus dem offenen Ende. Emmie ging zu ihr, rollte sie mit dem Fuß herum und warf einen Blick auf die Hintertür des *Pico Bello*.
Irgendetwas stimmte hier nicht, obwohl sie sich nicht wirklich zusammenreimen konnte, was. Finn würde bestimmt wissen, was zu tun war.
Sie machte sich auf den Weg, um ihn zu suchen.

5 Fünftes Kapitel

Finn kam zu sich.

Er war in einem engen Raum gefangen, der so dunkel war, dass er überhaupt nichts sehen konnte, nicht einmal die Hand vor Augen.

Moment mal, dachte er, vielleicht ist meine Hand ja weg.

Nein. Er wackelte mit den Fingern, und es fühlte sich an, als seien sie alle anwesend und unversehrt. Aber er konnte noch immer nichts sehen. Nur Dunkelheit. Und er spürte eine raue Fläche am Rücken und tastete eine klebrige, geriffelte Decke nur wenige Zentimeter vor seinem Gesicht.

Panik ergriff ihn, obwohl sein Hirn nur langsam in die Gänge kam, schwerfällig, benebelt, unfähig, sich richtig darauf zu konzentrieren, wo er sich befand oder wie er dorthin gekommen war. Er versuchte, ruhig zu bleiben, um es herauszufinden.

Der Stich in seinem Nacken. Er war bewusstlos geworden. Wahrscheinlich hatte man ihn betäubt und dann hierher verschleppt. Wo immer hier war.
Der Gestank war so bestialisch, dass er in jede Pore seines Körpers drang. Er würde sich häuten müssen, wenn er jemals hier rauskam. Er schmeckte ihn auf der Zunge, hätte sie am liebsten angeekelt herausgerissen.
Der Versuch, diesen Gestank mit normalweltlichen Worten zu beschreiben, wäre sinnlos gewesen, denn so etwas gab es nicht in der normalen Welt. Dieser Geruch gehörte nur an einen Ort.
Die Verseuchte Seite.
Finns Atem beschleunigte sich. Er tastete nach einer Wand und stieß auf so etwas wie Gitterstäbe, die ihn auf drei Seiten umgaben. Und die steckten in einer harten, glitschigen Fläche. Die vierte Seite war schmal und weich, und seine Hand konnte irgendwie keine Wand finden.
Ihm wurde ganz anders. Vielleicht kam das aber auch von der ruckelnden Bewegung, die er jetzt spürte. Er bewegte sich. Ja, der ganze Raum bewegte sich.
Auf. Ab.
Auf. Ab.
Auf. Ab.
Jedes Mal, wenn es nach oben ging, fegte ein feuchter Luftzug hindurch und wärmte ihm die Ohren. Und von irgendwo ganz schrecklich nah ertönte ein tiefes, beunruhigendes Gurgeln.
Finn manövrierte sich auf den Bauch, spürte die raue Fläche im Gesicht, dass ihm schauderte, und steckte die Hände durch

die Stäbe, deren dunkle Umrisse er gerade so vor den rötlichen Wänden erkennen konnte.

Er stemmte eine Lücke in sein Gefängnis, weitete den Spalt so weit mit den Fingern, dass graues Licht in den Raum fiel und ihm zeigte, dass die Gitterstäbe in Wirklichkeit gewaltige Reißzähne waren.

Er lag auf einer Zunge.

Auf einer rauen rosa Zunge, die bei jedem der Atemzüge bebte, der aus dem Rachen kam, über dem seine Füße baumelten.

Auf einer riesigen Zunge, in einem riesigen Maul.

Finn wurde noch panischer. Es war sowieso schon ein schlechter Tag gewesen, aber jetzt war er auch noch das Mittagessen von jemandem. Konnte es überhaupt noch schlimmer kommen?

Als er das Gesicht an die Lücke im Maul des Ungeheuers schob, das ihn da trug, sah er draußen Wasser rauschen, undeutliche graue Wellen wogen, die näher kamen. Und immer näher. Er wich gerade rechtzeitig zurück, bevor das Wesen ins Meer lief und Salzwasser in das Maul strömte. Finn schnappte verzweifelt nach Luft.

Allerdings.

Es konnte noch schlimmer kommen.

Auf. Sie waren wieder über Wasser.

Ab. Flatschschsch. Wieder unter Wasser.

Kurz darauf stieß das Ungeheuer auf etwas Hartes und kam schliddernd zum Stehen. Finn klammerte sich an einen langen Zahn, damit er nicht rücklings in seinen tiefen Schlund geschleudert wurde.

Ein Rumpeln begann sich weit unten im Rachen des Monsters zu bilden, wurde lauter und immer lauter.

RRRÜLPS! Oh nein, dachte Finn, genau in dem Moment, als ein fetter Rülpser ihn traf.

Das Maul ging auf, und er wurde in hohem Bogen ins graue Licht der Verseuchten Seite geschleudert.

Benommen blickte er sich um. Er lag an einem Strand aus zertrümmerten Felssteinen im Schatten eines steil aufragenden Berges, an dessen Hängen gewaltige Stücke fehlten und der größtenteils hinter dichten Wolken verschwand.

Das Meereswesen zog sich ins Wasser zurück, bevor Finn noch einen richtigen Blick darauf werfen konnte. Er war stattdessen von einer riesigen Gestalt abgelenkt, die über den Strand auf ihn zukam. Ihre Füße steckten in Stiefeln, die von jeweils drei ihrer krallenförmigen Zehen durchbohrt wurden, und sie hatte gewaltige Pranken und muskelbepackte, breite Schultern. Als Finn aufblickte, sah er, dass es der einäugige Riese war, der Zyklop, der ihn aus Darkmouth entführt hatte. Bestimmt einer von Gantruas Handlangern, der auf Rache aus war.

Er knurrte Finn etwas zu.

Finn sprang auf, die Haut klebrig vor Meereswesenspucke, die Haare angeklatscht vom Salzwasser, die Beine taub vom Eingesperrtsein auf so engem Raum für ... na ja, er wusste nicht, wie lange. Aber sie hatten noch genug Gefühl in sich, um ihm zu helfen, über die scharfen Steine zu kraxeln, zwischen denen kaputte, spitze Werkzeuge lagen – Äxte, Messer, Hacken, Hämmer.

Er stolperte, sah den Schatten der Legende näher kommen. Er brauchte einen Plan. Vielleicht fiel ihm irgendein Spezialtrick ein, den er während der vielen Stunden Training gelernt hatte. Eventuell konnte er auch drohen zu explodieren, wie er es schon früher in dieser Welt getan hatte – sich aufrichten, dem Feind ins Auge blicken und selbst den Mächtigsten unter ihnen mit seiner Macht bezwingen. Auch wenn er die gar nicht mehr besaß.

Stattdessen tat er das, was er schon immer am besten konnte.

Weglaufen.

Er hörte das Gebrüll der Legenden, die sich dem Zyklopen anschlossen. Doch er blickte nicht zurück. Er musste sich weiter über die rutschenden Steine und zersplitterten Werkzeuge über den Strand bewegen, der jetzt schräg aufwärts verlief, weg vom Meer auf den narbigen Berg zu und, so hoffte er, auf irgendeine Zuflucht. Die Legenden kamen näher. Seine Beine brannten vor Adrenalin. Er musste weiter diesen Berghang hinaufklettern, um irgendwo in Sicherheit zu gelangen.

Finn erreichte das Ende der Steigung. Und stürzte direkt über eine Klippe.

6 Sechstes Kapitel

Er hielt sich an einer verdorrten Baumwurzel fest und baumelte mit dem Bein über einem steilen Abgrund, der so tief nach unten reichte, dass da anstelle festen Bodens wilde, dunkle Wellen waren.

Das Meer. Auf beiden Seiten. Er befand sich auf einer Art schmalem Felsvorsprung, der gefährlich weit über die Brandung ragte.

Und wäre um ein Mantikorschnurrhaar direkt hinuntergestürzt, hätte er die Hand nicht gerade noch rechtzeitig ausgestreckt, um sich zu retten. Fürs Erste.

Er schlang die Arme um die einsame Wurzel und betete, dass sie nicht abriss. Am liebsten hätte er nie wieder losgelassen.

Über ihm eine dunkle Wolke. Unter ihm das noch dunklere Meer. Und hinter ihm, stellte er fest, zwei Stiefel, die größer waren als sein Kopf. Der Zyklop.

»Versuch lieber erst gar nicht, dich aus dem Staub zu machen«, sagte die Legende mit tiefer Stimme und hielt ihm die Hand hin.
Finn rutschte ein bisschen von der glitschigen Wurzel ab. Ächzend versuchte er, sich weiter festzuklammern, aber er würde nicht mehr lange durchhalten. So oder so, er war erledigt.
Da drang plötzlich eine vertrautere Stimme an sein Ohr.
»Nimm seine Hand«, sagte sie.
Finn erkannte jetzt vier Pfoten auf der Felskante. Daneben senkte sich der grellgrüne Kopf einer Schlange in sein Sichtfeld.
»Wir brauchen deine Hilfe«, sagte Hiss, »und wenn du tot bist, nützt du uns nicht viel.«

7 Siebtes Kapitel

Die gewählte Nummer ist derzeit nicht zu erreichen, wird aber …«

Emmie wartete nicht ab, bis die Ansage zu Ende war, sondern legte auf, steckte das Handy zurück in ihre Tasche und suchte weiter nach Finn. Sie hatte in den paar Stunden, seit das Tor sich geöffnet hatte, schon mehrfach versucht, ihn zu erreichen. Bis jetzt ohne Erfolg.

Sie war außerdem einen großen Teil der Stadt abgelaufen und hatte nach ihm Ausschau gehalten, während sie die üblichen bösen Blicke der ängstlichen Einwohner und die Neugier der Gehilfen ignorierte, die sich überall in Darkmouth breitgemacht hatten.

Und hatte weder Finn noch irgendeine Spur von ihm gefunden. Das kam ihr alles äußerst merkwürdig vor. Sie fing an zu rennen, umrundete ein ziemlich verbogenes Hinweisschild, wich

einem eingebeulten Briefkasten aus, sprang über eine Pfütze und warf beinah Lucien um, als sie in einer Straßenbiegung zusammenstießen.
»Immer langsam, junge Dame«, sagte er, trat einen Schritt zurück und suchte nach etwas auf dem Boden. Er hob seinen Füller auf und fing an, ihn geübt durch die Finger gleiten zu lassen. »Dieses wunderbare Schreibgerät habe ich damals geschenkt bekommen, als ich meine Gehilfenprüfung bestanden habe. Schreibt mit Tintenfischtinte. Ich möchte ihn auf keinen Fall verlieren.«
Emmie wollte an ihm vorbeigehen.
»Wo ist denn dein Freund geblieben?«, fragte Lucien und stellte sich ihr in den Weg. Emmie verabscheute Lucien, aber er befand sich in einer übergeordneten Position, und das musste sie akzeptieren, sonst würde womöglich alles noch viel schlimmer für sie und ihren Vater. Und die Umstände waren so schon schlimm genug.
Lucien merkte ihr an, dass etwas nicht stimmte. »Ist alles in Ordnung?«, fragte er, während der Füller quer durch seine langen Finger glitt. Zur Seite. Und wieder zurück. »Du scheinst es ziemlich eilig zu haben.«
»Ich will einfach schnell nach Hause«, antwortete sie und hätte ihn am liebsten gar nicht angesehen, konnte aber kaum verhindern, dass ihr Blick auf den wirbelnden Füller fiel. »Falls es wieder anfängt zu regnen.«
»Ach ja, der Regen«, sagte Lucien. »Der war gar nicht vorhergesagt. Seltsam.«

Obwohl sie mit dem Rücken zur Straße stand, fühlte Emmie sich in die Ecke gedrängt.

»Also, kein Finn? Was hat er denn vor?«

»Selbst wenn ich das wüsste, würde ich es dir nicht sagen«, antwortete sie und sah Lucien schließlich in die Augen. Was sie auf der Stelle bereute, weil sie das Gefühl hatte, ihm einen kleinen Sieg gegönnt zu haben.

»Das habe ich auch nicht erwartet, Emmie«, sagte er und lächelte. Oder benutzte zumindest ein Lächeln, um das zu verbergen, was wirklich in seinem Kopf vorging. »Es gehört schließlich zu unserem Job, Geheimnisse zu bewahren. Zu schweigen, wenn man befragt wird. Niemandem zu trauen.«

»Welcher Job?«, erwiderte sie und versuchte, so vorlaut wie möglich zu klingen, ohne sich anmerken zu lassen, wie beunruhigt sie in Wirklichkeit war. »Du hast uns doch alles weggenommen, als du hier aufgetaucht bist und jeden als Verräter beschuldigt hast.«

»Ich habe niemanden als irgendetwas beschuldigt«, sagte Lucien.

»Pah«, machte Emmie nur.

»Das magst du von der Hand weisen, womit du unrecht hast, aber ich werfe es dir nicht vor. Vielleicht bist du noch ein bisschen zu jung, um die Feinheiten einer Ermittlung einschätzen zu können. Ich habe lediglich die Tatsachen betrachtet und bin zu objektiven Schlussfolgerungen gekommen. Jeder andere hätte dasselbe getan. Als ich die äußerst ungewöhnlichen Vorkommnisse hier gesehen habe, mussten Vorsichtsmaßnahmen getroffen werden. Schließlich befanden wir uns in Darkmouth, wo ein Junge und seine Familie die Angewohnheit hatten, sich auf die Verseuchte Seite zu begeben, sich mit Legenden zu verbrüdern und Ärger mit zurückzubringen.«

»Finn war ein Held«, sagte Emmie. »Das habe ich selbst gesehen. Ich war nämlich auch auf der Verseuchten Seite.«

»Genau wie Estravon, und genau wie er wirst du zugeben müssen, dass du nicht weißt, was dort zu jedem Zeitpunkt wirklich mit Finn passiert ist.« Lucien wartete einen Moment und sprach dann weiter. »Ich bin in Sorge, dass du in das mit hineingezogen wirst, was auch immer er da vorhat.«

»Niemand zieht mich in irgendetwas hinein«, antwortete Emmie.

Lucien machte immer noch diese Sache mit dem Füller. Durch die Finger wirbeln, immer hin und her. Langsam nervte es sie. Er bemerkte es. Hörte auf. Steckte den Füller in die Brusttasche seines Anzugs.

»Du hast dich als außergewöhnlich talentiert bei der Ausbildung zur Legendenjägerin erwiesen«, sagte er. »Wirklich, ganz außergewöhnlich. Dein Vater muss sehr stolz auf dich sein.«

Emmie trat von einem Bein aufs andere. Sie war verlegen und fühlte sich einsam, als er sie daran erinnerte, dass ihr Dad so weit weg in Liechtenstein festsaß.

»Du hättest nach Finn die Nächste sein sollen, die vollendet«, sagte Lucien. »Jetzt solltest du die Erste sein.«

»Ich muss nach Hause«, antwortete Emmie und versuchte wieder, an Lucien vorbeizukommen.

Der blieb stehen, wo er war, blickte noch einmal zum Himmel hinauf und betrachtete die Stadt um sie herum, als hätte er gar nicht gemerkt, dass sie weitergehen wollte.

»Du könntest die nächste Legendenjägerin sein, die erste seit vielen Jahren«, sagte Lucien, während er den Blick noch immer auf die Umgegend richtete. »Ich bin mir ziemlich sicher, dass es dir und deinem Vater nach Abschluss der Untersuchungen freistehen wird, euer Leben zu leben und euren Platz unter den Legendenjägern zu beanspruchen.«

Emmie quetschte sich an ihm vorbei, zwang ihn, einen Schritt zur Seite zu treten, damit sie durchkonnte. Dann drehte sie sich zu ihm um, spürte, wie sich ihre Fingernägel in ihre geballten Fäuste bohrten. »Ich weiß, dass du mich gegen Finn aufbringen willst«, erklärte sie mit vor Wut zitternder Stimme. »Aber das funktioniert nicht.«

Lucien blieb seltsam unbeeindruckt. Hatte plötzlich wieder den Füller in der Hand, den er durch die Finger drehte. »Du brauchst dir selbst nur eine einfache Frage zu stellen, Emmie«, sagte er. »Weißt du *wirklich*, was Finn vorhat?«

Damit steckte er den Füller zurück in seine Brusttasche, wandte sich um und ging davon.

8 ACHTES KAPITEL

Cornelius kratzte sich. Hiss beschwerte sich. Es war genau, wie Finn den Orthros in Erinnerung hatte, diese sonderbare Kreuzung aus Hundekörper und Schlangenschwanz. Er hatte ihn vor über dreißig Jahren kennengelernt. Oder erst vor einem Jahr. Das hing von der jeweiligen Perspektive ab. Es hatte mit Zeitreisen begonnen. Und mit Kopfschmerzen geendet.

»Nach all den Jahren, die wir jetzt zusammen sind, hoffe ich immer noch, dass du endlich mal diesen Juckreiz loswirst«, sagte Hiss zu Cornelius, als der Hund sich kurz aufrichtete und dann eine neue Runde heftigen Kratzens startete.

Finn hatte die Hand der einäugigen Legende genommen und sich hinauf in Sicherheit ziehen lassen. Dann hatte man ihn den Abhang hinunter zurück zu dem

Strand geführt, der sich an die narbige Felswand am Fuße des Berges schmiegte. Er sah aus, als hätte man ihn Stück für Stück freigehackt und das Geröll einfach so liegen lassen. Sogar der Pfad, den er herabgekommen war, so stellte er jetzt fest, war von Hand gemacht. Oder von Klaue.
Und die Werkzeuge, die auf dem Boden verstreut lagen, hatten unterschiedlichste Griffe und Schäfte, wahrscheinlich, um in die unterschiedlichsten Hände, Pfoten und Klauen zu passen, die diesen freien Platz geschaffen hatten.
Der Zyklop kaute bedächtig auf einem zigarrenförmigen Stein, rollte ihn im Mund von einer Seite auf die andere und beobachtete Finn, der sein Misstrauen beziehungsweise seine Angst nicht verdrängen konnte. Er hatte sich ausführlich mit Legendenkunde beschäftigt, sämtliche Handbücher gelesen. Diesen Zyklopen hätte es eigentlich nicht geben dürfen. Er war selbst unter den Legenden ein Sagenwesen.
Auf der Schulter des einäugigen Riesen hockte eine kleine Legende, nicht größer als Finns Bein, mit einer platten rosa Nase, großen Augen und rundlichem grauem Gesicht, die einem Eichhörnchen ähnelte. Sie grinste vor Begeisterung. Finn nahm an, dass es ein Kobold war.
Eine vierte Legende lauerte in einiger Entfernung in einer der Nischen in der Felswand. Von ihr konnte Finn nicht viel erkennen, bis auf die Augen, schwarze Schlitze auf gelbem Grund. Diese Augen hatte er schon einmal gesehen, konnte sich aber nicht erinnern wo. Sie flößten ihm Furcht ein.
»Was ist das für ein Ort?«, fragte er über das Geräusch

des Meeres hinweg, das an den Steinen zerrte, als wollte es sie mit sich reißen.

»Du stellst ziemlich viele Fragen, Kleiner«, antwortete der Zyklop, »und wir haben wenig Zeit, also hör gut zu. Du bist hier auf einer Insel.«

»Krallenwerder. Mitten im Ozean der Toten«, erklärte der Kobold mit heliumhoher Stimme und mit einem strahlenden Lächeln, als würde er sich unbändig freuen, Finn zu sehen. Er kletterte den Arm des Zyklopen herunter, um ihn näher zu betrachten.

»Die Werkzeuge, die du da siehst, sind alle hier, weil die ganze Insel mal ein Kristallsteinbruch war«, fuhr der Zyklop jetzt fort. »Er erstreckte sich früher weit hinaus ins Meer, wurde dann aber abgetragen, bis nur noch der Berg übrig blieb. Jetzt gibt es hier keine Kristalle mehr, nur noch die Knochen derer, die einst gezwungen wurden, in dem Steinbruch zu arbeiten.«

»Wie?«, wollte Finn fragen.

»Wie du hergekommen bist? Wir haben dich gefunden, weil der kleine Bursche hier ...«, der Zyklop zeigte auf den Kobold, der um Finns Beine strich, »dich durch eine Energiespur aufgespürt hat, die du hinterlässt, seit du vor all den Jahren an diesem Ort explodiert bist. Er kann dich durch die unsichtbare Wand sehen, die unsere Welten trennt.«

»Besonders deutlich kann ich dich aber nicht erkennen.« Der Kobold grinste. »Du siehst mehr oder weniger aus wie ein oranger Klecks.«

Cornelius kratzte wieder an einer juckenden Stelle, während Hiss auswich.
Von der anderen, der schweigenden Legende war weiter nichts zu sehen, bis auf diese feurigen Augen.
»Am allermeisten«, sagte der Zyklop zu Finn, »fragst du dich sicher, wie du mit einem Zyklopen sprechen kannst, wenn Zyklopen gar nicht existieren?«
»Das ist es eigentlich nicht, was ich mich frage«, antwortete Finn, obwohl das genau die Frage war, die er sich stellte. Oder zumindest eine der Fragen, die er sich stellte.
Der Zyklop lehnte sich zurück und grinste. »Nun ja, du hättest recht, dich das zu fragen.«
»Falls es das doch war, was du dich gefragt hast«, sagte der Kobold und blickte zu Finn hoch, während er an seiner Jeans zupfte.
Finn schlug nach ihm, und er zog sich klaglos zurück.
»Wir existieren auch nicht«, erklärte der nicht existente Zyklop. »Ich habe zwar nur ein Auge, aber das war nicht immer so.« Er hielt inne und ließ Finn einen näheren Blick auf die Narbe werfen, die um das Auge herum verlief, das scheinbar quer über sein Gesicht gezogen worden war. Es saß in einer wulstigen, verwachsenen Stelle, die aussah, als hätte sie jemand mit einem Stein ausgehöhlt und dann wieder zugenäht. »Ich bin Fomorianer, genau wie Gantrua. Wir hatten allerdings eine kleine Meinungsverschiedenheit. Das war das Ergebnis. Und jetzt arbeite ich für die Jungs hier.«
Cornelius hatte endlich aufgehört, sich zu kratzen, und Hiss

konnte sich erheben, um Finn in die Augen zu sehen. »Er heißt Sulawan. Unser kleiner Freund hier ist Beag. Und es tut mir leid, dass wir dich auf diese Weise herschaffen mussten. Aber das war das Einfachste.«
»Das Einfachste?«, schrie Finn. »Ihr habt mich ins Maul eines Seeungeheuers gesteckt.«
»Eines Leviathans, um genau zu sein«, erklärte Sulawan, der Beinah-Zyklop. »Das heißt, mein Junge, du hattest die Luxusklasse.«
»Es hat aber nicht wie Luxus gerochen«, antwortete Finn.
»Der Rest von uns musste darauf vertrauen, von einer Quetzalcóatlus hierhergeflogen zu werden«, knurrte Sulawan. »Die sind nicht gerade scharf darauf, mich zu tragen, und ich bin garantiert nicht scharf darauf, getragen zu werden.«
Wie aufs Stichwort durchschnitt plötzlich ein Flügel die Wolkendecke, und ein Schatten überquerte den Strand. Finn blickte auf und erkannte eine der Quetzalcóatlus – eine Art riesige Flugschlange, die ziemlich mitgenommen aussah, aber dennoch majestätisch durch die Lüfte glitt. Einige dieser Legenden hatten den Widerstand gegen Gantrua angeführt, als Finn zum ersten Mal auf der Verseuchten Seite gewesen war, und durch irgendeinen Psychotrick den Orthros gesteuert. Außerdem waren sie gegen die Schlangen in den Krieg gezogen, die Gantrua treu ergeben waren. Finn hatte sie in der großen Himmelsschlacht kämpfen sehen, als er seinen Vater von der Verseuchten Seite rettete.
»Abgesehen davon, dass es unbequem ist, besteht in der Luft

jederzeit die Möglichkeit, angegriffen zu werden. Der Leviathan war der beste Weg, dich zu verstecken und unversehrt hierherzubringen. Es gibt nämlich so einiges, wovor wir dich beschützen müssen«, erklärte Hiss. »Zum Beispiel vor der Gefahr, dass die abtrünnigen Quetzalcóatls versuchen, dich zu verschleppen. Außerdem ist der Leviathan groß und stark genug, um dich vor einigen anderen ... ziemlich gefährlichen Bedrohungen zu verstecken.«
»Aber warum denn?«, fragte Finn über das Rauschen der Wellen hinweg, die am Fels nagten. »Gantrua ist doch weg. Ich habe ihn erledigt. Ich und Emmie.«
Sulawan nahm den Stein aus dem Mund, den er fast bis auf einem Stummel heruntergekaut hatte, und entschied, dass er noch ein bisschen mehr Kauen vertrug. »Na ja, als ihr Gantrua geschnappt habt, habt ihr etwas viel Schlimmeres entfesselt.«
Cornelius winselte, schüttelte so heftig die Köpfe, dass seine Ohren schlackerten.
Finn sah Hiss an. »Ich verstehe nicht. Ich dachte, nachdem er weg ist, wäre hier alles besser.«
»Das war es auch«, antwortete Hiss. »Eine Zeit lang.«
»Aber wenn du einer Hydra den Kopf abreißt«, erklärte Sulawan, »darfst du dich nicht wundern, wenn zwei neue nachwachsen.«
»Sprich nicht mit mir, als wäre das neu für mich«, schimpfte Finn. »Ich habe einer Hydra schon persönlich in die Hälse geblickt.«

»Das ist doch bloß eine Metapher, Junge«, antwortete Sulawan belustigt über Finns Ärger. »Und du solltest besser dein Temperament ein bisschen zügeln. Mein Freund da drüben reagiert nicht so gut auf Hitzigkeit.«

Die verborgene Legende verharrte weiter im Schatten der Felsen, gelbäugig, schweigend. Sie machte Finn nervös, obwohl er durch den Kobold an seinem Bein abgelenkt war, der verzückt nach oben sah.

»Also, warum bin ich dann hier?«, fragte Finn.

»Um uns eine Frage zu beantworten«, sagte Hiss. »Ist Gantrua noch am Leben?«

Finn dachte nach. Sie hatten so viel durchgemacht, und *das* war die Frage?

»Ja«, antwortete er. »Mehr oder weniger. Er wurde exsikkiert.«

Ein Schauder durchfuhr alle. Finn spürte es sogar bei der Legende im Verborgenen. Selbst das Meer schien besonders laut gegen den felsigen Grund zu klatschen.

»Wo wird er aufbewahrt, Junge?«, fragte Sulawan.

»In unserem Haus, nehme ich an. Unserem alten Haus. Ein Gehilfe namens Lucien hat es uns weggenommen.«

»Du könntest Gantrua also zurückholen, wenn es sein müsste?«, fragte Hiss. Cornelius jaulte leise, und die Muskeln unter seinem geschmeidigen, aber verblassten Fell zuckten.

Finn war baff angesichts der Idee, den Fomorianer zurückzubringen, und musste das Gesagte im Geist zurückspulen und noch einmal abspielen, um sicher zu sein, dass er richtig gehört hatte. Wieder zog über ihnen ein Schatten vorbei, strich dunkel über Finns Gesicht und holte ihn in die Realität zurück.

»Wer würde denn Gantrua zurückhaben wollen?«, fragte er.

Niemand antwortete.

»*Ihr* wollt Gantrua zurückhaben?«

»Nicht wirklich, Junge«, erklärte Sulawan, und der Steinstummel knirschte zwischen seinen Zähnen.

»Aber wir haben keine andere Wahl«, sagte Hiss. »Als er diese Welt verließ, hat er uns ein Geschenk dagelassen, für den Fall, dass er in der Gelobten Welt gefangen wird. Eine Art ... Lebensversicherung. Mit verheerenden Folgen für die Verseuchte Seite.«

»Was denn?«, fragte Finn.

Plötzlich schwang sich eine Quetzalcóatlus aus den Wolken, schoss hinaus aufs Meer und fing an, dort zu kreisen. Die Blicke der Legenden folgten ihr.

»Sieht aus, als könnten wir dir das gleich zeigen«, sagte Hiss.

Cornelius erhob sich winselnd und verschwand um eine enge Biegung am Fuße des Berges, während Hiss langsam hinter ihm herbaumelte. Sulawan stand auf und signalisierte Finn mit seinem einen Auge, ihnen zu folgen. Beag trapste ebenfalls hinterher. Wohin die schweigende Legende verschwunden war, konnte Finn nicht sehen.

Beinah wäre er auf die kaputten Werkzeuge getreten, mit denen der ganze Strand übersät war.

»Diese Insel war einst reich mit Kristallen gesegnet, und es gab viele Jahre lang Minen hier«, erklärte Hiss traurig. »Unzählige haben an diesem Ort ihr Leben verbracht und gelassen. Haben auf dieser Insel gehackt und gehämmert, um eine Möglichkeit zu finden, ein Tor in die Gelobte Welt zu öffnen. Stück für Stück, Schlag für Schlag, so viele Jahre lang, bis der größte Teil der Insel unter dem Ozean verschwand.«

Finn lief vorsichtig hinter dem Orthros her. Über ihnen, wo Berg und Wolken sich trafen, tauchte wieder eine Flugschlange auf und steuerte direkt auf einen Punkt ungefähr hundert Meter entfernt im Meer zu. Finn sah, dass dort das Wasser wirbelte und schäumte.

»Da draußen in der Tiefe liegen viele Knochen, die schon lange vom vordringenden Wasser bedeckt wurden«, fuhr Hiss fort. »Aber Gantrua hat offensichtlich einen Weg gefunden, die Toten zu wecken, wo immer auf dieser Welt sie auch ruhen.«

»Ihr nennt zwar uns Legenden, Junge«, sagte Sulawan, »aber auch wir haben in unserer Welt Legenden. Und wenn die lebendig werden, dann sind sie noch viel schrecklicher als alles, was ihr Menschen euch vorstellen könnt.«

Cornelius jaulte jämmerlich. Sie blieben stehen und blickten auf das wild schäumende Meer. Finn hatte keine Ahnung, was er da eigentlich sah.

»Wo immer Tote sind, findet dieses Wesen zum Leben«, sagte Hiss. »Und hier sind überall Tote.«

»Gantrua hat ein Monster hiergelassen, um unsere Welt zu verwüsten, und es gibt nur einen Weg, es aufzuhalten«, sagte Sulawan.

»Ein Amulett«, sagte Beag und zuckte mit der platten Nase.

»Das er mitgenommen hat«, erklärte Hiss. »Nach Darkmouth. Er hatte es um, verstehst du? Als er auf die andere Seite hinüber ist. Als ihr ihn exsikkiert habt. Dieses Amulett brauchen wir. Und das heißt, dass wir auch Gantrua brauchen.«

Eine der Quetzalcóatlus hörte auf zu kreisen und flog in Windeseile zu der Stelle zurück, wo sie standen. Hiss erstarrte, wurde gepackt von dieser übersinnlichen Verbindung mit der Schlange, die Finn schon früher gesehen hatte.

»Es geschieht genau jetzt«, sagte Hiss mit monotoner Stimme, die klang, als käme sie von jemand anderem.

»Was geschieht genau jetzt?«, fragte Finn.

Hiss starrte geradeaus. »Die Toten erheben sich.«

9 NEUNTES KAPITEL

Die Wellen schlugen mit tückischen Hieben ans Ufer, stiegen nur empor, um mit Wucht wieder herniederzuprallen. Doch selbst sie schienen den Strudel brodelnden Wassers draußen am Meeresgrund zu meiden.

»Was dahinten in der Tiefe Gestalt annimmt, nennen sie Gashadokuro oder einfach das Gerippe«, erklärte Hiss. »Millionen winzigster Organismen vereinigen sich und verbinden die Knochen, die dort liegen, sodass der Gashadokuro sich erhebt und überall dort wütet, wo noch mehr Knochen zum Einverleiben sind. Das einzige Mittel, ihn für immer zu stoppen, ist das Smaragdamulett, das Gantrua mit in eure Welt genommen hat. Er wusste, wir würden ihn

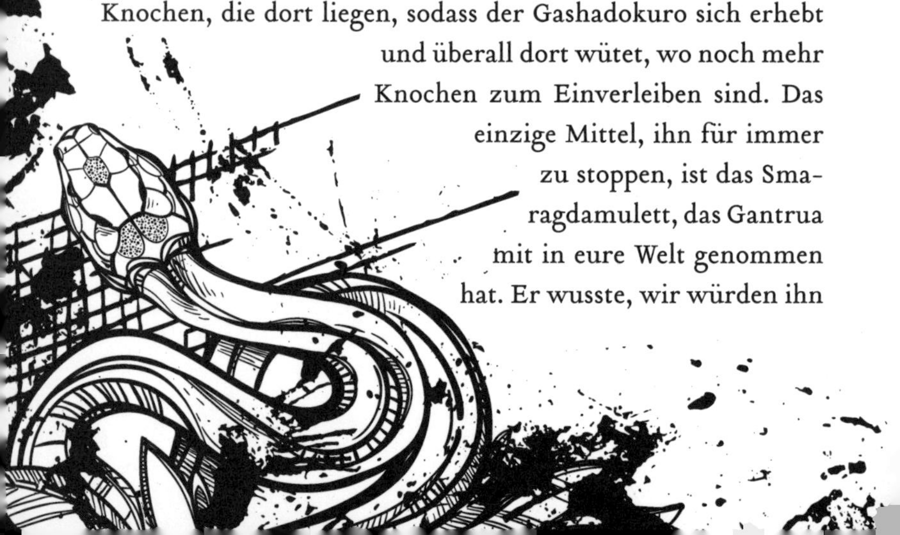

retten müssen, wenn wir jemals das schreckliche Ungeheuer besiegen wollten, das er zurückgelassen hat.«

Finn sah hinaus auf das speiende Meer, in dem es mit jeder Sekunde heftiger rumorte.

»Sollten wir nicht … ähm … weglaufen?«

»Keine Sorge«, antwortete Sulawan. »Das Meer ist tief, und das Gerippe nicht so groß. Noch nicht. Aber es wird immer mächtiger. Wenn du uns Gantrua und sein Amulett nicht bringst, wird es nicht aufzuhalten sein, bis wir alle tot und unsere Knochen mit ihm vereint sind.«

Der Wasserstrudel wurde größer und dunkler. Beag, der Kobold, versteckte sich hinter Sulawans dicken Beinen. Finn fiel auf, dass die geheimnisvolle vierte Legende nach wie vor bei ihnen war, sich aber weiter im Schatten der Felswand verbarg. Ihre Gestalt konnte er immer noch nicht richtig erkennen, nur ihre gelben Augen.

»Vielleicht sollten wir doch lieber w-w-weglaufen«, stammelte Beag. »Sicherheitshalber, versteht ihr.«

Finn sah zum Orthros, um festzustellen, ob Cornelius und Hiss sich genauso fürchteten. Hiss flüsterte Cornelius offenbar gerade etwas Beruhigendes ins Ohr.

Das Rumoren vom Meeresgrund wurde noch lauter. Außerdem schien es näher zu kommen.

»Der Gashadokuro ist zwar mit jedem Auftauchen gewachsen, aber er hat noch nie diese Insel erreicht«, sagte Sulawan. »Hier müssten wir sicher sein.«

Da schoss plötzlich mit einer riesigen Gischtexplosion etwas

Gewaltiges aus dem Meer und schickte eine gigantische Welle übers Wasser. Finn erschrak so sehr, dass er rückwärtsstolperte, auf dem zerklüfteten Boden den Halt verlor und beinah auf das scharfkantige Geröll gestürzt wäre.

Sulawan packte ihn am Arm, hielt ihn in die Höhe, wo er ungelenk baumelte, während seine Sicht durch herabregnendes Wasser und schwarzen Seetang behindert war. Aber er konnte ein gelbliches Etwas aus Knochen in der dunklen Brandung erkennen, eine grässliche Gestalt mit einer Art Schädel, in dessen tiefen Augenhöhlen die Wellen schlugen.

Sulawan zerrte Finn vom Meer weg. »Das Ding ist auf einmal größer als sonst«, sagte er zu Hiss.

Das Gerippe begann, sich durch die hohen Wellen vorwärtszubewegen.

»Bis zu uns dürfte es eigentlich nicht kommen«, sagte Hiss.

»Tut es aber«, antwortete Beag, der inzwischen vor Angst zitterte und sich hinter dem zurückweichenden Sulawan verkroch.

Das Gerippe bewegte sich jetzt langsam durch das flacher werdende Meer auf sie zu, tauchte zuerst mit dem Schädel aus dem Wasser auf, gefolgt von aus mehreren Knochenschichten bestehenden Schultern. Begleitet von einem Knirschen, weil seine Füße über den Meeresboden schrammten. Die Steine und die alten Werkzeuge unter Finns Füßen begannen zu beben.

»Es ist *viel* größer als sonst«, sagte Hiss zu den anderen Legenden. »Wir sollten lieber …«

Eine riesige Knochenhand streckte sich aus dem Meer.

»Weglaufen!«, rief Beag und sprang auf Sulawans Schulter.
Ehe Finn noch zwei Schritte tun konnte, klemmte Sulawan ihn sich unter den Arm und begann, über den losen Untergrund zu traben.
Hinter ihnen krachte eine Faust aufs Ufer, ein lauter Rums berstender Knochen, die wie Granatsplitter auf die Fliehenden herabregneten.
Die Flugschlangen stürzten sich vom Himmel und griffen das Gerippe an, aber Finn sah nicht, ob sie etwas ausrichten konnten.
»Wir müssen uns jetzt verabschieden, Finn«, sagte Hiss. »Sulawan wird dir deinen Auftrag erklären.«
Und noch bevor Finn irgendetwas fragen konnte, trennten sich die Legenden und liefen in verschiedene Richtungen, Sulawan weiter mit Finn unter dem Arm.
Die Knochenfaust knallte zwischen ihnen auf den Strand. Finn wurde halb kopfüber herumgeschleudert und konnte nichts weiter erkennen als Knochen, die auf Felsen trafen, und Splitter, die herumflogen und sofort wieder zur Hand des Gerippes zurücksausten, als es sie, bereit für den nächsten Angriff, wieder erhob.
Sulawan stürmte über das Ufer und hielt den hilflosen Finn fest in die Armbeuge geklemmt, die Nase nur Millimeter davon entfernt, an der Felswand zu einem Stumpf geschliffen zu werden. Beag klammerte sich trotz der scharfen Kurven und der ruckelnden Geschwindigkeit mit augenscheinlicher Ruhe an Sulawans Schulter.

Sie erreichten den Teil des Strandes, wo Finn auf der Insel angekommen war und wo der Pfad die Klippe hinaufführte, von der er fast heruntergestürzt wäre. Sulawan verlangsamte, und als Finn um seinen Unterarm herumspähte, konnte er ein paar Blicke auf das Gerippe erhaschen, das gerade kräftig ausholte und nach den Flugschlangen schlug, die über ihm kreisten und es im Sturzflug angriffen.

»Lass mich los«, bekam Finn mit Mühe heraus.

Sulawan ließ los, und Finn plumpste auf den steinigen Boden.

»*So* loslassen habe ich nicht gemeint«, sagte Finn erschöpft.

Sulawan grummelte.

Am Himmel erschienen noch mehr Schlangen, um sich auf das Monster zu stürzen.

»Ruf ihn«, sagte der Zyklop zu Beag.

Worauf die kleine Legende zwei Finger in den Mund steckte und so laut pfiff, dass der schrille, markerschütternde Laut Finn noch in den Ohren klang, als er schon längst wieder aufgehört hatte.

Über ihnen tauchte eine weitere Schlange auf, die den Orthros im Maul trug und Hiss und Cornelius in Sicherheit brachte.

Der Berg erzitterte vom Lärm des Kampfes.

»Also gut, Junge, Zeit für dich, heimzukehren«, sagte Sulawan. »Wenn ich dich das nächste Mal sehe, hast du Gantrua in der Tasche.«

»Das kann ich nicht machen«, entgegnete Finn. »Das wäre Wahnsinn.«

»Ich habe gehört, der alte Cornelius und Hiss haben einmal

dein Leben gerettet«, knurrte Sulawan, beugte sich herunter und schob Finn sein eines Auge vors Gesicht. »*Und* das deines Vaters. Vielleicht solltest du mal daran denken, bevor du hier einen auf Egoisten machst.«

Da bewegte sich etwas im Wasser, ein dunkler Schatten kam durch die Wellen auf sie zu.

»Nehmen wir also mal an, ich entschließe mich, Gantrua zu stehlen«, antwortete Finn rasch. »Was dann? Ich reanimiere ihn, sage ihm, es war alles nur ein großer Irrtum, bitte ihn um das Amulett und hoffe, dass er mir nicht den Kopf abreißt?«

»Du rufst uns«, sagte der Zyklop und überreichte ihm ein Röhrchen, das kaum länger als Finns geöffnete Hand war und aus einer Art dicker Muschelschale bestand. Außen war es rau und geriffelt, am inneren Rand aber ganz glatt. »Hier sind drei der Kristalle drin, die wir über die Jahre aus der Höhle geschmuggelt und vor Gantrua versteckt haben. Wenn du auf das eine Ende dieses Toröffners drückst, kommt am anderen Ende ein Kristall heraus. Damit kannst du ein paar Sekunden lang ein Tor öffnen. Dann wissen wir, dass du so weit bist.«

Finn nahm das Röhrchen und spürte, dass sich unter der dicken Hülle etwas bewegte.

»Die Kristalle hängen an lebenden Feuerraupen«, erklärte Beag, »damit sie den Übergang in eure Welt heil überstehen.«

Sulawan sah die Abscheu in Finns Gesicht.

»Keine Angst. Es sind bloß Babyfeuerraupen«, sagte er. »Steck nur keinen Finger da rein. Sie knabbern gern.«

»Ich kann Gantrua nicht stehlen«, sagte Finn.

»Du wirst. Hiss glaubt aus irgendeinem Grund, du wärst der Richtige für diesen Job«, antwortete Sulawan.
»Sulawan traut niemandem«, sagte Beag und grinste.
Von der anderen Seite der Klippe drangen entsetzliche Laute herüber. Kreischende Flugschlangen und ein attackierendes Gerippe.
»Das ist ein total verrückter Plan, begreifst du das nicht?«, fragte Finn über den immer lauter werdenden Kampflärm hinweg.
Sulawan dachte kurz nach. »Ja«, stimmte er zu. »Ist es.«
In dem Moment erhob sich der dunkle Schatten, schob eine Kuppel aus Wasser empor und erzeugte eine Welle, die auf beiden Seiten daran entlangbrauste.
»Eine letzte Frage noch, bevor du gehst«, sagte Sulawan. »Warum versucht ihr Menschen in letzter Zeit dauernd, Tore in unsere Welt zu öffnen?«
Finn schüttelte den Kopf. »Das tue ich nicht. Tun wir nicht.«
»Also, irgendwer tut es«, antwortete Sulawan. »Irgendwer auf eurer Seite.«
Da fiel Finn wieder ein, was er zu Hause an der Klippe gesehen hatte. Die Gehilfen. Das war es, was sie mit den Kristallen gemacht hatten. Sie hatten bestimmt versucht, Tore zu öffnen.
»Ehrlich gesagt …«, sagte er, »glaube ich, ich weiß, wer das gewesen sein könnte.« Aber das war Wahnsinn. Warum sollten sie das tun? Warum sollten sie absichtlich Tore zur Verseuchten Seite öffnen wollen, in einer Stadt, wo man immer mit allen Mitteln versucht hatte, genau das zu verhindern?

»Also, wenn ich dir mal einen kostenlosen Rat geben darf«, sagte Sulawan. »Sie sollten das lieber lassen. Wenn sie weiter versuchen, ein Loch rüber in unsere Welt zu öffnen, reißen sie eines Tages noch eins auf, das sie nicht wieder zukriegen.«
»Es wird höchste Zeit, dass er in den Leviathan kommt«, sagte Beag und blickte auf die riesige, dunkle Gestalt, die sich durch die tosende See näherte.
»Zurück zwischen diese Beißwerkzeuge?«, fragte Finn, entsetzt über den Gedanken, wieder in das sabbernde Maul des Seeungeheuers gestoßen zu werden. »Auf keinen Fall!«
»Willst du lieber bewusstlos sein?«, fragte Beag. Von irgendwoher hatte er plötzlich eine Art Nadel aus Knochen geholt – ein langer Schlangenzahn vielleicht –, von dessen Ende eine Flüssigkeit tropfte.
»Nein!«, schrie Finn.
Aber Sulawan packte ihn und drückte seine Arme nach unten.
»Der Leviathan bringt dich von hier weg. Er ist schneller als das Gerippe. Hoffentlich jedenfalls.«
Finn war Sulawans festem Griff hilflos ausgeliefert. »Ihr werdet mich nicht wieder betäuben!«, rief er über das Getöse hinweg.
Seine letzte Erinnerung war die, dass die ganze Welt sich drehte, während das Maul des Leviathans sich aus den Tiefen des Meeres erhob, um ihn zu verschlingen.

10 ZEHNTES KAPITEL

Finn kam auf einem Steinstrand zu sich, während eine Möwe an ihm pickte.

Sie fraß ein bisschen von dem Staub, der um ihn herumlag, bereute es jedoch sofort, würgte und flog davon. Erschrocken sprang Finn auf und erblickte den Abdruck seines Körpers im Kies. Das Meer platschte ihm an die Füße und wusch den Staub davon fort. Er klopfte den Rest von sich ab, fasste sich an den Kopf, um festzustellen, ob er noch richtig bei Verstand war, und überlegte kurz, ob er vielleicht geträumt hatte.

Aber diesen üblen Geruch konnte er sich nicht einbilden. Er miefte fürchterlich – der Gestank der Verseuchten Seite. Nach Moder. Nach Schweiß. Nach dem fauligen Atem eines rülpsenden Seeungeheuers. Er zog kurz in Erwägung, ins Wasser zu springen, um ihn loszuwerden, da merkte er, dass es regnete. Schwere Tropfen, die allerdings schon weniger wurden.
Der Staub war ein weiterer Beweis, dass er auf der Verseuchten Seite gewesen war. Und noch etwas fiel ihm ein. Er tastete an seiner Hosentasche herum, bis er das Muschelröhrchen fand, das man ihm am Bein befestigt hatte. Das war der Toröffner, sein Weg zurück auf die Verseuchte Seite, wenn er das wollte. Feuerraupen drehten und wanden sich darin. Finns Magen drehte sich mit ihnen.
Der Auftrag, den sie ihm gegeben hatten, war total verrückt. Sollte er das wirklich tun? Hinkriegen würde er es wahrscheinlich. Nach allem, was er durchgemacht hatte, würde er bestimmt einen Weg finden. Irgendwie. Er war sich bloß nicht sicher, ob er das sollte.
Finn begann den Strand hinaufzulaufen, und der lose Kies gab unter seinen Füßen nach, was seine allgemeine Erschöpfung noch verstärkte. Er erreichte gerade den Grasstreifen zwischen Strand und Straße, als er weiter hinten an der Küste drei Ge-

hilfen auftauchen sah. Sie waren sicher durch das kurze Aufflackern des Tores aufmerksam geworden, das ihn zurück nach Hause entlassen hatte.

Er kauerte sich rasch hinter eine Mauer und blieb in Deckung, bis sie vorbei waren. Dann huschte er leise über die Straße in eine Gasse und machte sich auf den Weg zu dem Haus, das er immer noch nicht Zuhause nennen wollte.

»Wo warst du denn den ganzen Tag?«, fragte Emmie, die hinter einer Biegung plötzlich neben ihm auftauchte. »Ich hab dich überall gesucht. Und Lucien hat sich total merkwürdig benommen, und er redet dauernd davon, dich hier rauszuwerfen, wenn es noch einmal Ärger gibt, und mich auch, und was zum Teufel ist das für ein Gestank?« Sie verzog angewidert die Nase.

Finn wusste nicht recht, womit er anfangen sollte.

Mit dem Maul des Leviathans? Mit dem brodelnden Meer? Dem Berg? Cornelius und Hiss? Mit den Legenden? Der Verwüstung? Dem Angriff des Gerippes? Mit dem Beinah-Zyklopen? Dem Toröffner, den er in seiner klatschnassen Jacke versteckt hatte? Mit dem Auftrag, Gantrua zu stehlen?

Jeder einzelne Punkt dieser Liste reichte, damit er für immer aus Darkmouth verbannt wurde. Und Emmie auch.

»Ich bin einfach ein bisschen rumgelaufen, um den Kopf freizubekommen, und bin dabei ins Meer gefallen«, antwortete er. »Seetang. Krebse. Fischköpfe und all das.«

Emmie sah eine Muschel aus der Gesäßtasche seiner Hose lugen und schien zwischen Argwohn und Vertrauen hin- und hergerissen.

»Fischköpfe?«, fragte sie.
»Und all das.«
Er lief weiter und fühlte sich schrecklich, weil er Emmie angelogen hatte.

TOP SECRET

⋆ VERÖFFENTLICHUNG VERBOTEN ⋆

Bericht von Tiger-Eins-Zwölf
Position: London, England

Ich hatte ja nichts Berauschendes von diesem Job erwartet, aber mich in einem halb fertigen Betonsilo am Ende einer schmutzigen Gasse im trostlosesten Viertel der Stadt, in der ich mich gerade aufhalte, wiederzufinden und an eine Wand zu starren – damit hatte ich nicht gerechnet. Und es war, ehrlich gesagt, die langweiligste Wand, die ich je gesehen hatte.

»Gestern war mehr los«, sagte der Wachmann, der hinter mir stand.

»Gestern?«, fragte ich.

»Oh ja, gestern war was ganz anderes«, antwortete er. »Lauter irre Sachen. Ich mach den Job nun schon zwanzig Jahre. Hab noch nie so was gesehn.«

Die Geräusche der Stadt, des Verkehrs, der Schritte drangen bis tief in die Sackgasse. Früher war das hier einmal das ge-

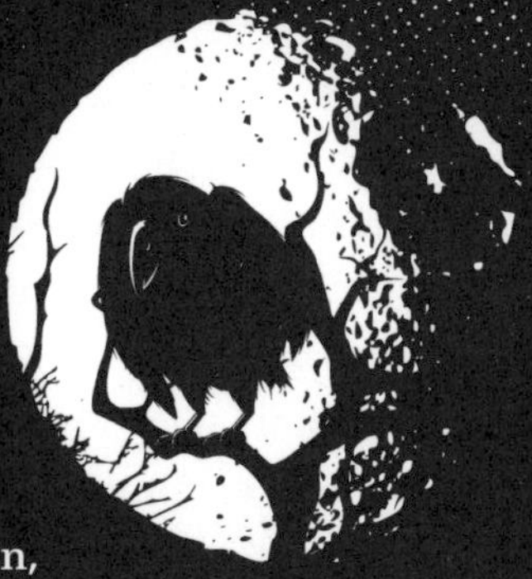

fährlichste Viertel der Stadt gewesen, das sogar die Größen der Unterwelt mieden. Sie hatten die Gerüchte gehört. Sie kannten alle jemanden, der jemanden kannte, der etwas gesehen hatte, das ihnen solche Furcht einjagte, dass sie nicht darüber reden konnten, ohne zu weinen.
Das war allerdings schon lange her. Lange vergessen. Von den meisten jedenfalls.
»Die Wand ist … undicht geworden«, erklärte der Wachmann.
»Undicht?«, fragte ich. »Die Wand?«
»Anders kann ich es nicht erklären«, antwortete er. »Ich war gerade dabei, meine Runden zu drehen. Ich dreh die erste, und hier war nix. Ich dreh die zweite, und hier war wieder nix. Dann dreh ich die dritte, und wieder …«
Ich sah ihn mit einem Blick an, der unmissverständlich »Kommen Sie zur Sache!« sagte.
»Aber auf meiner sechsten Runde«, fuhr er fort, »bleib ich plötzlich mit dem Hosenbein an was Kleinem hängen. Das war, ob Sie's glauben oder nicht, so 'ne Art Knochen.«
Ich glaubte es.
»Und in dem Moment merk ich, dass es nicht der einzige Knochen in der Wand war. Da waren haufenweise, alle möglichen Sorten guckten aus den Backsteinen bis, sagen wir, ungefähr auf die Höhe.« Er hielt die Hand vor seine Brust.

Ich hatte mich natürlich schon über dieses Stadtviertel informiert, bevor ich herkam. Die Akten bestätigten, dass vor vielen, vielen Jahren, lange bevor die Stadt es sich einverleibte, an diesem Ort ein Dorf gestanden hatte. Ein Heimgesuchtes Dorf. Und in diesem Dorf hatte es einen inzwischen längst versunkenen Friedhof gegeben.

Genau auf dem standen wir jetzt.

»Und heute früh waren die Knochen wieder weg?«, fragte ich.

»Weg«, bestätigte der Wachmann. »Als hätten sie nicht die Kraft gehabt, gegen die Wand anzukommen. Verstehen Sie, was ich meine?« Der Wachmann sah auf seine Uhr. Dann fiel ihm etwas ein, und er nahm ein gewölbtes Metallstück aus seiner Gesäßtasche und gab es mir. »Na, jedenfalls wollten Sie doch, dass ich alles Ungewöhnliche aufhebe, das ich finde. Keine Ahnung, ob das zählt.«

Das Metall war im Laufe der Zeit matt geworden und schien an den Rändern schwarz verkohlt. Wenn ich hätte raten sollen, hätte ich gesagt, es gehörte zum Ärmel eines Kampfanzugs, aber eines so engen, dass er gerade einmal einem Kind oder Jugendlichen gepasst hätte.

»Da is 'ne Zeichnung drauf«, sagte der Wachmann. »Ein Stück von irgendwas, das aussieht wie ein Monster oder so. Gehört zu 'ner Kinderrüstung, würd ich sagen. Aber hier gibt's nich viele Kinder.«

Die Armbanduhr des Wachmanns fing an zu summen. Er stellte das Signal aus und setzte sich in Bewegung.

»Wo wollen Sie denn hin?«, fragte ich.
»Ein Nickerchen machen. Ich hab jetzt Pause. Die nächste halbe Stunde bin ich nich im Dienst.«
»Haben Sie etwas dagegen, wenn ich das hier behalte?«, fragte ich ihn und hielt das Metallstück hoch.
»Das Ding können Sie meinetwegen zum Mittagessen verdrücken«, antwortete er, bevor er ging. »Ich will bloß ein ganz normales Leben, ohne irgendwelche Knochen, die durch Wände kommen.«
Was, um ehrlich zu sein, genau das war, was ich auch wollte.

11 ELFTES KAPITEL

Finn saß vor seiner Schüssel Schokoflocken, den Löffel auf halber Höhe zum Mund. Der verrückte Auftrag von der Verseuchten Seite raste ihm im Kopf herum wie ein Hamster im Rad, und er betrachtete das Chaos im Haus. Er musterte die Kartons mit Weihnachtsschmuck, Kleidern, Büchern, lauter Sachen aus ihrem alten Zuhause, die immer noch überall in dem kleinen Haus herumstanden. Bewohnt von zwei Familien, von denen keine wahrhaben wollte, dass sie womöglich für immer zusammenbleiben mussten.

»Bitte überleg dir das mit Smoofy-Land noch mal«, sagte Clara zu ihrem Sohn. »Metzelstadt ist wirklich nicht weit entfernt. Und es ist besser, als nur hier herumzusitzen. Wir sind schon so lange nicht mehr weggefahren.«
Finn sah sie an, während braune Milch von seinem Löffel tropfte. Wenn sie nur wüsste, *wie* weit weg er gerade gewesen war.
»Nicht Smoofy-Land. Jeder andere Ort, aber nicht Smoofy-Land«, stöhnte er.
Clara drehte den Wasserhahn auf, der stotternd matschbraunes, untrinkbares Wasser in ihr Glas spuckte. Sie verzog das Gesicht und hielt das Glas ins Licht. »Das passiert dauernd«, sagte sie. »Als ich Mrs Walsh gestern den Mund ausgespült habe, waren ihre Zähne hinterher fast schwärzer als vorher. Und vorher waren sie schon ziemlich schwarz.«
Emmie kam die Treppe herunter. Finn erinnerte sich noch an den Tag, als sie nach Darkmouth kam: Sie hatte es kaum geschafft, ihre Aufregung darüber zu verbergen, in dem berühmt-berüchtigten Ort Darkmouth zu sein, und hatte gesprudelt wie ein menschliches Brausebonbon, das man in eine Flasche Cola geworfen hatte. Sie wollte alles über sein Leben wissen. Sie konnte hundert Stundenkilometer schnell reden und doppelt so schnell in irgendwelchen Ärger schlittern.
Inzwischen war sie nicht mehr so. Stattdessen war sie öfter verschlossen, vorsichtig und, so hatte er jedenfalls das Gefühl, misstrauisch.
Finn verdrängte den Gedanken, dass sie womöglich *ihm* misstraute. Sie hatten schon so viel gemeinsam durchgemacht. Er

wollte, dass sie ihm vertraute. Selbst wenn er sie anlog. Selbst wenn er ein Geheimnis hatte, das er immer noch riechen konnte, obwohl er gestern Abend so lange geduscht hatte, dass seine Mutter gegen die Tür bollerte, weil sie fürchtete, er sei ausgerutscht und bewusstlos geworden.

In seinem Rucksack befand sich ein halb lebendiger Gegenstand, der Tore zu den Legenden öffnen würde.

Natürlich sollte Emmie eigentlich an ihm zweifeln. Er zweifelte ja langsam selbst an sich.

»Hey«, sagte er, und die Schokoflockenmilch tropfte ihm vom Kinn.

»Hey«, antwortete sie und steckte zwei Scheiben Brot in den Toaster.

»Sag ihm, dass Smoofy-Land großartig wird«, bat Clara sie.

»Ist das dieser Freizeitpark in Metzelstadt mit der glitzerndsten Achterbahn der Welt?«, fragte Emmie.

»Sieht aus, als hätte er keine Lust auf einen Ausflug«, sagte Clara. »Als wollte er nur hier rumsitzen und auf die nächste Katastrophe warten, die hinter irgendeiner Ecke lauert.«

Finn spürte eine Welle der Panik, ein Zusammenziehen seiner Brust, eine Art Implosion. Er holte tief Luft, atmete gleichmäßig ein und aus, beruhigte sich.

»Alles in Ordnung?«, fragte Emmie.

Er nickte und aß weiter, beobachtete, wie der Goldfisch an den Kieseln in seinem Glas knabberte, während das Schweigen nur durch das Geräusch des nach oben schnellenden Toasts unterbrochen wurde.

»Ich muss los«, sagte er dann. »Wir sehen uns in der Schule.«

Er ging allerdings nicht direkt zur Schule. Stattdessen besuchte er seinen Vater, der schon bei *Pico Bello* an der Arbeit war. Finn beeilte sich. Er musste mit jemandem reden. Es war nicht richtig, dieses Geheimnis für sich zu behalten. Egal, welche Folgen es haben würde, er musste es sagen. Er musste seinem Vater alles erzählen. Über die Entführung. Über seinen Ausflug auf die Verseuchte Seite. Über die Gehilfen, die irgendetwas Merkwürdiges in den Überresten der Höhle planten, und was Sulawan darüber gesagt hatte, dass auf dieser Seite jemand versuchte, Tore zu öffnen. Über die Lichtblitze. Über die Legenden. Über den Auftrag, Gantrua zu stehlen. Über den Orthros. Über einfach alles.
»Dad ...«, fing er an, als er den Laden betrat.
»Guten Morgen«, sagte in dem Moment Lucien, der an der Theke stand.
Hugo befand sich dahinter und gab sich sichtlich unbeeindruckt von Luciens Anwesenheit.
Aus dem Hinterzimmer hörten sie die Laute von Katzen, Hunden, vermutlich einem Papagei und irgendetwas, das sich anhörte wie eine Quietscheente.
Finn verstummte und merkte, wie sein Drang, mit jemandem zu reden, plötzlich wieder verschwand. Er gab sich alle Mühe, Lucien einen Blick zuzuwerfen, der ausdrückte, dass er jede Zelle seines Körpers hasste. Lucien erwies ihm jedoch nicht

den Gefallen, ihn anzusehen, und wandte sich stattdessen Hugo zu.
»Ich will dich nicht aufhalten, welches dringende Hundewaschvorhaben du auch gerade verfolgst«, sagte er, als meinte er es ehrlich. Was er aber nicht tat.
Finn hätte am liebsten eine Flasche Shampoodle aus dem Regal genommen und ihn gezwungen, sie auszutrinken, bis ihm Schaum aus den Ohren kam.
»Dann mach's kurz, Lucien«, antwortete Hugo, der von zwei riesigen Tierpostern eingerahmt wurde. Auf dem einen war eine Katze zu sehen, die gerade die Zähne geputzt bekam, auf dem anderen eine Wüstenmaus, die gerade spazieren geführt wurde.
»Es ist offenkundig, dass die Lage ein bisschen ... wie soll ich es am besten ausdrücken? ... Unübersichtlich wird. Genau, unübersichtlich.«
»Tore?«, vermutete Hugo.
»Zwei. Gestern erst. Eins davon zufällig genau hier vor der Tür.« Lucien blickte Finn an, der automatisch wegsah.
Er wollte nicht preisgeben, was er wusste: dass er durch eines dieser Tore gezogen worden war und durch das andere zurück nach Hause gestoßen.
»Da bin ich wohl nicht mehr zuständig, Lucien, oder?«, sagte Hugo.
»Wir konnten nichts finden, das durchgekommen ist«, erklärte Lucien. »Aber wir müssen davon ausgehen, dass die Legenden bereit sind zurückzukehren. Vielleicht ist dein alter Feind

Mr Glad doch nicht ganz verschwunden. Wir haben es schließlich hier mit äußerst rätselhaften Welten zu tun.«
Finns Geheimnis begann in seinem Kopf ein Eigenleben zu führen. Er hielt fest den Mund geschlossen, damit es ihm nicht entwich. Im Hinterzimmer kreischte ein Tier wie ein Kind, dass Finn sich fragte, ob es nicht wirklich ein Kind war.
»Womöglich haben wir in ein Wespennest gestochen«, fuhr Lucien fort. »Nur weil wir einen ihrer Anführer gefangen haben …«
»Nur weil *Finn* einen ihrer Anführer gefangen hat«, unterbrach Hugo.
»… heißt das noch lange nicht, dass dies das Ende ist«, redete Lucien unbeeindruckt weiter. »Soweit wir wissen, ist es erst der Anfang. Nachdem es in allen Heimgesuchten Orten ruhig geworden ist, sind wir über die Jahre faul und träge geworden. Was, wenn die Legenden zurückkehren? Was, wenn sie das die ganze Zeit schon vorhatten? Diese Monster leben viele Jahre länger als wir. Was, wenn sie diesen Vorteil ausnutzen, sich nur für ein Jahrzehnt oder zwei oder drei zurückziehen? Für die ist das kaum so lang wie eine Mittagspause.«
Der Lärmpegel aufgebrachter Tiere im hinteren Teil des Ladens wurde lauter. Finn wünschte, sie würden sich beruhigen, damit er sich richtig auf das konzentrieren konnte, worauf Lucien da hinauswollte, der jetzt an der Klingel auf der Theke herumspielte.
»Hugo«, fuhr er fort. »Ich bin nicht so blind, dass ich nicht sehe, wie schwer es dir fällt, hier festzusitzen, diesen Job zu

machen, zuzusehen, wie all diese Auswärtigen hier ankommen und versuchen, Darkmouth für dich anzuführen.«

»Prima«, sagte Finn. »Dann gib uns einfach die Schlüssel für unser Haus, und wir regeln die Sache.«

»Finn«, sagte Hugo und hob die Hand, damit er still war. »Nicht jetzt.«

»Nicht jetzt?«, fragte Finn.

»Schon gut, Hugo«, sagte Lucien. »Ich verstehe, dass der junge Mann hier enttäuscht ist. Er war schließlich für Großes bestimmt, und jetzt ist er hier und muss, genau wie du, tatenlos zusehen, während andere die Entscheidung treffen, wann diese Geduldsprobe ein Ende hat.«

»Andere?«, fragte Hugo ungläubig. »Du bist hier doch der Einzige, der irgendwelche Entscheidungen trifft.«

Lucien bedachte diese Antwort einen Moment. »Hugo«, sagte er dann, »ich möchte, dass du dich wieder bei uns engagierst.«

Finn horchte auf. Misstrauisch, aber interessiert.

Hugo blieb stumm, schien aber neugierig.

»Es ist nicht richtig, jemanden mit deiner Erfahrung auf der Ersatzbank sitzen und darauf warten zu lassen, was bei der Untersuchung herauskommt«, sagte Lucien, »wenn wir deine Kenntnisse in diesen schwierigen Zeiten unzweifelhaft brauchen.«

»Und was ist mit mir?«, erkundigte sich Finn.

»Ja, warum nicht auch du?«, antwortete Lucien, als wäre das eine nette Idee. »Das nächste Mal, wenn es eine Invasion gibt

oder sich ein Tor öffnet oder irgendwelche Feinde durch unsere Straßen stürmen, möchte wir euch beide dabeihaben.«
Hugos Miene erhellte sich.
»Um den Verkehr zu regeln«, schloss Lucien seine Rede.
Hugos Miene verfinsterte sich.
»Den Verkehr regeln?«, stieß Finn, rot vor Wut, hervor. Wie konnte Lucien es wagen, und wie konnte sein Vater das einfach hinnehmen?
»Nicht *nur* den Verkehr«, antwortete Lucien. »Ihr wärt auch für die Überwachung von Menschenansammlungen zuständig. Dafür, die Anwohner zu beruhigen, die Geschäftsleute, denen Läden gehören wie ...« Er nahm ein kleines Büschel Fell in die Hand, das auf der Theke lag, betrachtete es eingehend und schnipste es weg, »... dieses Unternehmen hier.«
»Wir könnten den Legenden auch noch Strafzettel ausstellen«, sagte Finn. »Sie bitten, vor den Verkehrsampeln zu warten, bis wir sie exsikkieren.«
Dieses Mal verbot Hugo ihm nicht den Mund.
»*Die berühmtesten Legendenjäger* ist wirklich ein sehr bedeutendes Werk«, wechselte Lucien abrupt und demonstrativ das Thema. Er verschränkte die Arme und ignorierte den zunehmenden Lärm der Tiere im hinteren Teil des Ladens. »Das Werk, das noch künftige Generationen lesen werden. Dieses Buch bestimmt den Ruf eines Legendenjägers. Oder den eines Verräters. Sie wollen bloß eine neue Ausgabe drucken. Wenn du dich nicht angemessen verhältst, das musst du wissen, Finn, wenn du dich weigerst, uns zu helfen, dann wächst das Miss-

trauen. Der Autor der *Berühmtesten Legendenjäger* kann jeden Tag hier sein. Du willst doch nicht, dass der Name deiner Familie in Verruf gerät.«

Der Besitzer des *Pico Bello*, Mr Green, streckte den Kopf aus seiner Bürotür. »Das hört sich ja an wie ein kompletter Zoo dahinten, Hugo. Was ist da los?«

»Denk darüber nach, Hugo«, sagte Lucien und tippte mit den Fingern auf den Tresen. »Das ist alles, worum ich dich bitte.«

»In Ordnung, ich denk darüber nach«, antwortete Hugo.

Lucien genoss seinen Auftritt. Das wusste Finn. Und er wusste, dass sein Vater es wusste. Es war so klar wie der Glanz auf Luciens spärlich bewachsenem Schädel, dass er nur gekommen war, um einen auf freundlich zu machen und sie zu demütigen.

»Elektra! Tiberius!«, rief Lucien.

Aus dem hinteren Teil des Ladens erschienen seine Kinder und drängten sich unsanft an dem verdutzten Mr Green vorbei. Elektra hatte eine Papageienfeder im Haar. Tiberius hatte ein sich windendes Knäuel unter dem Pulli.

»Gib das zurück«, forderte Lucien seinen Sohn auf.

Tiberius fasste unter seinen Pullover, zog eine zitternde Wüstenmaus hervor und händigte sie Mr Green aus, bevor er den Laden mit seiner Schwester und Lucien verließ. Mr Green schüttelte den Kopf, sog – mit einer wild zappelnden Wüstenmaus in der Hand – einen pfeifenden Atemzug durch die zusammengebissenen Zähne und verschwand wieder in seinem Büro.

Hugo hielt den Kopf gesenkt. Er holte tief Luft. Und klang sehr beherrscht, als er anfing zu sprechen.

»Vielleicht denkst du, ich unternehme nichts, Finn, aber da irrst du dich«, sagte er. »Ich weiß, was Lucien vorhat. Aber ich weiß auch, dass wir sehr vorsichtig sein müssen und ihm keinen Grund geben dürfen, uns hier ganz rauszuwerfen. Es gibt keinen Rat der Zwölf mehr, der uns hilft. Keine anderen Legendenjäger. Die Halbjäger sind auch weg. Aber ein paar Freunde haben wir noch. Und ich habe einen Plan, mein Sohn.« Er hob den Kopf. »Und deshalb darfst du jetzt nichts Dummes tun, verstehst du?«
Doch Finn war schon fort.

12 Zwölftes Kapitel

Sie hatten nur den halben Tag Schule, weil sie Klassenarbeiten schrieben. Finn war mit den Gedanken woanders, kam sich vor, als würde er durch die Stunden schlafwandeln. Sie schrieben einen Geschichtstest, und als sie fertig waren, erinnerte er sich kaum noch daran, teilgenommen zu haben.

»Wie hast du Frage sieben beantwortet?«, fragte ihn Tommy, ein Klassenkamerad.

»Dschingis Khan, glaube ich«, antwortete Finn.

»Dschingis Khan war der erste Mann auf dem Mond?«, fragte Tommy und wirkte

ziemlich verstört darüber, dass er die Frage womöglich falsch verstanden hatte.
Der restliche Schultag zog irgendwie vorüber, während Finn sich fragte, was er überhaupt noch in der Schule sollte. Er würde Legendenjäger werden, wie sehr Lucien sich auch anstrengte, es zu verhindern. Das war sein Weg, seine Bestimmung, und er hatte sich dafür auch schon mehr als geeignet erwiesen, durch mühsam erkämpfte, gefährliche und explosive Erfahrungen.
Warum war es wichtig, in welchem Jahr eine Schlacht stattgefunden hatte, an der keine einzige Legende beteiligt war? Wozu sich Gedanken über den asiatischen Kontinent machen, wenn dort kein Krater von irgendeinem randalierenden Monster aus einer anderen Welt in den Boden gerissen wurde? Mit solchen Fragen beschäftigten sich normale Leute, aber nicht ein Legendenjäger.
Auf dem Heimweg stupste Emmie ihn am Arm und lächelte, als wollte sie versuchen, seine Trübsal zu vertreiben.
»Lass uns Pommes kaufen«, schlug sie vor, während sie die Broken Road hinunterliefen. »Mit einer Tüte Pommes in der Hand ist alles besser. Außer dein Atem vielleicht.«
»Lucien hat meinen Dad beauftragt, den Verkehr zu regeln, falls Legenden hier eindringen«, sagte Finn.
»Also, wenn sie innerhalb der nächsten halbe Stunde eindringen, erstechen wir sie mit den knusprigen Stückchen vom Tütenboden«, antwortete Emmie.
Sie überholte ihn und lief schnell um die Ecke auf das grelle Neonlicht des nahe gelegenen Imbisslokals zu.

Als Finn dort ankam, war Emmie schon drin und schlängelte sich durch die am Boden verschraubten Plastiktische und -stühle. In dem unnatürlich hellen Licht leuchteten ihre Haare flammend rot. Hinter der Theke stand ein großer Mann in grüner, kurzärmeliger Montur und mit einem engen Haarnetz auf dem Glatzkopf.

»Einmal Pommes bitte, Mario.« Emmie sortierte ihr Kleingeld in der Hand und zählte, wie viel sie sich leisten konnte.

»Gib mir mal das Geld«, sagte Mario.

Emmie klatschte die Münzen auf die Theke, und er schob sie nacheinander mit dem Daumen von einer Seite auf die andere.

»Ich tu noch ein paar Zwiebelringe dazu, und wir reden nicht mehr drüber.« Mario wischte die Münzen in seine Hand und schaufelte rohe Kartoffelstücke in eine große Fritteuse auf seiner Seite der Theke. Sie trafen heftig zischend auf das heiße Öl.

»Wir bekommen Zwiebelringe!«, rief Emmie Finn draußen zu und rieb sich die Hände.

»Diese Lichtblitze«, sagte Finn, als er auch das Lokal betrat.

»Was?«, fragte sie und hatte keine Ahnung, wovon er da sprach.

»Die Lichter, in der Höhle unter der Klippe, die wir gesehen haben«, begann Finn zu erklären. »Das sind mehr als nur einfache Experimente …« Um ein Haar wäre er mit seinem Besuch auf der Verseuchten Seite herausgeplatzt, und damit, dass Sulawan ihn gefragt hatte, warum irgendwer versuchte, Tore zu öffnen, aber er entschied sich dagegen. Er konnte noch nichts sagen.

»Glaubst du, die Gehilfen versuchen vielleicht etwas wirklich Gefährliches?«, fragte er stattdessen nur.
»Frag sie doch selbst«, antwortete sie und lehnte sich an die silberne Theke.
Finn sah über die Schulter hinter sich. Von der anderen Seite der Straße kamen Scarlett und Greyson auf sie zu, die beiden Gehilfen, die sie in der Höhle unter der Klippe hatten verschwinden sehen.
Finn duckte sich schnell hinter die Theke, und als Emmie es ihm nicht sofort gleichtat, tauchte er noch mal kurz auf, packte sie an der Schulter und zog sie nach unten.
»He!«, protestierte Mario.
»Bitte, Mario«, bat Finn und sah ihn mit dem verzweifeltsten Blick an, den er hinbekam. »Dürfen wir einfach hier abwarten, bis die beiden wieder weg sind?«
Mario stand vor der brutzelnden Fritteuse und betrachtete Finn und Emmie einen Moment, wie sie da hinter seiner Theke hockten, bevor er plötzlich in ein breites Strahlelächeln verfiel und die Gehilfen begrüßte, die gerade zur Tür hereinkamen.
»Guten Tag, meine Freunde«, verkündete er übertrieben fröhlich. »Mit was kann ich meinen hochgeschätzten Gästen heute dienen?«
Emmie stieß Finn in die Rippen und zeigte auf die Ecke über ihnen. Da hing ein Bildschirm an der Decke, der die Aufzeichnungen der Überwachungskamera des Imbisses wiedergab. Finn konnte unscharf und in Schwarz Weiß Scarlett und Greyson von oben erkennen. Er beobachtete, wie sie bestellten.

»Pommes«, sagte Scarlett. »Zwei Portionen.«
»Die Brause war das Einzige, was bis jetzt funktioniert hat«, hörten sie Greyson zu ihr sagen, der offensichtlich ihre Unterhaltung von draußen fortführte.
Mario schüttete die Kartoffeln in die Fritteuse und warf Finn und Emmie, die neben seinen Füßen kauerten, rasch einen Blick zu.
»Aber nur kurz«, sagte Greyson noch.
»Wie oft soll ich dich noch bitten, über diese Dinge nicht in der Öffentlichkeit zu reden?«, erwiderte Scarlett. »Es gibt 'ne Menge Halbjäger, die nicht erfreut wären, wenn sie mitkriegen würden, was wir hier machen.«
»Ach, komm schon, tu nicht so, als wäre das nicht auch das Einzige, woran du denkst«, erwiderte Greyson. »Wir sind so nah an einem Durchbruch und doch so weit entfernt. Und wenn es überhaupt irgendwo funktioniert, dann hier.«
Finn sah auf dem Bildschirm, dass Scarlett jetzt an einem Tisch saß und Greyson sich nah zu ihr hinbeugte, um leiser sprechen zu können.
»Aber die Resultate, die wir von anderswo hören, unterscheiden sich auch nicht von unseren«, sagte er. »Es ist frustrierend, dass wir keinerlei Fortschritte machen.«
»Nur wenn du von dem Gedanken, in einer Schlacht Kopf und Kragen zu riskieren, begeistert bist«, antwortete Scarlett inzwischen entspannter, weil sie glaubte, dass ihnen nun keiner mehr zuhörte.
»Erzähl mir doch nicht, das wärst du nicht«, sagte Greyson

und grinste. »Warum solltest du hier sein und diese Unternehmung starten, wenn nicht um den Akten und Berichten zu entfliehen, und dem Alltag, in dem die gefährlichste Aktion des Tages darin besteht, einen Bleistift anzuspitzen?«

Emmie sah Finn an und wusste nicht, worüber die Gehilfen da sprachen. Finn dagegen wusste es ganz genau. Die kleinen Tore, die sich auf der Verseuchten Seite öffneten. Die Lichtblitze in Darkmouth. Das konnte nur eins bedeuten: Sie experimentierten mit etwas sehr Gefährlichem. Sie riskierten es, einen Zugang zu öffnen, durch den die Legenden eindringen konnten.

»Vielleicht liefert uns Metzelstadt heute Abend ja bessere Ergebnisse«, sagte Greyson.

Als er Metzelstadt erwähnte, bekam Finn große Augen. Was hatte seine Mam gesagt? Das war ein altes Heimgesuchtes Dorf? Bestimmt wollten sie dort auch experimentieren.

»Wir könnten da mal versuchen, Karamellsoße beizufügen«, plapperte Greyson weiter. »Solange dieser geschrumpfte Gantrua auf dem Weg dorthin nicht explodiert oder so. Meinst du, es ist eine gute Idee, ihn da hinzuschaffen?«

Emmie warf Finn einen erstaunten Blick zu.

Sie bringen Gantrua aus Darkmouth weg, dachte er.

Emmie runzelte die Stirn, und er wusste, dass sie sich Sorgen machte, was mit Gantrua passieren könnte, wenn er irgendwie freikäme oder in die falschen Hände geriete. Er fragte sich, wie sie wohl reagieren würde, wenn sie wüsste, dass Finn selbst den Auftrag erhalten hatte, die exsikkierte Legende zu stehlen. Dass seine Hände diese falschen Hände sein könnten.

»Seit den Meldungen, dass sich gestern Tore geöffnet haben, ist Lucien nervös«, sagte Scarlett. »Er will diese Legende einfach von hier wegschaffen und nach Liechtenstein bringen lassen, wo sie noch besser untersucht werden kann.«

»Möchtet ihr Salz und Essig auf eure Pommes?«, rief Mario ihnen zu.

»Salz auf die einen«, antwortete Scarlett und richtete sich auf, als ihr plötzlich wieder bewusst wurde, dass sie nicht alleine waren. »Essig auf die anderen.«

»Wir treffen später ein paar Vorbereitungen im Totenhaus, damit wir in Metzelstadt dann gleich zur Sache kommen können«, sagte Greyson.

Mario stellte die beiden Portionen Pommes frites auf ihren Tisch.

»Können wir bitte zwei Gläser Leitungswasser dazu haben?«, fragte Scarlett.

»Im Prinzip gern, aber im Moment ist das Wasser ganz schwarz und voller Teer. Da könnte man eher eine Straße mit ausbessern, als es zu trinken.«

Mario kehrte hinter die Theke zurück und warf Finn und Emmie in ihrem Versteck wieder einen kurzen Blick zu.

»Schon wieder das Problem mit dem Wasser«, sagte Scarlett zu Greyson, als hätte sie die Frage nur gestellt, um eine Theorie zu überprüfen.

»Genau wie der klebrige Saft, der während der Experimente aus den Bäumen kommt«, antwortete Greyson.

Sie schwiegen einen Augenblick und futterten ihre Pommes

frites, bis Greyson erneut den Mund aufmachte. »Also gut, wenden wir uns Wichtigerem zu«, verkündete er und wandte sich an Mario. »Wo ist Ihre Toilette, Sir?«

Die Toilette befand sich in dem schmalen Flur, der Greyson an der Theke vorbeiführen würde, hinter der Finn und Emmie sich versteckten. Aber Mario hatte keine andere Wahl, als den Gehilfen in diese Richtung zu schicken.

Als Finn und Emmie das merkten, huschten sie schnell geduckt durch die Küche, an der Spülmaschine vorbei, um ein paar große blaue Bottiche mit geschälten und geschnippelten Kartoffeln herum und zur Hintertür hinaus. So gelangten sie in den Hof und durch eine Tür in eine Gasse. Dort pressten sie sich eng an die hohe Steinmauer, um weiter außer Sichtweite zu bleiben.

»Worum ging es denn da eben?«, fragte Emmie.

Finn überdachte, was er da gerade gehört hatte. »Sie öffnen Tore«, sagte er. »Ich glaube, sie benutzen Kristalle oder Staub oder sonst irgendwas aus der Höhle und *versuchen* zumindest, welche zu öffnen. Und sie experimentieren mit Brause und anderem Zeugs, weil, keine Ahnung, das vielleicht hilft, die Kristalle zu aktivieren?«

»Das würde dann auch die Lichtblitze erklären«, sagte Emmie. »Und die ganzen armen Vögel, die in den Bäumen festhingen. Hört sich an, als würden sie glauben, ihre Experimente wären daran schuld. Und an dem verschmutzten Trinkwasser auch.«

»Und wer weiß, was sie sonst noch für Probleme damit verursachen«, sagte Finn.

»Und dann noch die Sache mit Gantrua«, sagte Emmie. »Sie schaffen ihn aus Darkmouth weg. Das könnte doch gefährlich sein, oder? Was geht hier bloß vor?«

»Wenigstens wissen wir jetzt, wo wir ein paar Antworten finden können«, sagte Finn. »Im Totenhaus. Das ist ein verfallenes Gebäude am Rand von Darkmouth, das meine Familie früher als Lagerraum für exsikkierte Legenden benutzt hat. Ich bin schon seit Jahren nicht mehr dort gewesen. Niemand war das.«

Er setzte sich in Bewegung.

»Willst du jetzt sofort dahin?«, fragte Emmie.

»Ja, aber ich gehe allein«, antwortete Finn. »Ich will nicht, dass du in Schwierigkeiten kommst.«

Ohne zu zögern, lief Emmie hinter ihm her. »Versprich mir einfach, dass wir es deinem Dad erzählen, wenn wir etwas finden, und dass wir nichts Verrücktes machen.«

»Geht klar«, sagte Finn.

»Abgesehen davon«, fügte Emmie noch hinzu, »wie könnte ich der Versuchung widerstehen, mit zu einem Gebäude zu kommen, das Totenhaus heißt?«

13 DREIZEHNTES KAPITEL

Finn hockte im Gebüsch, drückte mit dem Finger seinen Ohrhörer ins Ohr und wartete. Er konnte das Haus mit seinen schmutzigen Fenstern sehen, und die Überreste der Bretter, mit denen sie einst vernagelt waren, und das Moos, das von unten die Wände hinaufkroch. Hier war das äußerste Ende von Darkmouth. Zwischen dem Totenhaus und dem Rest der Stadt erstreckten sich ein paar Felder und Wiesen. Dahinter erhoben sich steil die Schwarzen Berge, ein Schutzwall, der die Welt jenseits davon vor diesem Heimgesuchten Ort abschirmte.

Finn und Emmie hatten die beiden Gehilfen aus der Entfernung beobachtet,

die das vermeintlich leere Haus bewachten. Sie drehten außen herum ihre Runden und hatten sich vor genau vier Minuten aufgeteilt. Finn sah auf die Uhr. Gleich würden sie wieder vorbeikommen.

»Fünf Sekunden«, sagte Emmie in seinem Ohrhörer.

»Alles klar«, flüsterte er in sein Handy.

Die Wachen trafen sich wieder und drückten sich ein Weilchen vor dem Haus herum. Einer war so glatzköpfig, dass sein Schädel im Sonnenlicht glänzte, während der andere einen so üppigen Bart hatte, dass er ihm über den ganzen Hals wuchs. Statt Anzugjacken trugen sie merkwürdig geschnittene Schutzwesten über den Hemden, um ihre neue Rolle als Wachmänner zu demonstrieren. Jeder von ihnen war mit einem Exsikkator bewaffnet.

»Warum müssen wir überhaupt so im Kreis herumlaufen?«, fragte der Bärtige. Finn konnte den Akzent nicht ganz einordnen. Ungarisch vielleicht. Oder Walisisch.

»Wir laufen im Kreis herum, weil das unser Befehl ist«, antwortete der Glatzkopf mit eindeutig australischem Akzent. Oder möglicherweise Niederländisch.

»Wenn du den Befehl kriegst, den Kopf in eine Schüssel Pudding zu stecken, machst du das dann auch?«, fragte der Bärtige.

Der glatzköpfige Wachmann sah ihn nur groß an.

»Na, großartig«, sagte der Bärtige. »Ich schiebe hier mit jemandem Wache, der fröhlich seine Birne in einen Pott Nachtisch steckt und glaubt, das wäre die mega Chance auf eine Beförderung.«

Sie drehten sich um und verschwanden wieder in entgegengesetzte Richtungen ums Haus.
»Ich leg los«, flüsterte Finn ins Handy.
»Verstanden«, antwortete Emmie. »Ich halte die Augen offen.«
Als die beiden Wachen um die gegenüberliegenden Ecken bogen, trat Finn aus seiner Deckung und stahl sich durch wucherndes Unkraut und ungemähtes Gras direkt zur Haustür des Totenhauses.
Sie war verschlossen.
Er kramte nach den Ersatzschlüsseln seines Vaters in einem dicken Bund, den er auf dem Weg hierher noch schnell mitgenommen hatte, und bekam einen Anfall von Panik, als ihm klar wurde, dass er keine Ahnung hatte, ob irgendeiner davon überhaupt der richtige war.
Er probierte einen der Schlüssel aus. Er passte nicht. Dann noch einen, während die restlichen Schlüssel für seinen Geschmack viel zu laut klimperten.
»Finn«, hörte er Emmie aufgeregt im Ohrhörer. »Noch circa dreißig Sekunden, dann sind die Wachen zurück.«
Er fingerte durch die Schlüssel, fand einen, der aussah, als würde er passen, und probierte es damit. Nichts.
»Ich kann sie schon sehen. Der Glatzkopf ist gleich da.«
Finn zögerte, versuchte sich zu entscheiden, ob er wieder in Deckung rennen sollte oder noch einen Schlüssel testen.
»Nicht weglaufen – dann sehen sie dich«, sagte Emmie.
Als Finn an der Ecke zu seiner Linken einen Fuß auftauchen sah, presste er sich schnell flach an die Tür.

Der glatzköpfige Wachmann erschien. Finn zog den Bauch ein, um nicht entdeckt zu werden. Da hörte man plötzlich etwas ins Gras plumpsen. Der Wachmann blieb stehen, blickte nach rechts und entfernte sich von Finn in die Richtung, aus der das Geräusch gekommen war. Er hob eine Dose Orangenlimo auf und blickte sich auf der Suche nach ihrer Herkunft um.

Während er abgelenkt war, probierte Finn einen weiteren Schlüssel im Schloss.

Bitte, bitte, bitte.

Der Wachmann ploppte die Getränkedose auf und kehrte zum Totenhaus zurück. Der Bärtige erschien auf der Seite, die er gerade abgelaufen hatte.

Sie trafen sich vor der Haustür.

»Wo hast du denn die her, Olaf?«, fragte der mit dem Bart.

»Weiß nicht genau, Ricardo«, antwortete Olaf und nahm einen Zug aus der Dose.

Der Bärtige streckte die Hand aus und wollte auch einen Schluck abhaben.

»Äh-äh, Ricardo. Die habe ich im Gras gefunden«, sagte Olaf und wich zurück. Er kippte noch mehr von der Limonade herunter, wobei ihm ein paar Tropfen das Kinn herabliefen. »Die ist wahrscheinlich voller Bakterien.«

Er nahm noch einen letzten langen Zug aus der Dose, wischte sich den Mund mit dem Handrücken ab und ließ seinen Kollegen unbeeindruckt stehen.

Im Inneren des Hauses presste Finn sich an die Wand und wagte nicht, auch nur einen Muskel zu rühren.

Er hatte die Tür gerade noch rechtzeitig aufbekommen, war aber alles andere als ruhig. Er wartete, bis er auch den zweiten Wachmann leise vor sich hin meckernd weggehen hörte, bevor er wieder wagte zu atmen.

14 VIERZEHNTES KAPITEL

Ich bin drin«, flüsterte Finn Emmie durchs Handy zu.

»Ich hab die Wachen mit einer Dose Orangenlimonade abgelenkt«, sagte sie zufrieden mit sich selbst. »Jetzt hab ich allerdings ganz schön Durst.«

»Danke«, sagte Finn und machte sachte einen Schritt vorwärts.

Die Diele knarrte, also blieb er im Halbdunkel stehen und wartete auf

eine Warnung von Emmie, falls die Wachmänner auf ihrem Weg zurück wären. Es kam keine, also bewegte er sich weiter durch den Flur.
Obwohl er schon einige Jahre nicht mehr im Totenhaus gewesen war, war ihm noch alles vertraut. Er hatte als Kind an diesem Ort gespielt, war von Zimmer zu Zimmer gerannt und hatte so getan, als würde er sich vor Spionen verstecken, hatte wie eine Legende gebrüllt, wie ein Legendenjäger gekämpft, hatte all das getan, was er damals noch lustig fand, was sich aber als etwas ganz anderes erwies, als später echte Spione, echte Legenden und echte Legendenjäger beteiligt waren.
Das Totenhaus hatte sich kaum verändert. Der Boden war übersät mit alten Zeitungen und liegen gelassenen Werkzeugen, daneben standen ein paar klapprige Stühle und zwei Klapptische, die vor Jahren als vorübergehende Maßnahme hergebracht, aber nie wieder abgeholt worden waren. Die Wände waren voller Schmierereien, teils künstlerisch anmutende Kleckse und Farbwirbel, teils Namen, die lang verstorbene Legendenjäger einst auf den Putz gekritzelt hatten (Timothy der Starke, Emrid der Zuspätkommer, Ingrid von Knochenfurt).
Finn benutzte sein Handy, um den schummrigen Flur etwas mehr zu erleuchten, und hielt sich möglichst von den halb verhängten, mit Brettern vernagelten Fenstern fern. Da bewegte sich draußen ein Schatten vorbei. Finn hielt inne und ließ den Wachmann passieren.
Er streckte den Kopf in ein kleines Zimmer, in dem sich nichts befand als ein verzogener Holzboden, eine Menge Staub und ein

paar übrig gebliebene Schrauben von der ein oder anderen Gerätschaft. Dann ging er weiter zum größten Zimmer im Haus.

»Die Wachen sind auf der anderen Seite des Gebäudes«, sagte Emmie in seinem Ohr.

Die Tür zu dem Zimmer ließ sich zuerst nicht öffnen, aber Finn fiel wieder ein, dass man ein bisschen nachhelfen musste. Er hob sie etwas an, drehte den Knauf und lehnte sich dann mit der Schulter dagegen. Sie bewegte sich schwerfällig nach innen und gab den Blick auf einen Raum frei, der im Gegensatz zu allen anderen Zimmern im Totenhaus völlig bewohnt wirkte. Er war so blitzblank geputzt, dass selbst in dem trüben Licht der alte Fußboden glänzte.

Das Erste, was Finn sah, war ein leerer, glockenförmiger Käfig mit offener Tür. Er war deutlich größer als er selbst und stammte aus der Bibliothek ihres Hauses.

In der Mitte des Raumes stand ein großer, moderner Tisch, auf dem vier schwere Glaszylinder mit auffälligen Metallgriffen an den Deckeln standen. Darin wurde etwas aufbewahrt, das Finn nur allzu gut kannte.

Kristalle.

»Die Wachen kehren jetzt um«, sagte Emmie über Handy. »Sei vorsichtig.«

Die Kristalle in diesen Behältern waren weder so klar wie die von der Verseuchten Seite, noch besaßen sie die gleiche blutrote Farbe wie die, die in Darkmouth gefunden wurden. Sie waren gelblich, fast schon orange, und rau, als hätte man fein gemahlenen Staub genommen und zu einer unnatürlichen Form zusammengeklebt. Sie sahen merkwürdig aus, irgendwie unrein. Aber er war sich sicher, dass sie sie benutzten, um zu versuchen, in Darkmouth Tore zu öffnen. Warum machten sie etwas so Riskantes?

»Die Wachen sind auf dem Rückweg«, sagte Emmie in seinem Ohr.

Auf dem Tisch lag ein kleiner, ordentlicher Stapel Papiere. Als Finn sie durchsah, stellte er fest, dass auf den meisten nicht viel mehr als Wort- und Zahlenfolgen standen, einige davon mit roter Farbe durchgestrichen, andere grün eingekringelt. Nichts davon ergab einen Sinn für ihn, bis er weiter unten im Stapel einen Zettel mit einer Anweisung fand.

> Gantrua wird von Darkmouth auf dem Straßenweg über Standort 1, unser Hauptquartier in Metzelstadt, in die Zentrale nach Liechtenstein gebracht. Während er dort ist, sollte die Gelegenheit genutzt werden, um Tests an Standort 2 durchzuführen.
>
> LUCIEN

Der Notiz beigefügt war der Schwarz-Weiß-Ausdruck einer Landkarte, auf der einzelne Teile per Hand nummeriert waren. In dem trüben Licht konnte Finn die kleine Schrift darauf nicht lesen, aber er faltete Nachricht und Karte zusammen und steckte sie in die Jacke, in deren anderer Tasche sich schon der Toröffner befand, den er mitgebracht hatte.

Die Dokumente bewiesen, dass die Gehilfen nicht nur in Darkmouth versuchten, Tore zu öffnen, sondern das Gleiche auch anderswo vorhatten. Angesichts der Tatsache, dass dadurch Merkwürdiges mit den Bäumen passierte, das Wasser matschig und die Aufmerksamkeit der Legenden auf der Verseuchten Seite erregt wurde, wusste Finn, dass das keine gute Idee war.

Jetzt hatte er entscheidende Beweise, die er seinem Vater bringen konnte. Er würde die restliche Halbjägerwelt davon in Kenntnis setzen. Er würde die Gehilfen stoppen, bevor es zu spät war.

Finn legte die Hand auf den Tisch und aktivierte dabei versehentlich einen Computerbildschirm. Er erschrak, als er sich selbst darauf entgegenblickte.

Das Foto zeigte ihn zusammen mit seinem Vater und war vor ein paar Jahren aufgenommen worden. Sie hockten darauf in voller Kampfmontur am Boden und lächelten. Es war der Tag gewesen, am dem er seinen ersten Kampfanzug fertiggestellt hatte. Das Bild befand sich deshalb auf dem Bildschirm, weil dieser Laptop zu Hause ihnen gehört hatte. Sie hatten *seine* Erinnerungen gestohlen.

Wut stieg in ihm auf und bestärkte ihn in seiner Entschlossenheit zu verhindern, dass Lucien und die Gehilfen das bekamen, was sie wollten.

Er zögerte einen Moment, überlegte, was er jetzt tun sollte. Es war doch nicht Stehlen, wenn man etwas nahm, das zuerst einem selbst gehört hatte, oder? Außerdem waren auf dem Computer mit Sicherheit Beweise. Alles, was er brauchte, um die Verschwörung gegen seine Familie aufzudecken.

Auf dem Boden lag ein stabiler Rucksack mit Kordelzugverschluss. Er klappte den Bildschirm zu und steckte den Laptop hinein.

Am Fenster kam ein Schatten vorbei, der Wachmann auf seiner Runde.

Da bemerkte Finn einen schmalen, hellen Lichtschein auf dem Boden vor dem Schrank, der die gegenüberliegende Wand einnahm. Er fiel aus einer Schublade. Finn öffnete sie und wurde von grellem Licht geblendet. Im Inneren der Schublade lag ein länglicher weißer Behälter, aus dem schwacher blauer Qualm aufstieg.

Darin befanden sich, eingebettet in Schaumstoff, fünf Schraubdeckelgläser mit exsikkierten Legenden. Sie waren der Größe nach geordnet, angefangen mit einer, die kaum größer als eine Walnuss war, bis hin zur größten von ungefähr dem Umfang eines Fußballs.

Die mittlere erkannte Finn an ihrer grünen, rauen Außenseite als Broonie. Finn hatte seinen Freund schon ein paarmal in diesem Zustand gesehen. Der arme Kerl war öfter exsikkiert worden, als er heiße Feuerraupen gefressen hatte. Es tat Finn im Herzen weh, ihn hier so eingesperrt in einer Schublade zu sehen. Er überlegte, ob er ihn mitnehmen sollte, zögerte aber.

Weiter rechts lag das Glas mit der größten Legende. Eine dunkle Kugel, ungefähr so groß wie ein Ball, deren Oberfläche von etwas durchbrochen wurde, das aussah wie die geschrumpften, erstarrten Knochen von Flügeln.

Gantrua hatte Flügel getragen, als Finn ihn exsikkiert hatte. Es waren zwar nicht seine eigenen gewesen, aber so zusammengeschrumpft, wer weiß? Ob er das wohl sein konnte?
Finn streckte die Hand aus, hielt dann aber inne. Er war nicht hergekommen, um das hier zu stehlen. Er hatte der Bitte der Legenden nicht zugestimmt. Obwohl ..., wenn die Gehilfen Gantrua für immer wegbringen wollten, dann war das jetzt seine einzige Chance.
»Die Wachen sind jeden Moment wieder auf der Vorderseite«, flüsterte Emmie in seinem Ohr. »Brauchst du noch lange?«
Finn war noch nicht so weit. Er würde warten müssen, bis sie ihr Schwätzchen gehalten hatten und zu ihrer nächsten Runde ums Gebäude aufbrachen.
»Jetzt sind sie wieder an der Haustür«, sagte Emmie.
Es konnte Gantrua sein, der bald schon nach Metzelstadt und von da aus weitertransportiert werden sollte. Ihn einfach zu stehlen, würde jedoch ein ziemlich schlechtes Licht auf Finn werfen. Allerdings steckte in dieser Kugel vielleicht das Amulett, das das Gerippe davon abhalten würde, die Verseuchte Seite weiter zu verwüsten. Finn wollte es einfach wissen. Wollte sicher sein. Ein Blick würde nicht schaden.
Er griff in die Schublade und nahm das Glas mit der geschrumpften Legende vorsichtig heraus.
Da ging ein Alarm los.
Heulte.
Dröhnte.
Schepperte.

Finn bekam einen solchen Schrecken, dass er einen Moment nicht reagierte und wie angewurzelt dastand, obwohl er eigentlich hätte losrennen müssen. Erst nach und nach erhielten seine Beine diese Nachricht von seinem Hirn. Und dann dachte er gar nicht mehr darüber nach. Die exsikkierte Legende war plötzlich in seinem Rucksack, zusammen mit dem Laptop, der Rucksack war auf seinem Rücken und er unterwegs, sich auf dem schnellsten Weg aus dem Staub zu machen.
In dem Moment hörte er Emmie in seinen Ohrhörer schreien.
»Die Wachen sind jetzt im Haus, Finn! Mach, dass du da rauskommst!«
Finn riss die Tür auf und stand den Männern gegenüber, die beide ihre Exsikkatoren auf ihn gerichtet hielten.

15 FÜNFZEHNTES KAPITEL

Es herrschte ein Wettstreit zwischen Finn und den Wachen, wer von ihnen am meisten über die Begegnung erschrocken war.

Zu Finns Glück gewannen die Wachen.

Er nutzte den Überraschungseffekt, stürmte zwischen sie und stieß den Bärtigen gegen die Wand. Er hatte das Gefühl, stark und schnell genug zu sein, um die beiden hinter sich zu lassen.

In dem Moment traf ihn plötzlich etwas am Bein. Er stolperte und sah nach unten. Ein Buch. Einer von ihnen hatte ein Buch nach ihm geworfen.

»Stehen bleiben!«, rief Olaf, der Glatzköpfige, und griff nach einem Briefbeschwerer.

Aber Finn blieb nicht stehen. Er knallte die Tür hinter sich zu und rannte in die leere Küche. Auf dem Boden lagen alte Dosen, ein verrosteter Teekessel und ein kaputter Stuhl. Das große Fenster war so alt, dass es klemmte. Weshalb Finn nach einem kurzen vergeblichen Versuch, es zu öffnen, den dreibeinigen Stuhl nahm und ihn durch die dünne Scheibe schleuderte. Sie zersprang und ließ einen Schwall frische Luft in das muffige Haus.
Kurz darauf stürmten die Wachen in die Küche und rasten zur Fensteröffnung. Der Bärtige streckte den Kopf hinaus.
»Keine Spur von ihm«, sagte Ricardo.
»Dann kletter raus und sieh genauer nach.«
»Auf keinen Fall. Da sind überall Glassplitter.«
In dem Moment kam Finn aus dem staubigen Schrank gestürzt, in dem er sich versteckt hatte, rannte quer durch die Küche zur Tür, zog sie hinter sich zu und drehte den Schlüssel herum.
Die Wachen warfen sich mit den Schultern dagegen, während Olaf irgendetwas von »Der Junge! Der Junge!« in ein Funkgerät brüllte.
Den Rest hörte Finn nicht mehr, weil er, samt Rucksack über der Schulter, in dem die exsikkierte Legende und die anderen gestohlenen Beweise polterten, schon fast zur Haustür hinaus war.
»Nichts wie weg!«, rief er und rannte grob in die Richtung, in der er Emmie vermutete.
»Ich hoffe, das war es wert«, antwortete Emmie, die in dem Moment direkt vor ihm auftauchte. Gleichzeitig war ihre

Stimme über die Ohrhörer zu hören, was ziemlich merkwürdig klang.
Finn zog die Hörer heraus und ließ sich von ihr helfen, richtig zu stehen.
»Ich hab ... ein paar Sachen mitgebracht«, sagte er und entschied, dass jetzt nicht gerade der richtige Zeitpunkt war, um über Richtig oder Falsch zu diskutieren, dass er sie einfach mitgenommen hatte.
Sie rannten über einen Acker Richtung Stadt. Finn hielt den Rucksack mit dem Laptop fest, während auf Emmies Rücken sein Rucksack hin und her polterte.
»Sie machen gefährliche Experimente, Emmie. Sie führen auf jeden Fall auch noch woanders welche durch, nämlich in Metzelstadt. Wir müssen die Beweise nach Hause schaffen, bevor sie uns aufhalten. Komm schnell, hier lang.«
Da tauchten ungefähr fünfzig Meter vor ihnen plötzlich mehrere Gehilfen auf. Vorneweg Lucien und Estravon.
»Nein, doch nicht da lang«, sagte Finn und lief nun in die entgegengesetzte Richtung. Sie mussten zu dem Hügel hinter dem Totenhaus, den steilen Hang hinauf, den Finn als Kind immer hochgekraxelt war, um auf der anderen Seite wieder hinunterzurutschen.
»Beeilung«, sagte er zu Emmie, aber die war schon auf und davon.
Er rannte ihr nach, und kurz darauf waren sie dabei, den Hügel hinaufzuklettern.
Finn trug immer noch den Rucksack und hatte das Gefühl,

wenn er ihn fallen ließe, käme er schneller voran, aber er konnte sich nicht dazu durchringen. Da war der Laptop drin, und der gehörte schließlich seiner Familie. Außerdem waren darauf Beweise, da war er sich ganz sicher.

Die beiden Wachen hatten sich inzwischen aus dem Totenhaus befreit und waren zu Lucien, Estravon und den Gehilfen gestoßen, die ein Stück weit unterhalb hinter ihnen den Hang hinaufkraxelten.

»Wir wissen zu viel«, sagte Finn. »Dieses Mal lassen sie uns nicht so einfach davonkommen.«

Hinter ihnen rutschte einer der Gehilfen auf den Steinen aus, die am Rand der Böschung lagen, und riss zwei andere mit um, als er stürzte. Das brachte Finn und Emmie ein paar Sekunden Vorsprung, während sie den Hügel hinaufhasteten. Schmerz machte sich in ihren Beinen breit, und die Anstrengung presste ihre Lunge zusammen. Sie erreichten die Kuppe, hinter der nichts als Felder und Wiesen kamen, die sich in die Ferne erstreckten.

»Vielleicht sollten wir ihnen einfach zeigen, was du in dem Haus gefunden hast«, sagte Emmie keuchend. »Vielleicht sind sie ja gar nicht so hart mit dir, wie du denkst.«

Da zischte plötzlich ein blauer Feuerball über ihre Köpfe hinweg. Ein Schwall Exsikkatorflüssigkeit verfehlte nur knapp sein Ziel. Landete mit einem scheußlichen KNIRSCH nur ein paar Meter vor ihnen, fraß sich in den Boden und hinterließ nichts weiter als einen Krater und eine kleine Steinkugel, die in selbigen hineinkullerte.

»Glaubst du wirklich?«, fragte Finn.

Als er sich umdrehte, um festzustellen, ob noch mehr Geschosse folgten, sah er wieder Estravon. Der gewissenhafte, übergenaue Mann, der sie einst auf die Verseuchte Seite begleitet hatte, war langsamer geworden und hinter Luciens energischen Schritten zurückgefallen. Er wirkte genauso schockiert über den Einsatz des Exsikkators wie Finn und Emmie.

Der Rest des Trupps marschierte weiter den Hang hinter ihnen hinauf.

Finn und Emmie ließen die Hügelkuppe hinter sich und verschwanden auf der anderen Seite.

Über ihnen erschienen die Gehilfen, drängten sich einer nach dem anderen über den Hügelkamm und hefteten sich an ihre Fersen.

»Ich kann nicht glauben, dass sie wirklich geschossen haben«, sagte Emmie, während sie bergab hasteten. »Sie hätten uns *exsikkieren* können.«

»Wahrscheinlich war es nur ein Warnschuss«, antwortete Finn, dessen Füße keinen richtigen Halt mehr fanden. »Hoffe ich jedenfalls. Wir sollten ihnen lieber keine Gelegenheit geben, noch mal zu feuern. Dann treffen sie uns womöglich.«

Finn und Emmie kamen schneller den Hügel hinunter als ihre Verfolger. Aber sie liefen auf offenes Gelände zu – weit und breit kein Haus, weit und breit kein Schutz. Nur eine Bahnlinie, die das Land durchschnitt.

»Da ist unsere Rettung«, sagte Finn.

»Wo?«, fragte Emmie außer Atem.

Finn zeigte Richtung Horizont.
Jenseits von Darkmouth zuckelte gemächlich ein Zug durch die Landschaft.

16 SECHZEHNTES KAPITEL

In Darkmouth gibt es keinen Bahnhof.

Aufgrund der Bergkette, die die Stadt an die Küstenlinie presst, war es schon immer schwierig, ins Herz der Stadt zu gelangen. Man hätte einen langen Tunnel gebraucht. Eine Menge Planung, Technik und Anstrengung. Nicht, dass es im Laufe der Stadtgeschichte nicht bei verschiedenen Gelegenheiten vorgeschlagen worden wäre. Es wäre gut, einen Bahnsteig zu haben, sagten die Leute, an dem die Fahrgäste aussteigen könnten, um die salzige Luft einzuatmen, um die Strandpromenade entlangzuschlendern und ein Eis zu schlecken, während sie auf die Wellen hinausblickten, die an die steilen Hänge der felsigen Insel schlugen, die den Namen »Ausguck des Schicksals« trug.

Aus ziemlich offensichtlichen Gründen war das Vorhaben nie sonderlich weit gekommen. Man hielt es allgemein für das

Beste, keine voll besetzten Züge durch eine Stadt zu lotsen, in der es jederzeit passieren konnte, dass ein Fahrgast seinen Fahrschein in den Entwerter steckte, bevor er selbst ins Maul einer zufällig vorbeikommenden Legende gesteckt wurde.

So kam es, dass die Bahnstrecke nicht durch die Stadt führte. Stattdessen verläuft ein Gleis, auf dem mehrmals täglich ein Zug verkehrt, in einem langen, ruhigen Tal hinter den Schwarzen Bergen, die Darkmouth vom Rest der Welt trennen. Nur ein einziges Mal in sechsundfünfzig Jahren wurde der Zugverkehr dort eingestellt, und zwar in einem Zeitraum von Darkmouths Geschichte, der manchmal als die Kurze Pause bezeichnet wird.

Die Kurze Pause war genau das: ein paar Monate in der Zeit Geralds des Enttäuschten, in der es, aus nie geklärten Gründen, in Darkmouth keine Invasionen durch Legenden gab. Es war der Sommer, ein herrlicher noch dazu, in dem Familien lange Strandspaziergänge machten und Kinder im seichten Wasser tollten und alle langsam glaubten, dass diese Freiheit für immer andauern könnte.

Die Regierung beschloss, einen Inspekteur zu schicken, der diesen ungewöhnlichen Zustand untersuchen sollte. Er konnte aber nicht Auto fahren und traf deshalb Vorkehrungen, damit der Zug an einem geeigneten Platz außerhalb von Darkmouth anhielt, von wo aus er einen kleinen Spaziergang in die nun ruhige Stadt machen konnte. Der Zug machte auch tatsächlich dort halt, der Beamte stieg aus, und der Zug zuckelte weiter seines Weges, nachdem vereinbart worden war, dass er den Be-

amten ein paar Stunden später auf dem Rückweg wieder mitnahm.
Der verabredete Zeitpunkt rückte näher. Und in der Kühle des Abends, der an der ganzen Küste außergewöhnlich sonnig gewesen war, dann aber plötzlich merkwürdig nass wurde, fiel dem Lokführer dreierlei auf:

1. Rauch, der nicht nur an einer, sondern an fünf verschiedenen Stellen auf der stadtzugewandten Seite der Schwarzen Berge aufstieg,
2. etwas vor dem Rauch, von dem er hätte schwören können, dass es ein Drache war,
3. der Inspekteur. Auf den Gleisen sitzend. Mit starrem Blick, zerfetzten Kleidern und einer Aktentasche, über die von einer Ecke zur anderen ein langer Riss verlief, der den Blick auf seine unverzehrten Frühstücksbrote freigab.

Der Inspekteur zitterte vor Schreck und redete wirres Zeug, sodass dem Lokführer nichts anderes übrig blieb, als ihn in den Zug zu setzen, nach Hause zu bringen – und sich währenddessen ein Frühstücksbrot schmecken zu lassen. Das war das letzte Mal gewesen, dass man einen Zug veranlasst hatte, in der Nähe von Darkmouth zu halten.
Bis jetzt.
Der Lokführer des Zuges, der in diesem Moment die Außenbezirke der Stadt passierte, saugte gerade an seiner Erdbeermilch und überlegte, was er am Nachmittag zum Tee essen sollte, als

er zwei Kinder sah, die wie verrückt auf die Bahngleise zurannten. Ohne zu überlegen, zog er so heftig am Bremshebel, dass der Zug kreischte und heulte und die Fahrgäste sich fest an ihre Sitze klammerten.

Er sah die beiden Kinder auf sich zurennen und winken. Es waren ein Mädchen und ein Junge. Der Junge hatte einen Rucksack unter dem Arm, das Mädchen trug einen auf dem Rücken. Die Haare des Mädchens hüpften, als würden sie kaum hinterherkommen. Der Lokführer hatte schon Gerüchte darüber gehört, dass Darkmouth ein merkwürdiger Ort sei. Dieses Bild zerstreute diese Gerüchte nicht. Aber die beiden Kinder schienen unbedingt einsteigen zu wollen, also zog er weiter die Bremse, bis der Zug fast ganz zum Stehen kam.

In dem Moment sah er in einiger Entfernung einen Trupp Kerle auftauchen – fast alle in grauen Anzügen, zwei davon mit so etwas wie Schutzwesten über den Hemden. Sie riefen und winkten, und mindestens einer trug etwas, das aussah wie ein Staubsauger.

Der Lokführer blickte auf das Mädchen und den Jungen.

Dann blickte er auf die Meute der Verfolger.

Plötzlich erhob einer der Kerle mit Schutzweste den Staubsauger und schoss damit. Nur, dass normale Staubsauger nicht irgendein flüssiges Feuer ausspuckten, das den Boden verschluckte.

Der Fahrer ließ die Bremse los und beschleunigte wieder. Das Mädchen bollerte an die Seite des hinteren Wagens und rief ihm zu anzuhalten.

Ein weiterer blau glühender Strahl traf neben ihnen auf den Boden. Hätte er den Zug getroffen, hätten locker ein paar Passagiere dabei draufgehen können. Der Lokführer erhöhte die Geschwindigkeit noch mehr, und der Zug fuhr jetzt ungefähr im selben Tempo wie die beiden Kinder, die daneben herliefen. Die Truppe anzugtragender Kerle war auch schon fast da, nur noch wenige Meter von ihnen entfernt.

Während der Zug weiter beschleunigte und an den Bergen vorbeifuhr, hinter denen Darkmouth lag, streckte der Lokführer den Kopf aus dem Fenster, bis er sich entfernt und die Kinder abgehängt hatte.

Ein bisschen schlechtes Gewissen überkam ihn und etwas Unbehagen, aber mehr als alles andere empfand er Erleichterung. Erleichterung darüber, dass er das alles nicht seinem Chef erklären musste. Er würde, so beschloss er, keiner Menschenseele sagen, dass er gerade ein Mädchen und einen Jungen zurückgelassen hatte, die von einer Meute mit hochgefährlichen Staubsaugern verfolgt wurden.

17 SIEBZEHNTES KAPITEL

Finn hatte diesen Zug schön öfter vorbeifahren sehen und sich gefragt, wie es wohl wäre, ihn anzuhalten, einzusteigen und sich von ihm an irgendeinen fernen, aufregenden Ort bringen zu lassen. Oder einfach irgendwohin. Nah und langweilig hätte es auch getan.

Jetzt rannten sie, winkend und rufend, wie die Irren hinter ihm her und hatten auf diese Weise offensichtlich den Lokführer erschreckt. Trotzdem hatte der Zug kreischend gebremst. Bis ein Schuss Exsikkatorfeuer nicht weit von ihren Fersen landete, Finns Puls zum Rasen brachte und den

Fahrer veranlasste, die Geschwindigkeit wieder zu erhöhen und davonzufahren.

Trotzdem rannten sie weiter, und Finn wurde in Emmies Windschatten mitgezogen. Sie waren wild entschlossen, es zu schaffen, und erreichten den Zug, als der noch langsam genug war, um daneben herzulaufen. Emmie bollerte gegen die Waggonwand, während die Fahrgäste von innen verdutzt zusahen.

Ein Kopf erschien hinter der Fensterscheibe.

»Alles in Ordnung?«, erkundigte sich eine Frau. »Habt ihr den Zug verpasst?«

»Machen Sie die Tür auf!«, schrie Finn.

»Das geht nicht. Dann bekomme ich Ärger.«

Ein zweiter Exsikkatorschuss riss beinah eine Ecke vom Waggon weg. Ratternd beschleunigte der Zug weiter und entfernte sich nach und nach von den rennenden Kindern, während die Frau mit einer Also-das-ist-alles-etwas-merkwürdig-ich-gehe-lieber-wieder-zu-meinem-Platz-Geste mit den Schultern zuckte.

Ganz hinten am letzten Waggon war eine Tür. Und davor eine kleine Plattform mit Geländer und eine schmale Treppe, auf die man aufspringen konnte. Falls sie bereit waren, das zu riskieren.

»Komm schon«, ermutigte Emmie Finn, und – zu seinem wachsenden Erstaunen – erreichte sie irgendwie das Ende des Zuges, griff nach dem Geländer und hievte sich in einer zügigen Bewegung hinauf.

Dann streckte sie ihm die Hand entgegen.

Er warf einen Blick über die Schulter und sah Olaf, den glatzköpfigen Wachmann, die Waffe zu einem letzten Warnschuss erheben, der ihn dieses Mal womöglich treffen würde.
Er wollte Emmie schon zurufen, dass er es nicht schaffte, mit dem schweren Rucksack, dem holprigen Boden unter seinen Füßen und seiner Lunge, die mittlerweile wie Feuer brannte. Aber er sah den Blick in ihren Augen, als sie ihn wieder anschaute, und ihm war klar, dass sie das nicht akzeptieren würde. Finn mobilisierte seine letzten Kräfte, streckte den Arm aus, packte Emmies Hand und schaffte es halb springend, halb von ihr gezogen auf die Plattform.
Emmie riss die Tür auf und warf sich in den Waggon.
Finn stolperte hinter ihr her, drehte sich um und trat die Tür schnell wieder zu.
Plötzlich wich das Chaos des Motorenlärms, des Gebrülls und des Exsikkatorfeuers der vergleichsweisen Ruhe im Inneren des Zuges.
Sie konnten die wütenden Schreie der Gehilfen nicht hören, als sie die Jagd aufgaben, aber sie sahen sie zurückfallen, langsamer werden, wurden Zeugen, wie Olaf sich dagegen entschied, noch einen letzten Schuss auf den davonfahrenden Zug abzugeben, und stattdessen vor Wut auf den Boden feuerte, wo die Exsikkatorflüssigkeit mit lautloser Wucht ein Loch in den Boden fraß.
Lucien beobachtete das Ganze von der Mitte der Gleise aus, mit vor Erschöpfung bebender Brust, zerzaustem dünnem Haar, und putzte seine Brille mit dem Hemdsärmel.

Estravon stand auch da, Augen und Mund weit aufgerissen, und sah ihnen nach, wie sie über die Schienen entschwanden.

Emmie und Finn drehten sich um. Eine Handvoll Menschen starrten sie von ihren Sitzen aus an, hatten ihre Bücher sinken lassen oder hielten ihre Ohrhörer in den Händen, damit sie mitbekamen, worum es hier eigentlich ging.

Am anderen Ende des Wagens ging eine Tür auf. Ein stämmiger Mann in dunkler Uniform trat hindurch. Alle drehten sich in seine Richtung. Er begutachtete den ungewöhnlichen Anblick, zog den Kragen seiner Jacke zurecht.

Und zerschlug schließlich die Spannung wie mit einem Karatehieb, indem er sagte:

»Die Fahrkarten bitte.«

18 ACHTZEHNTES KAPITEL

Emmie kramte in den Taschen ihrer Schuluniform, die jetzt übersät war mit Flecken von Gras und Erde, und bezahlte die Fahrkarten.

Der Fahrkartenschaffner starrte sie an. Er wusste immer noch nicht, was hier eigentlich vor sich ging.

Die Fahrgäste im Waggon beobachteten, wie er Emmies Angaben in seinen Fahrscheinautomaten tippte, daran drehte, einen Beleg herausnahm und ihn Emmie reichte. Niemand verlor ein Wort darüber, wie Finn und sie in den Zug gekommen waren. Es war, als hätten alle gemeinsam beschlossen, so zu tun, als wäre nichts passiert.

Als der Schaffner sich schließlich umdrehte und den Wagen verließ, um durch den Rest des Zuges zu laufen, sanken Finn und Emmie auf zwei Sitzplätze, sagten ein paar Minuten lang gar nichts und warteten darauf, dass ihr Puls sich beruhigte.

Finn blickte nach oben, betrachtete einen Regenschirm, der im Gepäckfach hin- und herrollte, und versuchte zu begreifen, in welchem Schlamassel er sich diesmal befand.
Er war noch tief in seinen Gedanken versunken, als der Zug in einen Bahnhof einfuhr und ein paar der Fahrgäste ausstiegen. Finn blickte sich um und machte sich Sorgen, wer sie wohl an der Haltestelle erwarten würde. Aber der Einzige, der zustieg, war ein Mann mit einer Aktentasche in der Hand und einer Zeitung unter dem Arm. Er setzte sich hinter sie.
»Was machen wir jetzt?«, fragte Emmie, während der Zug langsam aus dem Bahnhof rollte. »Und was haben wir uns bloß dabei gedacht?«
»Ich hab nicht damit gerechnet, dass alles dermaßen schiefläuft«, antwortete Finn.
»Wir müssen immer damit rechnen, dass alles dermaßen schiefläuft«, antwortete Emmie. »Es läuft nämlich immer schief.«
»Ich habe dir gesagt, du brauchst nicht mitzukommen.«
»Ich konnte dich doch nicht alleine gehen lassen.«
»Wir werden das alles meinem Dad erklären müssen«, sagte Finn.
»Wir werden das alles *allen* erklären müssen, wenn wir zurückkommen«, sagte Emmie.
Finn schwieg.
Emmie drehte sich auf ihrem Platz um und sah ihn eindringlich an. »Wir *kommen* doch zurück, oder? Ich meine, wir überlegen uns, was wir machen, aber wir können nicht ewig in diesem Zug sitzen bleiben.«

»Wir können nicht zurück«, antwortete Finn, während draußen Felder und Wiesen vorbeizogen und der Blick sich dann auf eine funkelnde Flussmündung öffnete. »Sie hätten uns exsikkieren können. Sie schnappen uns, bevor wir es überhaupt zu meinem Dad oder irgendwem, dem wir vertrauen, schaffen.«

»Finn, ich gerate ja gern in Schwierigkeiten, genau wie du, aber nur, wenn es sich lohnt. Was soll das hier denn bringen, außer, dass wir aus Darkmouth geworfen werden?«

»Was genau der Grund ist, warum es keinen Sinn macht, dorthin zurückzufahren«, antwortete Finn.

»Und wo fahren wir dann hin?«, fragte Emmie.

»Metzelstadt.«

»Metzelstadt?«

»Wir wissen, dass Lucien angeordnet hat, außer in Darkmouth auch in Metzelstadt Experimente durchzuführen. Das ist gefährlich. Das Gegenteil von dem, was Legendenjäger tun sollen. Unsere Aufgabe ist es, die Leute vor Toren zu schützen, aufzupassen, dass keine Legenden durchkommen. Nicht durch die Gegend zu ziehen und selbst welche zu öffnen. Wer weiß, was dabei alles passiert? Womöglich lösen sie wieder eine riesige Invasion aus. Wenn wir sie schon nicht aufhalten können, dann können wir sie in Metzelstadt wenigstens auf frischer Tat ertappen und dem Rest der Welt zeigen, was hier gerade abläuft. Dann müssen uns alle glauben. Und wir bekommen Darkmouth zurück.«

Emmie fuhr sich frustriert durch die Haare und schüttelte den Kopf.

»Finn, sie haben uns beinah erwischt«, sagte sie und holte tief Luft. »Wir stecken in Schwierigkeiten. Du steckst in Schwierigkeiten. Dein Dad steckt in Schwierigkeiten. Ich stecke in Schwierigkeiten. Das bedeutet, mein Dad steckt in Schwierigkeiten. Und das bedeutet, ich und mein Dad stecken in Schwierigkeiten, wenn er zurückkommt. Im Prinzip also nichts als Schwierigkeiten. Gigantische Schwierigkeiten. Besser, wir fahren sofort zurück und bringen die Sache jetzt gleich wieder in Ordnung.«

»Was ist denn los mit dir, Emmie?«, fragte Finn ehrlich verärgert. »Sonst warst du doch immer diejenige, die mich angetrieben hat.«

»Was mit mir los ist? Ich bin nicht verrückt geworden, das ist mit mir los.«

»Es passiert gerade so viel ...« Finn verstummte und musste sich große Mühe geben, nichts darüber zu sagen, was auf der Verseuchten Seite vorgefallen war.

Der Zug hatte inzwischen reichlich Fahrt aufgenommen und ratterte durch die Landschaft.

»Da steckt noch irgendwas anderes dahinter, aber du willst mir nicht sagen, was«, sagte Emmie.

»Vertrau mir einfach«, antwortete Finn. »Ich überleg mir einen Plan.«

»Und zu stehlen, was immer du da gestohlen hast, gehört wohl zu diesem brillanten Plan, ja?«, erwiderte Emmie.

Finn hob den Rucksack auf den breiten Tisch vor ihnen und fing an, den Inhalt herauszuholen. Als Erstes den Laptop.

»Du hast einen Laptop geklaut«, stellte Emmie unbeeindruckt fest.

»Nicht geklaut«, antwortete er beleidigt. »Der hat zuerst mir gehört. Also, unserer Familie. Da sind Fotos von uns drauf. Schöne Fotos aus der Zeit, wie es früher mal war. Der gehört nicht denen. Er gehört uns. Abgesehen davon, sind garantiert ein Haufen Beweise für Luciens Verschwörung drauf.«

Emmie zog noch etwas anderes aus dem Rucksack. »Eine Duftkerze?«

»Die war wohl vorher schon da drin.«

»Klebeband?«, fragte sie, als sie die Außentaschen durchsah.

»Ich habe einfach den nächsten Rucksack genommen, den ich greifen konnte«, erklärte Finn.

»Ist das etwa ein halber Schokoriegel?«

»Ich sag doch, ich hatte keine Zeit, wählerisch zu sein.«

Emmie nahm die Schokolade heraus, brach ein Stück davon ab und steckte es in den Mund, während sie weiter in den Tiefen des Rucksacks wühlte.

»Was ist denn das?«, fragte sie und zog jetzt ein Deckelglas heraus.

Es hatte einen Riss, der vom Boden bis zum oberen Rand verlief, war aber sonst noch heil. Darin lag eine haarige Kugel. Mit Flügeln.

Emmie schien fassungslos. »Ist das etwa eine Legende?«

»Könnte sein«, antwortete Finn. »Ja, vermutlich schon.«

»Was hast du dir bloß dabei gedacht?«

Finn suchte nach einer Antwort. »Da war so ein Käfig im Totenhaus, und ein paar exsikkierte Legenden. Sie haben vielleicht vor, sie zu reanimieren, und das hier könnte Broonie sein. Ich dachte, wir könnten ihn retten.«

»Das sieht *kein bisschen* aus wie Broonie, nachdem er exsikkiert wurde, und wir haben ihn schon oft genug in diesem Zustand gesehen.« Sie betrachtete die Kugel genauer. »Bist du dir wirklich sicher, dass er es ist? Du hast sie einfach mitgenommen, ohne dir sicher zu sein, stimmt's? Jetzt stecken wir in gigantischen Schwierigkeiten.«

»Hör zu, ich habe Panik bekommen«, erklärte Finn und sagte diesmal wirklich die Wahrheit. »Als ich das Glas hochgehoben habe, ist ein Alarm losgegangen. Da bin ich nur noch gerannt.«

»Igitt«, sagte Emmie, als sie noch einmal in den Rucksack griff. »Da drin ist irgendwas kaputtgegangen. Eine Flasche Saft oder so. Es ist alles ganz klebrig.« Sie wischte sich die Hand an ihrem Rock ab und verzog angewidert die Nase. »Hör zu, Finn, wir kommen aus diesem Schlamassel schon wieder raus. Wir haben schon in Schlimmerem gesteckt.«

Finn zog die Karte aus seiner Tasche, breitete sie auf dem Tisch aus und strich die Falten glatt. In der oberen Ecke stand »Metzelstadt«. Die kreuz und quer verlaufenden Gassen des Ortes waren in detailliertem Maßstab dargestellt, und einzelne Häuser und bestimmte Punkte waren markiert.

Neben einem Gebäude namens *Altes Gutshaus* stand eine »1«. Neben drei kleinen Kreuzen – einem Friedhof, vermutete Finn – eine »2«. *20 Uhr* hatte jemand dazugeschrieben.

»Das ist Metzelstadt«, sagte Finn. »In der Notiz, die ich gefunden habe, stand, sie würden an Standort zwei experimentieren. Das muss … hier sein. Und in dem Imbiss hat einer dieser Gehilfen gesagt, sie würden es heute Abend machen. Deshalb *20 Uhr*, nur noch ein paar Stunden von jetzt ab. Die Eins ist sicher das Hauptquartier, das Lucien in der Nachricht erwähnt hat.«

Emmie nahm die Karte vom Tisch, um sie näher zu betrachten. Da erst merkte Finn, dass sich auf der Rückseite eine Reihe von Bildern befand. Eines zeigte ein altes Haus hinter einer Mauer und einem bedrohlich wirkenden Tor. Bei dem anderen musste Finn einen Augenblick nachdenken, bevor er darauf kam. »Findest du, das sieht aus wie eine Achterbahn?«

»Kann schon sein«, antwortete Emmie schulterzuckend und warf einen flüchtigen Blick auf die Abbildungen. »Nachdem wir das alles jetzt wissen, rufen wir jedenfalls deinen Dad an, lassen uns von ihm abholen und erzählen ihm das Ganze.«

»Wir sind auf der Flucht, Emmie«, antwortete Finn. »Und er kann Darkmouth auf keinen Fall alleine verlassen, ohne dass Lucien das als Vorwand benutzt, um ihn loszuwerden.«

»Du lieferst Lucien gerade selbst einen prima Vorwand, Finn.«

»Sie werden stattdessen Gehilfen schicken, um uns einzusperren, und dann sind wir die Beweise los. Nein, wir fahren nach Metzelstadt.«

Während die Welt draußen vorbeischwirrte, blickte Emmie auf den Haltestellenplan an der Wagenwand. »Aber dieser Zug fährt nicht nach Metzelstadt.«

»Nein, und das ist gut so, denn das heißt, sie werden uns dort nicht erwarten. Wir steigen einfach an der nächsten Station aus und suchen uns einen Bus dorthin.«

»Selbst wenn wir das machen«, antwortete Emmie genervt, »müssen wir deinen Vater anrufen und ihm sagen, was los ist, für den Fall, dass er uns irgendwie helfen kann. Er wird sowieso bald von der Sache Wind bekommen.«

Finn musste zugeben, dass das eine gute Idee war, es gab nur ein Problem. »Ich glaube, ich hab mein Handy verloren, als wir hinter dem Zug hergerannt sind«, sagte er und tastete seine Jacke ab.

»Dann nehmen wir eben meins«, seufzte Emmie und nahm es heraus, um Finns Vater anzurufen.

»Entschuldigung«, sagte da eine dünne Stimme hinter ihnen.

Als Finn und Emmie sich umdrehten und über die Lehnen ihrer Sitze spähten, sahen sie einen Zeitung lesenden Mann in einem Jackett, der den Finger auf den Mund legte.

Er zeigte auf einen Aufkleber am Fenster. »Das ist ein Ruheabteil«, sagte er. »Ihr dürft hier drin kein Handy benutzen.«

»Es dauert auch nicht lange«, erwiderte Emmie.

»Das ist eine Vorschrift«, antwortete der Mann. »Vorschriften darf man nicht einfach missachten.«

Finn brauchte Emmie nicht anzusehen, um zu wissen, dass sie kurz davor war, dem Mann das Handy an den Kopf zu werfen. Er zeigte auf das Wagenende, und sie liefen zusammen den Gang entlang bis zu der Tür zwischen den Waggons, damit sie in Ruhe ihren Anruf erledigen konnten.

Emmie hielt ihm ihr Handy hin. »Lass uns doch mal ehrlich sein, Finn. Wir können nicht ewig in diesem Zug bleiben.«

Finn betrachtete das Handy noch eine Weile, bis er es schließlich nahm. »Ich ruf ihn an, aber das heißt nicht, dass wir direkt nach Darkmouth zurückfahren. Ich sage ihm, dass wir nach Metzelstadt fahren. Er wird wissen, was zu tun ist.«

Plötzlich zog ein Knacksen Finns und Emmies Aufmerksamkeit auf sich. Es kam von dem Platz, an dem sie vorher gesessen hatten, und auch der Mann mit der Zeitung bemerkte es. Er reckte den Hals über die Rückseite ihrer Sitze, um zu sehen, was das Geräusch verursachte.

»Pssst«, sagte er.

Wieder das Knacksen. Und ein bisschen Knurren vielleicht.

»Pssst!«, beharrte der Mann.

»Finn«, sagte Emmie, der langsam etwas dämmerte. »Dieses Zeug unten im Rucksack, war das wirklich Saft?«

»Weiß nicht genau«, musste Finn zugeben.

»Finn«, sagte Emmie. »Du hast doch einen Käfig im Totenhaus gesehen. Vielleicht erwecken sie aus irgendeinem Grund Legenden wieder zum Leben. Besteht also die geringste Möglichkeit, dass das Zeug, das da ausgelaufen ist, Reanimationsflüssigkeit sein könnte?«

Finn nickte langsam.

»Oh nein«, sagte Emmie verzweifelt.

»Oh nein«, wiederholte Finn.

»Und der Riss in dem Glas ...?«

»Nicht gut«, antwortete Finn. »Gar nicht gut.«

»Was ist mit der Legende? Glaubst du wirklich, dass das Broonie ist?«
Finn schüttelte den Kopf. »Er könnte es sein. Oder es könnte … etwas anderes sein.«
Glas zersplitterte. »Es wäre besser, wenn es Broonie wäre«, sagte Emmie.
In dem Moment explodierte ein Greif in dem Eisenbahnwagen zum Leben.

19 NEUNZEHNTES KAPITEL

Der Mann, der sie aufgefordert hatte, leise zu sein, schrie. Und zwar laut, sehr laut.

Halb Adler, halb Löwe, starrte der Greif ihm nach, während er auf Händen und Knien davonkrabbelte, wandte sich dann schnüffelnd Finn und Emmie zu und überlegte, wen er zuerst angreifen sollte. An den Vorderbeinen hatte er Klauen, die aussahen, als könnten sie den ganzen Waggon in Stücke reißen. Seine Hinterbeine waren die eines Löwen. Ein Zittern fuhr ihm durch Muskeln und Gefieder und endete in einem kurzen Schütteln des gebogenen Schnabels. Als er die Augen öffnete, verengten sich schwarze Pupillen vor einer weißen Iris.

Der Pssst-Mann schrie noch einmal.

Die Legende öffnete den Schnabel und stieß ein langes, markerschütterndes SKRIIIETSCH aus, das zum Kreischen der Zugräder passte, als der Zug in die Dunkelheit eines Tunnels eintauchte. Im zuckenden Licht spreizte sie die Flügel und durchschlug mit einem scheußlichen WUMMS die Fenster auf beiden Seiten. Sie entschloss sich, auf den Mann loszugehen, und stürzte sich auf ihn, während er weiter davonrobbte.

Finn wäre am liebsten weggelaufen, aber wenn er das getan hätte, wäre der Mann die Vorspeise für den Greif geworden. Und die restlichen Fahrgäste der Hauptgang.

Neben ihm hing ein Nothammer. Er schlug die Abdeckung ein, nahm den Hammer und schleuderte ihn ohne Zeit zum Zielen auf den Greif. Der stumpfe Schlagdorn traf die Legende an der Schulter und prallte einfach vom Gefieder ab.

Als der Zug den Tunnel verließ, durchflutete wieder Tageslicht den Waggon.

Emmie hatte auf einmal einen Feuerlöscher in der Hand. Als er nach dem Entsichern plötzlich losging und Schaum auf den Hals des Greifs sprühte, verlor sie fast das Gleichgewicht, bis sie die Taktik änderte und ihn einfach komplett auf seinen Rücken warf.

Aber der Greif machte weiter und steuerte unbeirrt auf den am Boden kauernden Pssst-Mann zu.

Der hielt seine Aktentasche hoch, als läge darin irgendeine Hoffnung verborgen, die Klauen daran hindern, ihm den Kopf von den Schultern zu reißen. Als würde die dünne Lederhülle voller Papier und Frühstücksbrote reichen, um diese wütende, gierige, lebendige Waffe aufzuhalten. Der Mann schob sich nach hinten und quetschte sich in eine Gepäckablage.

Der Zug raste über die Gleise, schwankend, schaukelnd, in solcher Schräglage, als würde er jeden Moment umkippen.
Dann bremste er.
Kreischte laut, ruckte heftig, schlidderte auf plötzlich stillstehenden Rädern noch ein Stück weiter.
Der Greif wurde rückwärtsgeschleudert, verlor den Halt und rutschte den Gang entlang, während Finn und Emmie sich fest an die Tür klammerten, um durch die unvermittelte Wucht der Vollbremsung nicht umgeworfen zu werden.
Da hatte Finn eine Idee. Er nahm seinen Rucksack und zog eine Flasche heraus. »Das Shampoodle«, sagte er und reichte sie Emmie, gefolgt von weiteren Flaschen. »Misch es mit dem Floh-auf-und-davon.«
Er setzte sich Richtung Greif in Bewegung. »Dann tu drei Tropfen von dem Phantastischen Fischflossenfutter dazu – nicht mehr – und einen Spritzer Haustierkacke-Härter. Mein Vater hat mir das Rezept gesagt. Hoffentlich funktioniert es.«
Emmie fing sofort an, den Inhalt der Flaschen zu mischen, als sich der Zug wieder in Bewegung setzte und der Lokführer beschleunigte, bis er wieder über die Gleise brauste.
»Wirf mir das Zeug zu, wenn du fertig bist!«, rief Finn und schob sich langsam vorwärts.
Als er sich näherte, richtete der Greif sich auf.
»Finn!«, rief Emmie, schloss den Deckel auf der Mixtur und hob den Arm, um sie ihm zuzuwerfen.
Da gab es plötzlich wieder einen Ruck, sie stolperte und ließ die Behelfsexsikkatorflüssigkeit fallen.

»Ich hab sie fallen lassen!«, rief sie und fürchtete, dass die Flüssigkeit jetzt womöglich nichts anderes als Sitzbezüge und weggeworfene Chipstüten exsikkieren würde.
Der Greif kam Finn bedrohlich nah, kreischte so laut, dass dieser das Gefühl hatte, sein Trommelfell würde gleich platzen. Hinter dem Monster am anderen Ende des Wagens saß mit blanker Panik im Blick der Mann mit der Aktentasche fest. Jetzt konnte keiner von ihnen irgendetwas tun.
Da fuhr der Zug um eine scharfe Kurve und ließ die Legende und die Fahrgäste nach rechts kippen. Emmies Exsikkatorbombe rollte durch den Mittelgang und blieb unter der hinteren Sitzbank liegen.
Der Greif rappelte sich wieder hoch, krallte sich in den Boden, grub tiefe Furchen hinein und hatte offenbar entschieden, dass es jetzt Zeit war, auf Finn loszugehen.
»Hoffentlich funktioniert es«, sagte Finn und kletterte auf die Lehne einer Sitzbank und von da aus ins darüberliegende Gepäckfach. Während der Greif versuchte, ihn da herauszukratzen, schob er sich in dem engen Fach weiter, bis er den herumrollenden Regenschirm packen konnte. Der Greif brüllte. Finn stieß ihm den Schirm in den offenen Schnabel, drückte im letzten Moment auf den Automatikknopf am Griff, sodass sich der Schirm plötzlich öffnete und das Maul des Greifs weit aufsperrte. Die Speichen knacksten, und das Metall verbog sich, aber der Schirm blieb fest verkeilt.
Der Greif hielt inne, wehrte sich, und Finn schob sich in dem Gepäckfach wieder zurück.

»Sie«, sagte Finn zu dem Aktentaschenträger, »bleiben, wo Sie sind, wenn Sie nicht zu einem menschlichen Fußball werden wollen.«

Plötzlich ruckte der Zug scharf nach links und schleuderte ihn aus dem Gepäckfach. Er landete genau in dem Moment mit einem schmerzhaften Stoß seines eigenen Ellbogens in die Rippen auf dem Boden, als die Exsikkatorbombe durch den Gang kullerte. An seinem Kopf vorbei. Er streckte die Hand aus und fing sie ab.

Der Greif beugte sich herunter.

Finn spießte die Flasche an eine Regenschirmspeiche in seinem offenen Schlund, rollte sich rückwärts und knallte beim Aufspringen mit dem Kopf an einen der Tische. Er hatte jetzt keine Zeit für Schmerzen und folgte stattdessen schnell Emmie durch die offene Waggontür, die sie schnell zuknallten, bevor der Greif sie erreichte.

Die Legende biss auf Regenschirm, Flasche, Speichen, einfach alles.

»Gleich ist es so weit«, sagte Finn.

Dem Greif lief Blut durch die Federn, und die Schirmspeichen ragten ihm aus dem Schnabel.

»Jetzt gleich?«, fragte Emmie.

Der Greif drehte sich zu dem entsetzten Mann am Ende des Waggons um.

»Das hoffe ich«, antwortete Finn.

Der Mann schrie wieder auf.

»Das hoffe ich wirklich, wirklich sehr.«

Der Greif spannte die Flügel und ... implodierte von einer atemberaubenden Sekunde auf die andere wie eine zerplatzende Seifenblase zu einer harten Kugel und rollte dem Mann mit der Aktentasche direkt vor die Füße.

Der schrie wieder. Und schrie. Und hörte gar nicht mehr auf zu schreien.

»Hab ich nicht gesagt, dass es funktioniert?!«, sagte Finn.

Emmie seufzte.

Die Fahrgäste aus dem Waggon starrten sie an.

»Haustier«, sagte Finn und zeigte wenig überzeugend in Richtung des letzten Wagens und des panischen Mannes darin. »Irgendwer hat sein Haustier mitgebracht. In den Zug.«

»Einen Hund«, sagte Emmie.

»Einen richtig großen Hund«, stimmte Finn ihr zu.

Der Zug fuhr in einen Bahnhof ein. Auch wenn das nicht ihre Haltestelle war, war es an der Zeit, auszusteigen.

20 ZWANZIGSTES KAPITEL

Bevor sie den Zug verließen, hoben sie schnell noch den Laptop vom Boden auf, wo er hingefallen war, und steckten ihn zusammen mit dem exsikkierten Greif, der gestohlenen Karte und dem Zettel mit der Anweisung in Finns Rucksack. Dann sprangen sie auf den Bahnsteig hinaus und beeilten sich wegzukommen, bevor sie geschnappt, befragt, verhört, gefeuert, eingesperrt oder alles in dieser Reihenfolge wurden.

Während sie hofften, möglichst locker zu wirken, jedoch in Wirklichkeit kurz davor waren, hektisch loszurennen, begaben sie sich zum Ausgang der kleinen Bahnstation und ignorierten die Rufe des Lokführers, die Rufe des Fahrkartenschaffners und das immer noch andauernde Geschrei des Aktentaschenmannes. Draußen stand ein Altglasbehälter, eine große Metalltonne mit runder Öffnung, in die man Flaschen stecken konnte.

Da schob Finn den exsikkierten Greif hinein.
Emmie sah ihn skeptisch an.
»Hast du eine bessere Idee?«
Hatte sie nicht.
Also landete der Greif in dem Behälter, in dessen Inneren das Kling und Klong der Flaschen hallte, während er den unsichtbaren gläsernen Abhang hinunterrollte.
Inzwischen war der Lokführer vor der Stationstür erschienen, und es blieb ihnen nichts anderes übrig, als zu rennen, bevor er irgendwelche Fragen stellen konnte. Sie stürmten einen kurzen asphaltierten Weg hinauf und durch eine offene Schranke auf eine kleine Landstraße hinaus.
»Welche Richtung?«, fragte Finn.
»Rechts«, antwortete Emmie, während Finn nach links lief.
Sie blieben stehen, warteten, dass einer von ihnen eine Entscheidung traf, und als Finn merkte, dass Emmie das schon getan hatte, folgte er ihr. Sie hasteten das kurvige Sträßchen entlang. Durch den rissigen Teer wuchs Unkraut, und herunterhängende Sträucher streckten beim Vorbeirennen die dornigen Zweige nach ihnen aus.
Als sie außer Sichtweite des Bahnhofsgebäudes waren, hörten sie plötzlich die Sirene eines Polizeiautos auf sich zukommen. Sie versteckten sich rasch hinter den Büschen und ließen es vorbeisausen. Finn hatte keinen Zweifel, wohin es fuhr.
Als sie sicher waren, dass das Auto weg war, sprangen sie wieder auf die Straße und rannten schnell in die entgegengesetzte Richtung weiter.

»Der Mann im Zug hatte verdammt großes Glück«, sagte Finn. »Wäre er näher an unserer Bombe gewesen, wäre er jetzt eine Kugel in einem winzigen, glänzenden Anzug.«

Emmie blieb abrupt stehen, und Finn war gezwungen, zu ihr zurückzugehen.

»Er hatte Glück?«, fragte sie entgeistert. »Finn, *wir* hatten Glück. Nein, sorry. Wir hatten kein Glück. Nicht wirklich. Schließlich haben wir gerade in einem fahrenden Zug mit Zivilisten an Bord eine Legende reanimiert. Wir befinden uns mit Diebesgut auf der Flucht. Wir müssen ein Mathereferat vorbereiten, was ich bis gerade eben *vollkommen* vergessen hatte. Also hatten wir kein Glück. Und selbst wenn wir doch ein winziges bisschen Glück hatten, dann nur, weil wir diesen Mann nicht getötet haben. Denn genau das hätten wir ohne dieses Quäntchen Glück. Ihn umgebracht. Wir können von Glück sagen, dass das nicht passiert ist. Was allerdings alles andere betrifft, kein Glück. Absolut null Glück. Wir stecken in riesigen Schwierigkeiten.«

»Bist du fertig?«, fragte Finn.

Sie starrte ihn ungläubig an.

Hinter einem nahe gelegenen Viehgatter kam eine neugierige Kuh zu ihnen herüber.

»Was ist bloß los mit dir, Finn?«, fragte Emmie. »Ich weiß ja, dass du schon verrückte Sachen gemacht hast, aber du warst nie so leichtsinnig.«

»Ich bin nicht leichtsinnig«, antwortete Finn verletzt – und war sich dessen bewusst, dass eine Kuh ihn anstarrte.

»Was ist das denn sonst, wenn nicht leichtsinnig?«, fragte Emmie und fuchtelte mit der Hand in der Gegend herum. Die Kuh zuckte zusammen.

»Das verstehst du nicht«, antwortete Finn und lief weiter.

»Was? Das ist doch …« Sie suchte verzweifelt nach einem Wort, das ihren Gefühlen gerecht wurde.

Finn war um eine Biegung verschwunden, und sie war gezwungen, ihm zu folgen.

»Das ist einfach … Du weißt, dass das nicht stimmt. Das Ganze ist auch mein Problem.«

»Also gut. Tut mir leid. Du verstehst es«, sagte Finn. »Das heißt, du verstehst, dass die einzige Möglichkeit, Darkmouth zurückzubekommen, darin besteht, die Experimente in Metzelstadt aufzudecken, um allen zu zeigen, was los ist.«

»Der Plan funktioniert aber nicht«, erwiderte Emmie. »Wir wissen doch, dass sie versuchen, Tore zu öffnen. Sie führen Experimente durch. Verursachen Chaos. Wir haben den Beweis – die Papiere, die du mitgenommen hast, vielleicht auch der Laptop. Lass uns einfach zurück nach Darkmouth fahren und sie ihnen zeigen.«

»Wir haben gar keine richtigen Beweise«, entgegnete Finn. »Nur unser Wort gegen ihres. Eine hingekritzelte Karte, ein paar Notizen, das ist alles«, sagte er und marschierte weiter die Straße entlang.

»Wir müssen auf jeden Fall deinen Vater anrufen«, antwortete Emmie und scrollte die Kontaktliste ihres Handys durch.

»Meinetwegen«, willigte Finn ein, »aber nur, um ihm Zeit

und Ort des Experiments mitzuteilen. Die Sache mit dem entkommenen Greif sollten wir vielleicht besser nicht erwähnen.«
»Das müssen wir aber«, antwortete Emmie.
»Nein, müssen wir nicht«, erwiderte Finn.
In dem Moment klingelte das Handy. Sie starrten es an, als wäre es ein Gegenstand von einem anderen Stern.
Private Nummer.
Emmie nahm das Gespräch an und stellte es auf Lautsprecher. Sie hörten nur Atmen. Ruhig. Gleichmäßig. Geduldig.
»Lasst mich raten«, sagte schließlich Luciens Stimme. »Vogelgezwitscher. Stille.« Die Kuh muhte. »Ihr seid irgendwo auf dem Land.«
»Wir kommen nicht zurück«, sagte Finn, und Emmie sah ihn empört an, weil er so schnell zu knacken gewesen war.
»Wie ich höre, gab es ein kleines Problem in dem Zug. Ein unerwünschter Passagier.«
Sie antworteten nicht.
»Man hat die Polizei gerufen«, fuhr Lucien fort. »Das Erste, was sie getan haben, war natürlich, uns zu kontaktieren. Sie wollen nichts von alldem regeln. Sie wollen, dass wir das für sie regeln. Dass wir das Problem still und leise *neutralisieren.*«
Das Wort *neutralisieren* gefiel Finn nicht. Es jagte ihm einen kalten Schauer über den Rücken, selbst in der Wärme des Nachmittags.
»Es ist noch nicht zu spät, um nach Darkmouth zurückzukommen«, sagte Lucien und bekam eine ganz sanfte Stimme. Finn wusste, dass das nur Show war. »Finn, du bist noch jung.

Du darfst auch mal Fehler machen. Das muss nicht noch weiter gehen.«

Finn wollte ihm nicht glauben, spürte jedoch das Verlangen nach zu Hause, die Hoffnung, dass dies alles bis zum Abendessen vorbei sein könnte. Aber er wusste, dass das nicht so sein würde. Er wusste es einfach. Hatte so ein Gespür. Hörte ein Warnsignal, das in seinem Kopf überdeutlich pochte. Er musste zu Ende bringen, was er angefangen hatte. Die Verschwörung aufdecken. Darkmouth zurückgewinnen. Er blickte die kleine Straße hinauf und hinunter. Die eine Richtung führte zurück. Die andere vorwärts. Er konnte sich nicht sicher sein, ob eine davon gut enden würde, aber er musste sich entscheiden.

»Und du, Emmie«, sagte Lucien, »du bist unfreiwillig in diese Sache verwickelt worden. Wir haben ja schon darüber gesprochen. Ich weiß, dass das nicht deine Schuld ist.«

Finn warf Emmie einen kurzen Blick zu. Sie erwiderte ihn nicht, aber er sah, wie ihre Miene erstarrte, weil sie sich ertappt fühlte.

»Du solltest nach Hause kommen«, fuhr Lucien am Telefon fort. »Auch wenn Finn das nicht tut. Du steckst in keinen Schwierigkeiten.«

Finn riss ihr das Handy aus der Hand. »Wir kommen nicht zurück! Wir werden allen erzählen, was ihr vorhabt.«

»Dann wird es nicht gut enden für …«

Finn schleuderte das Handy hoch in die Luft und in weitem Bogen auf eine Weide, wo es mit einem PFLATSCH in einem Kuhfladen versank.

Emmie blieb der Mund offen stehen. »Mein Handy!«
»Hör mal, Emmie«, sagte Finn und trat so nah zu ihr, dass er sie beinah vom Weg schubste. »Es tut mir leid. Es tut mir leid, dass ich dich in all das mit reingezogen habe. Es tut mir leid, dass du jetzt hier draußen bist, mitten im Nirgendwo und mit der halben Welt auf den Fersen. Und es tut mir wirklich leid, dass ich dein Handy einfach so in die Kuhkacke geworfen habe – das war dumm von mir.«
Er trat wieder zurück und ließ ihr ein bisschen mehr Platz.
»Aber ich bitte dich«, fuhr er fort, »mir dieses eine letzte Mal zu vertrauen. Bitte. Sie haben uns Darkmouth weggenommen. Sie machen etwas wirklich Gefährliches mit Staub und Toren, und wir wissen nicht, was sonst vielleicht noch alles passiert.«
Die Kuh spazierte davon, um nachzusehen, was da auf die Weide geplatscht war.
Sie hörten, wie sich aus Richtung des Bahnhofs ein Auto näherte, und verließen rasch den Weg, um sich hinter einen Busch zu kauern.
»Was sie da machen, wird Menschenleben kosten, wenn wir sie nicht aufhalten, Emmie. Vielleicht viele Menschenleben. Vielleicht die ganze Welt. Wir müssen sie aufhalten. *Ich* muss sie aufhalten. Aber ich schaff das nicht alleine. Ich brauche deine Hilfe. Bitte.«
Das laue Lüftchen wehte sanft durchs Gestrüpp. Ein paar Insekten hüpften zwischen buntem Unkraut umher. Emmies Blick war leer. Finn versuchte zu erraten, was in ihrem Kopf vorging, und fragte sich, ob sie ihn gleich umstoßen würde.

»Also, was nun, oh Auserwählter?«, fragte sie unbeeindruckt – aber Finn wusste, dass er sie überzeugt hatte. Fürs Erste.
Er stand auf und trat auf die Straße zurück. »Ich werde jetzt etwas tun, was ich noch nie getan habe …«, sagte er.
Sie hörten das Geräusch eines alten Autos, das sich laut ratternd aus der Ferne näherte.
»Und das wäre?«
»Trampen.« Finn hielt den Daumen raus.
Emmie verdrehte die Augen, schüttelte den Kopf und zog ihn von der Straße weg. Dann nahm sie seinen Platz ein und streckte ihren eigenen Daumen aus, als das Auto sich näherte. »Du siehst zufällig aus, als hättest du gerade mit einem Greif gekämpft.«
Das Auto fuhr vorbei und hinterließ eine dichte Staubwolke.
»Na, großartig«, stellte Emmie ironisch fest.
Da hörte man, wie der Wagen bremste und der Rückwärtsgang eingelegt wurde. Er kam zurück und hielt vor ihnen an. Im Inneren saß eine Frau, die sich scheinbar nicht ganz sicher war, ob sie sie mitnehmen sollte. Finn überließ ihr nicht die Wahl, sondern öffnete die Beifahrertür und sprang einfach hinein.
»Oh …«, sagte die Frau. »Ich …«
Emmie kletterte auf den Rücksitz.
Die Frau ließ den Motor wieder an. »Wohin wollt ihr?«
»Metzelstadt«, sagte Finn hoffnungsvoll. »Fahren Sie vielleicht zufällig in die Richtung?«
Die Fahrerin schien verunsichert. »Tatsächlich bin ich genau dahin unterwegs«, antwortete sie kurz darauf.
Sie kamen am Bahnhof vorbei. Das rotierende Blaulicht des

Polizeiautos tanzte an den Wänden. Der Zug stand immer noch da, die Fahrgäste warteten auf dem Bahnsteig, während Lokführer und Schaffner den Polizeibeamten alles erklärten. Finn und Emmie ließen sich tief in ihre Sitze sinken, als sie vorbeifuhren, und bedeckten ihre Gesichter mit den Händen. Plötzlich wurde ihnen bewusst, dass sie keine Ahnung hatten, wo sie überhaupt waren.

Nachdem ihr Ziel nun feststand, warf Finn einen Blick zurück auf den Bahnhof und hätte sich gern erleichtert gefühlt, als er außer Sichtweite entschwand. Aber das konnte er nicht. Selbst auf dieser langen, leeren Landstraße hatte er das Gefühl, als rückten um ihn Wände näher heran.

TOP SECRET

⋆ VERÖFFENTLICHUNG VERBOTEN ⋆

Bericht von Tiger-Eins-Zwölf
Position: ein Lagerraum
an einem abgeschiedenen Ort

Es war allerorts dasselbe, rund um den Erdball.
Die Toten suchten sich einen Weg aus dem Boden wie Maulwürfe, Knochen schoben sich aus dem Untergrund ans Tageslicht und lagen zerfallend und zerbröckelnd überall herum, um von verdutzten, oft verängstigten Anwohnern gefunden zu werden.
Außerdem tauchten immer öfter noch andere Gegenstände zusammen mit den Knochen auf. Wirklich merkwürdige Gegenstände.
Und wenn diese aufgehoben und an uns übergeben wurden, landeten sie hier. In einer Garage in einem Gewerbegebiet, deren Tor sich nur halb öffnen ließ, sodass wir uns bücken mussten, um hineinzukommen.
In der hinteren Ecke lag, angestrahlt von einem Scheinwerfer, eine Auswahl dieser Gegenstände auf einem Tisch.

Der Schulrucksack. Das Kampfanzugteil. Ein Stück Gürtel mit einem aufgerissenen Maul als Schnalle. Ein paar Stifte. Die waren am Ufer eines riesigen Sees inmitten eines Waldes gefunden worden, der so dicht war, dass ich vier Tage brauchte, um dorthin zu wandern. Ich war schon an gemütlicheren Orten. An diesem See gab es große Tiere, die einen unter Wasser ziehen konnten, kleine Tiere, die einem unter die Haut krochen, und wie an allen Stellen, wo solche Gegenstände entdeckt wurden, lauerten dort unsichtbare Gefahren. Denn vor langer Zeit hatte an diesem Platz ein Heimgesuchter Ort gestanden.

Natürlich hätten die Gegenstände auf dem Tisch auch vollkommen unwichtig sein können. Selbst an diesem abgelegenen Ort benutzten die Leute Stifte. An diesem Ort, wo sich am Seeufer Knochen durch die Erde bohrten. Normalerweise standen aber nicht die Worte *Katz und Maus – Tierhandlung Darkmouth* darauf.

Und was lag noch auf dem Tisch?

Ein Stück eines Pullovers mit dem Schulwappen von Darkmouth, das in einem finnischen Dorf namens Höll-sinki gefunden wurde.

Ein Teil eines Schuhs, der in den lange überfluteten Sumpfgebieten der Tschechischen Republik aufgetaucht war.

Und eine Dose. Plastik. Rechteckig. Blau und durchsichtig. Darin lag der zusammengeschrumpfte, versteinerte Überrest eines Apfels. Das Plastik war teilweise geschmolzen und an einigen Stellen rußgeschwärzt, aber sonst in ziemlich gutem Zustand für eine Frühstücksdose, die es irgendwie an den Rand von Neuseelands drittstinkigstem Vulkan geschafft hatte.

Wir wissen, wer die Besitzer dieser Sachen waren. Jeder dieser Gegenstände hatte früher einmal Finn und Emmie gehört, einem Duo, das wir inzwischen schon eine ganze Weile beobachten. Ganz gewöhnliche Objekte ihres täglichen Lebens tauchten plötzlich rund um den Globus auf, oftmals angesengt und zerrissen, als wären sie durch eine Explosion überall verstreut worden.

Das eigentlich Mysteriöse an der Sache aber war: Wie kamen die Sachen dorthin?

Was verursachte diese seltsamen Vorgänge?

Und wie viele weitere Orte würde ich noch besuchen müssen, bis ich alle eingesammelt hatte?

Ich bekam die Antwort schneller als erwartet, als plötzlich mein Handy klingelte und eine Stimme am anderen Ende nur ein Wort sagte:
»Katastrophe.«

21 EINUND-ZWANZIGSTES KAPITEL

Finn und Emmie saßen im Auto und schwiegen die meiste Zeit. Finn vorne, Emmie hinten. Sogar nach mehreren Kilometern schien die Fahrerin sich noch ziemlich unsicher zu sein, ob es richtig gewesen war, sie mitzunehmen.

»Also, woher kommt ihr zwei denn?«, fragte sie mit gezwungener Fröhlichkeit.

»Nirgendwoher«, antwortete Finn.

»Darkmouth«, sagte Emmie genau gleichzeitig.

Die Fahrerin sah Emmie im Rückspiegel an. »Ah«, sagte sie. »Darkmouth. Das ist doch angeblich so ein netter, kleiner Ort?« Das war eindeutig eine Frage, ein Hinweis darauf, dass sie schon gehört hatte, dass Darkmouth ganz und gar kein netter Ort war.

Keiner der beiden Anhalter sagte etwas.

»Ich heiße übrigens Anne«, sagte die Fahrerin. »Und ihr seid …?

»Emmie«, antwortete Finn. »Nicht ich, meine ich. Sie. Ich bin Finn.« Er hatte das Gefühl, bereits viel zu viele Informationen preisgegeben zu haben.

»Und was führt euch um diese Tageszeit an diese Straße?«

»Wir haben uns verlaufen«, sagte Finn.

Gleichzeitig sagte Emmie: »Der Zug konnte nicht weiterfahren.«

»Der Zug konnte nicht weiterfahren, und als wir aus dem Bahnhof kamen, sind wir in die falsche Richtung gegangen«, erklärte Finn und wusste genau, wie konstruiert das klang. Dieses Mal sah er Emmie im Rückspiegel an. Sie schaute weg.

»Und warum wollt ihr nach Metzelstadt?«

»Bloß ein Ausflug«, antwortete er. Emmie widersprach ihm nicht. »Wir dachten, wir gucken uns mal die Sehenswürdigkeiten an.«

Sie fuhren an einer Fabrik vorbei, die dicken Rauch aus einem hohen Schornstein stieß.

Die Frau schien sie mitzunehmen, obwohl sie inzwischen bestimmt schon zu einem Schluss gekommen war und zweifelsohne entschieden hatte, dass hinter der Sache sicher noch mehr steckte.

»Es sind siebzig Kilometer von Darkmouth bis nach Metzelstadt«, sagte Anne skeptisch. »Das ist ein weiter Weg, um sich nur mal die Sehenswürdigkeiten anzuschauen.«

Finn und Emmie sanken etwas tiefer in die Sitze.

»Smoofy-Land ist in Metzelstadt«, bohrte Anne weiter. »Wollt ihr vielleicht dahin?«

»Nein«, antwortete Finn entschieden.

»Da steht die glitzerndste Achterbahn der Welt.«

»Ja, davon habe ich gehört«, sagte Finn.

»Was ist denn eigentlich in dem Zug passiert?«, erkundigte sich Anne.

»Nichts«, erwiderte Finn abwehrend. Er spürte förmlich Emmies Besorgtheit hinter sich. »Warum glauben Sie denn, dass in dem Zug irgendwas passiert ist? Da ist gar nichts passiert.«

»Mir ist bloß das Polizeiauto aufgefallen«, antwortete Anne. »Das ist alles. Und ihr habt erzählt, dass der Zug nicht weiterfahren konnte. Da habe ich mich gefragt, was wohl der Grund dafür war.«

Finn antwortete nicht, und das Schweigen im Auto dauerte noch mehrere Kilometer. Um sich abzulenken, konzentrierte Finn sich auf die schaukelnden Plüschwürfel, die vorm Spiegel hingen, und schimpfte im Stillen mit sich selbst, weil er aufgeregter war, als er sollte.

Schließlich stellte die Fahrerin das Radio an. Anfangs war kein guter Empfang, und die Worte des Moderators verschwanden unter dem Rauschen und Pfeifen. Sie drückte auf den Sendersuchknopf.

Finn konnte inzwischen förmlich spüren, wie Emmie immer wütender wurde.

Das Radio knackste.

»... erheblicher Schaden am Zug ...«

Anne drehte die Lautstärke höher.
»... wildes Tier ...«
»Hübsche Gegend hier«, übertönte Finn den Moderator, als sie gerade an einem verlassenen Gebäude vorbeifuhren, dessen Wände komplett mit Graffiti beschmiert waren. »Waren Sie gerade einkaufen?« Jede Frage würde jetzt helfen.
»Einkaufen?«, fragte Anne.
»Ja, einkaufen«, bestätigte Finn, der nach irgendeinem Thema suchte, um sie abzulenken.
»Ja«, erwiderte Anne. »Ich war einkaufen.« Und es schien, als sei ihr das gerade selbst erst wieder eingefallen.
Nach einer Weile bemerkte Finn, dass sie an den Rand einer Stadt kamen. Die Felder und Wiesen wichen Häusern, die zu beiden Seiten die Straße säumten, und Menschen, die in die ein oder die andere Richtung auf Fußwegen liefen, ihre Hunde spazieren führten.
Auf einem Schild stand:

WILLKOMMEN
IN METZELSTADT

Kein Wort von Monstern oder der Einwohnerzahl der Stadt oder ihrem blutigen Niedergang. Trotzdem kannte Finn ein paar Fakten über diesen Ort. Sein ursprünglicher Name war Gemetzelstadt, und vor vielen Jahrhunderten war er ein so berühmter Heimgesuchter Ort gewesen, dass, wann immer er bei Legendenjägern in anderen Heimgesuchten Orten auch nur erwähnt wurde, diese Luft durch die Zähne sogen und das Gesicht zu einem international bekannten Ausdruck verzogen, der »Boah, dieses Kaff ist echt die Hölle« bedeutete.

Inzwischen alles Schnee von gestern. Metzelstadt ruhte mittlerweile. Wurde schon ewig nicht mehr von Legenden behelligt. Und zwar schon so lange, dass sämtliche Legendenjägerfamilien nach und nach verschwunden waren.

Aber das war nicht das Einzige, was die Stadt von Darkmouth unterschied. Irgendetwas schien nicht ganz in Ordnung zu sein in diesem Ort. Irgendetwas stimmte nicht mit den Leuten, die Finn auf der Straße beobachtete. Er kam bloß nicht so richtig dahinter, was.

»Ich muss nur rasch mal tanken«, sagte Anne und blinkte, um zu einer Tankstelle abzubiegen, »dann setze ich euch ab, wo immer ihr wollt. Könnt ihr hier solange warten?«

Finn stimmte zu. Emmie antwortete nicht, sie schien aus Protest gegen die ganze Aktion ein Schweigegelübde abgelegt zu haben.

»Ich fahre euch auf jeden Fall noch den Rest des Weges«, versprach Anne und stieg aus. »Es dauert nicht lange.«

Finn betrachtete Metzelstadt und seine Einwohner durch das Autofenster. Es gab breite Straßen mit bunten, belebten Geschäften. Blumen hingen in Körben vor Häusern und sprießten aus Kästen auf Fensterbänken. Die Menschen genossen die Wärme und den Sonnenschein des Nachmittags.

Er hatte ein merkwürdiges Gefühl bei alldem. So, als wäre es gar nicht real. Als würde jeder, den er sah, nur etwas vorgeben.

Er rutschte auf seinem Sitz hin und her und konnte ein ungutes Gefühl nicht abschütteln, was diesen Ort betraf.

»Irgendwas stimmt hier nicht«, sagte er.

»Ach, was du nicht sagst«, antwortete Emmie, die in ihren Gedanken versunken war. »Warum haben wir überhaupt angehalten?«

»Zum Tanken«, sagte Finn.

»Warum hat sie dann nicht getankt?«

Finn sah nach draußen und entdeckte Anne hinter der Tür des Tankstellenshops, wo sie telefonierte. Sie schien aufgeregt, warf ihnen dauernd nervöse Blicke zu.

»Wir müssen verschwinden«, sagte Finn unvermittelt und war fast schon aus dem Wagen, bevor er es überhaupt ausgesprochen hatte.

Anne wandte ihnen jetzt den Rücken zu, während sie weitertelefonierte.

Emmie stieg nach Finn aus. »Warum denn die Eile?«, fragte sie verwirrt.

Finn rannte von dem Auto weg und von dem Tankstellengelände herunter. Emmie lief ihm hinterher, warf noch einen kurzen Blick zurück und sah, wie Anne bemerkte, dass sie fort waren. Die Frau trat aus dem Laden, kratzte sich am Kopf und blickte sich suchend um.

»Sie hat gesagt, sie sei einkaufen gewesen«, erklärte Finn. »Hast du etwa irgendwelche Einkaufstüten in ihrem Auto gesehen?«

22 ZWEIUNDZWANZIGSTES KAPITEL

Eine schreckliche Erkenntnis dämmerte Finn, während er vor einem Hauseingang am Marktplatz saß und beobachtete, wie die Einwohner von Metzelstadt sich freundlich grüßend zuwinkten und am Straßenrand stehen blieben, um ein Schwätzchen zu halten, während ihre Kinder fröhlich über den Platz rannten.

Nichts davon kam Finn real vor. Oder so, wie es sein sollte. Er hatte sein bisheriges Leben in Darkmouth verbracht, wo alle mit gesenkten Köpfen herumliefen. Wo ständig Invasionen und Vernichtung und Regen drohten.

»Die scheinen alle so, ich weiß nicht, so …« Ihm fiel nicht einmal ein passendes Wort ein, um den Zustand zu beschreiben. Er hatte seine Kapuze tief ins Gesicht und die Jacke fest um sich gezogen. Versteckte sich vor jedem, der nach ihm suchte. Versteckte die Geheimnisse, die er vor Emmie hatte. Versteckte den Toröffner, den er auf der Verseuchten Seite bekommen hatte und der ihm nun womöglich nichts mehr nutzte, weil er so weit weg war.

»… normal«, beendete Emmie den Satz für ihn. »So leben normale Menschen, Finn. So habe ich gelebt, bevor ich nach Darkmouth kam.« Sie war noch immer ziemlich sauer darüber, wie sich die Dinge entwickelten und dass ihr Handy jetzt kilometerweit entfernt eine Weide düngte.

»Diese Menschen haben bloß keine Ahnung«, sagte Finn und betrachtete weiter die Leute, die einkaufen gingen, ein Schwätzchen hielten, Fahrrad fuhren, und die Kinder, die in der Gegend herumhüpften. Die sich alle verhielten, als würde nichts sie belasten. So etwas hatte er noch nie gesehen. »Sie haben keine Ahnung, was jeden Moment in ihr Leben platzen kann. Sie haben keine Ahnung, was in Darkmouth passiert ist, was wir getan haben, um sie zu retten, immer wieder und wieder.«

»Zum Glück haben sie auch keine Ahnung, dass du eine Legende in einem Zug freigelassen hast«, rief Emmie ihm in Erinnerung.

»Das war doch nicht mit Absicht!«, protestierte Finn.

»Ich bin mir nicht sicher, ob das wirklich einen Unterschied macht.«

Zwei Männer schoben Kinderwagen an ihnen vorbei. Sie trugen bunte T-Shirts und Sonnenbrillen. Als wären sie gerade im Urlaub. Finn konnte ihre gute Laune kaum ertragen. Er fühlte sich beengt, gefangen zwischen all der Fröhlichkeit.

»Warum hast du die Legende überhaupt mitgenommen?«, fragte Emmie. »Du musst doch gewusst haben, dass es nicht Broonie war. Wir haben ihn gesehen, nachdem er exsikkiert wurde. Er sieht nicht so aus. Er sieht eher aus wie ein wütender Kohlkopf oder so.«

»Ich hatte sie gerade in der Hand, als der Alarm losging. Da bin ich einfach losgerannt. Ich hatte keine Zeit zum Nachdenken.«

»War das wirklich so?«, fragte Emmie, und Finn überlegte, ob er sich nicht noch tiefer in seine Kapuze kriechen und für immer verschwinden könnte.

Es wurde Zeit für ein Ablenkungsmanöver. »Komm«, sagte er. »Wir fallen auf, wenn wir noch länger hierbleiben.«

Er stand auf, ging zu einem schattigen Plätzchen an der Straße und setzte sich an einen Tisch unter der Markise eines Cafés. Er nahm seinen Laptop aus dem Rucksack und klappte ihn auf. Emmie, die mittlerweile richtig erschöpft war, setzte sich zu ihm.

»Wenn da noch irgendwas anderes ist, musst du es mir sagen«, sagte sie zu Finn, der sich gerade dicht vor den Bildschirm schob, als er aufleuchtete. »Wir stecken gemeinsam in der Sache.«

»Die Gehilfen schreiben alles auf«, antwortete Finn. »Die ziehen sich nicht mal die Schuhe an, ohne zu notieren, mit welchem Fuß sie angefangen haben. Sie haben alles hier drin. Jedes Experiment. Jeden Misserfolg. Jedes Problem. Da bin ich mir sicher.«

»Lucien hat versucht, mich zu überzeugen, dass du dich merkwürdig benimmst«, sagte Emmie.

Eine Kellnerin legte Speisekarten vor sie auf den Tisch und entfernte sich wieder, um einen anderen abzuwischen.

»Und jetzt sitzen wir nach einem Kampf mit einem Greif in einem alten Heimgesuchten Ort und versuchen Experimente mit Toren zu verhindern, nachdem du ihnen einen Haufen Zeug gestohlen hast. Und das alles, während du mir etwas verheimlichst«, fuhr sie fort. »Du gibst dir nicht gerade Mühe, mir das Gegenteil zu beweisen.«

»Es ist bestimmt alles hier drauf«, antwortete Finn und tat sein Bestes, um den Stich in der Brust zu ignorieren, den der Anblick des Familienfotos auf dem Bildschirm ihm versetzte. Er drückte rasch eine Taste, um ihn freizuschalten und zur Sache zu kommen. »Die Tore. Die Experimente. Die Höhle. Der Käfig.« Er kratzte sich am Kinn. »Das ganze Herumprobieren schafft Probleme. Ich werde die Beweise dafür finden. Dann können wir es der Welt mitteilen. Und ich bekomme Darkmouth zurück.«

PASSWORT EINGEBEN erschien auf dem Bildschirm.

Finn tippte das ein, das seine Familie immer benutzt hatte.

SEIFENBLASE.

Nichts.

»Was würde Lucien wohl als Passwort benutzen?«, fragte er.

Emmie sah ihn ungläubig an. »Weißt du eigentlich, wie erbärmlich du klingst, Finn?«
Finn beobachtete ein Paar auf der anderen Straßenseite, das vor einem Blumenladen stehen blieb und einen Strauß Lilien kaufte. »Haben die etwa zu uns rübergeschaut?«
»Langsam kriegst du Verfolgungswahn«, antwortete Emmie und klang dabei eher besorgt als genervt. »Ich weiß, warum du Angst hast, wir sind ja auch auf der Flucht, aber du siehst hinter jedem Busch eine Gefahr, und das ist nicht gut für dich.«
»Ist doch klar, dass ich überall eine Gefahr sehe, Emmie. Die haben auf uns geschossen. Sie sind hinter uns her. Sie wollen uns aufhalten. Sie wollen *mich* aufhalten!« Er klopfte sich auf die Brust.
Die Kellnerin stand neben ihnen, den Notizblock für die Bestellung gezückt, und sah Finn nach seinem Gefühlsausbruch argwöhnisch an.
»Können wir bitte zwei Gläser Leitungswasser haben?«, fragte Emmie.
Die Kellnerin verdrehte die Augen, schob den Notizblock wieder in ihre Schürzentasche und ging kopfschüttelnd davon.
»Mit dir stimmt doch noch was anderes nicht, Finn. Sag es mir jetzt. Sofort«, forderte Emmie ihn auf. »Erzähl mir genau, was du mir verheimlichst.«
Finn blickte sich um, zupfte an den Kordeln seiner Kapuze und beugte sich vor, damit er nicht so laut sprechen musste. Er saß in der Klemme, das war ihm klar. Schweigen war keine Option mehr.

»Sie haben mich gebeten, ihnen zu helfen«, sagte er. »Sie haben gesagt, ich müsste.«
»Wer hat dir das gesagt?«, fragte Emmie.
Man hatte Finn immer wieder eingetrichtert, dass er eine Vorbestimmung hatte. Was immer das war, er konnte es jedenfalls nicht allein tun.
Also erzählte er Emmie alles. Ihm blieb nichts anderes übrig.
Es lief nicht gut.

23 DREIUND-ZWANZIGSTES KAPITEL

Als die Kellnerin ihnen die Gläser Wasser mit zwei Strohhalmen und einem missbilligenden Zungenschnalzen brachte, war Finn schon ein gutes Stück durch mit seiner Geschichte über den Zyklopen, der kein Zyklop war, über die Mine mitten im Meer, Cornelius und Hiss.

Er erzählte Emmie von der Zerstörung, die Gantrua auf der Verseuchten Seite zurückgelassen hatte, von dem Auftrag, die Überreste des scheußlichen Fomorianers zu stehlen, um ein Amulett von ihm zu beschaffen, das dazu benutzt werden konnte, um die Legenden dort drüben zu retten, und von dem Toröffner, mit dem er Tore zur Verseuchten Seite öffnen konnte.

Während eines Großteils der Geschichte hatte er auch das Gefühl, es liefe ganz gut. Emmie sagte nichts. Unterbrach ihn keinmal. Stellte keine einzige Frage. Sie zuckte kaum mit der Wimper, so sehr schlug diese – das wurde ihm erst beim Erzählen klar – unglaubliche Story dieser wahnwitzigen Mission samt ihrer seltsamen Auftraggeber sie in Bann. Er beendete seinen Vortrag und wartete gespannt auf ihre Reaktion.

»Was für ein Riesenhaufen Mist!«, sagte Emmie und erhob sich.

»Nein, das ist alles wahr«, versicherte Finn. »Genau so ist es gewesen.«

»Oh, das glaube ich dir auf der Stelle«, antwortete sie, schob den Stuhl so fest nach vorn, dass der Tisch wackelte, und ging davon.

Finn lief ihr nach, stolperte beinah über die Cafémöblierung, als er versuchte, sie einzuholen.

»Und was ist dann das Problem?«, fragte er verwirrt. »Was ist los?«

Emmie blieb mitten auf dem Gehweg stehen, was einige Leute dazu zwang, um sie herumzulaufen. Im Schaufenster eines Elektrowarenladens flimmerten Fernseher.

»Was *los* ist?«, fragte sie. »Wo soll ich anfangen? Du machst die ganze Zeit schon Ausflüge auf die Verseuchte Seite, triffst

dich dort mit haufenweise Legenden, lässt dir einen geheimen Auftrag geben …«

»Also gut, ich hätte es dir früher sagen sollen …«

Sie wollte sich nicht beruhigen. »Vielleicht ist das Problem auch, dass sie dir ein Ding gegeben haben, das angeblich Tore öffnet, das aber genauso gut eine Bombe sein könnte. Oder dass du eine Legende gestohlen hast, und ich jetzt auch weiß, warum. Du wolltest Gantrua.«

»Nein, Emmie«, versicherte er. »So war es nicht. Nicht wirklich.«

Ein Mann lief zwischen ihnen hindurch, und sie mussten einen Schritt zurücktreten. Aber Emmie war noch nicht fertig, schloss die Lücke rasch wieder und zwang Finn, sich noch tiefer unter seine Kapuze zu ducken. »Diese Legende, die du gestohlen hast«, sagte Emmie, »hätte in dem Zug Menschen töten können. Und weißt du, was das Schlimmste ist?«, fragte sie. »Dass der Greif noch nicht mal das Schlimmste ist. Was echt wehtut, ist, dass ich dich gegenüber Lucien noch verteidigt habe. Ich habe ihm nicht geglaubt. Ich habe mich nicht von ihm überzeugen lassen, dass du, trotz allem, was wir zusammen durchgemacht haben, doch ein *Verräter* sein könntest.«

Dieses Wort traf Finn wie ein Schlag in die Magengrube. Ihm blieb plötzlich die Luft weg, und das Flimmern der Fernseher im Schaufenster stach wie Nadeln auf ihn ein. Ihm tat alles weh.

»Das bin ich auch nicht.«

»Warum benimmst du dich dann wie einer? Dein ganzes Verhalten, alles, was du mir gerade erzählt hast. Wie soll ich da andere überzeugen, dass alles in Ordnung ist?« Sie hielt inne und versuchte durchzuatmen. »Wie soll ich mich *selbst* überzeugen?«

Um sie herum pulsierte das Leben; in dieser Stadt, in der die Menschen sich keine Gedanken um Legenden oder Tore oder Regen machten, der Chaos und Tod brachte. Es war hell und sonnig und sicher ein wunderschöner Tag. Finn kam es jedoch nicht so vor. Für ihn brach eine Welt zusammen.

»Emmie ...«, fing er an, wusste aber nicht recht, was er als Nächstes sagen sollte. Einerseits spürte er den Drang, ihr zu widersprechen, ihr zu versichern, wie sehr sie sich irrte. Andererseits hatte er das Bedürfnis, sich zu entschuldigen. Am Ende bekam er nur eins heraus: »Du musst mir einfach helfen. Bitte.«

Sie schüttelte traurig und abweisend den Kopf und versuchte, das Wirrwarr ihrer Gefühle aufzudröseln.

»Die Verseuchte Seite ist nicht so wichtig«, sagte Finn. »Die kann warten. Zuerst müssen wir Luciens Verschwörung aufdecken. Wir können Darkmouth immer noch zurückgewinnen. Das ist alles, worauf es jetzt ankommt. Ich weiß, dass es dir jetzt schwerfällt, mir zu vertrauen. Ich hätte dir erzählen sollen, was passiert ist, aber ich wollte nicht, dass du in Schwierigkeiten kommst. Ich wollte dich da nicht mit reinziehen.«

»Du hast mich so weit mit reingezogen, dass ich keine Ahnung habe, ob wir aus dem Schlamassel je wieder rauskommen«, antwortete sie. »Ich hätte nicht gedacht, dass ich das mal sage, aber ich wünschte, mein Dad wäre hier.«

»Steve würde uns bloß aufhalten. Wir müssen aber durchstarten.«

Emmie lief rot an vor Wut. »Rede nicht so über meinen Vater. Er hat Darkmouth, nein *dich*, gerettet, obwohl es nicht mal sein eigener Heimgesuchter Ort ist. Er wurde zwischen den Welten gefangen, was wirklich furchtbar war. Und trotzdem denken immer noch alle, dein Dad wäre der große Held. Dabei wären wir ohne meinen Vater aufgeschmissen gewesen. Also wag es nicht, noch mal so über ihn zu reden.« Sie wandte das Gesicht ab und sah zum Schaufenster und den flimmernden Fernsehern.

»Es tut mir leid«, sagte Finn. »Wirklich, ich hätte das nicht sagen sollen. Ich meine ja bloß, wir sind jetzt hier, und wir haben jetzt die Chance, dieses Problem zu lösen. Wir müssen sie ergreifen, bevor es zu spät ist.«

Im Schaufenster leuchtete auf drei Regalen mit Fernsehern unterschiedlicher Größe plötzlich ein und dasselbe auf: Bilder von Finn und Emmie. Finns Foto war schon ein paar Jahre alt, zeigte ihn mit vom Schlaf zerzausten Haaren und noch müde blinzelnden Augen. Emmies Bild war aktueller, und ihr Lächeln darauf bildete einen krassen Gegensatz zu den Worten, die darunter standen.

ZUGÜBERFALL: JUGENDLICHE VERDÄCHTIGE AUF DER FLUCHT

Finn blickte sich vorsichtig um. Einige Passanten beäugten sie schon etwas argwöhnisch. Auf der gegenüberliegenden Straßenseite stand eine Frau mit einem Polizisten und zeigte in ihre

Richtung. Der Polizist hob das Funkgerät an seiner Schulter und sagte etwas hinein.

Dann versperrte ein vorbeifahrender Bus kurz die Sicht zwischen ihnen und rumpelte wieder davon.

Als der Polizist daraufhin die Straße überquerte, um sie zu stellen, waren Finn und Emmie schon fort.

24 VIERUND-ZWANZIGSTES KAPITEL

»Ich kann nicht weglaufen«, protestierte Emmie, obwohl sie Finn widerwillig in eine Seitenstraße folgte.

»Du kannst«, antwortete er. »Laut der Karte müsste dahinten eine Bushaltestelle sein. Bis dahin schaffen wir es, dann verschwinden wir hier eine Weile und lassen es so aussehen, als hätten wir Metzelstadt endgültig verlassen.«

»Das habe ich nicht gemeint, Finn.«

Emmie trat hinter ihn, als er sich in einem Buchladen versteckte, sich das erstbeste Buch griff, das er in die Finger bekam, und über dessen Rücken spähte, um festzustellen, ob ihnen jemand folgte.

»Guten Tag, kann ich euch behilflich sein?«, fragte die Buchhändlerin. »Wenn ihr euch für Baby-Yoga interessiert, haben wir noch weitere Titel vorrätig.«

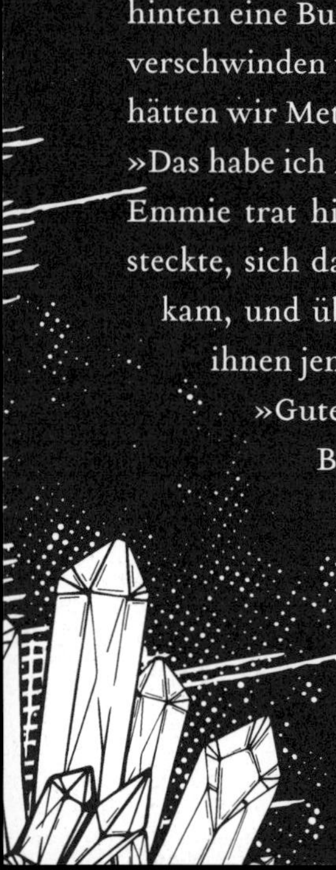

Finn starrte auf das Buchcover mit dem Foto eines Babys im Handstand. »Danke«, sagte er. »Wir schauen uns bloß ein bisschen um.« Er nahm ein Buch über Käse in die Hand und tat so, als würde er stattdessen in diesem lesen. Die Buchhändlerin zog von dannen.

»Es ist doch vorprogrammiert, dass sie uns irgendwann kriegen«, sagte Emmie. »Sie können bestimmt die Polizei hinzuziehen. Und wahrscheinlich die Armee, wenn es sein muss. Und wenn die uns erwischen, schaffen sie uns in null Komma nichts wieder zurück zu Lucien.«

Finn legte das Buch weg, holte die zerknitterte Karte von Metzelstadt hervor und studierte sie kurz. Er behielt sie in der Hand, verließ den Laden, presste sich an die Hauswand und hatte dabei die Kapuze so fest um den Kopf gezogen, dass er Gefahr lief, die Blutzufuhr seiner Schultern zu unterbrechen.

»Finn!«, rief Emmie, die versuchte, mit ihm Schritt zu halten. »Ich mach nicht mehr mit.«

»Die Karte zeigt uns, wo sie ihr nächstes Experiment durchführen wollen«, sagte Finn. »Wir wissen, dass es um acht Uhr heute Abend sein soll. Jetzt ist es fast fünf. Wir gehen dahin, warten, bis sie loslegen, und schicken den Beweis an alle. Jedes kleine bisschen. Dann sehen sie, wie gefährlich das ist.«

»Du hörst mir nicht zu«, sagte Emmie und wurde langsamer. »Ich komme nicht mit.«

Sie blieb mitten auf der Straße stehen und zwang Finn, ein Stück zurückzukommen.

»Ich hab dir doch alles gesagt, Emmie«, antwortete er, der unbedingt weitergehen wollte. »Ich verspreche, ich habe nichts für mich behalten. Du musst mir vertrauen.« Er blickte sich weiter nervös um, hielt Ausschau nach dem ersten Polizisten.
»Das würde ich ja gern«, antwortete Emmie. »Aber nach allem, was du mir erzählt hast …«
»Ich bin kein Verräter«, sagte Finn verzweifelt. Er hatte in seinem Leben schon über dem einen oder anderen Abgrund geschwebt. Und das gerade fühlte sich zu ähnlich an, um ruhig zu bleiben.
»Das kann nicht der einzige Ausweg sein«, antwortete Emmie und blieb, wo sie war, während Finn versuchte weiterzugehen.
Sie standen an einer Kreuzung, an der aus vier verschiedenen Richtungen Menschen und Autos kamen. Finn fühlte sich schrecklich schutzlos.
»Emmie, du musst mir glauben«, sagte er. »Hier läuft eine riesige Verschwörung.«
»Es muss einen besseren Weg geben«, antwortete sie.
»Das Schlimmste daran ist, dass ich glaube, sie *wollen*, dass es passiert«, fuhr Finn fort. »Lucien will, dass wieder Legenden hier einfallen, damit er und die anderen Gehilfen nicht länger herumsitzen und Berichte schreiben müssen und Aufträge erledigen und Akten ordnen und was sie sonst noch so getan haben. Es soll möglichst so aussehen, als wären die Legenden wieder hinter uns her, damit sie so tun können, als würden sie uns beschützen. Das ist völlig verrückt. Wir werden es verhin-

dern. Wir werden jeden Halbjäger wissen lassen, was hier wirklich vor sich geht.«
Emmie schüttelte den Kopf.
Finn merkte, dass jemand sie von der anderen Straßenseite aus beobachtete. »Da ist wieder diese Frau«, sagte er. »Anne. Die uns im Auto mitgenommen hat.«
Emmie sah nicht auf, ließ stattdessen einfach die Haare vor den Augen hängen.
»Wirklich, sie steht da drüben und beobachtet uns«, sagte Finn.
Annes Blick traf seinen und verweilte einen Moment so. Es war kein freundlicher Blick, aber Finn konnte auch nichts Böses darin erkennen. Es war schwer zu sagen, was wirklich in der Frau vorging.
»Finn ...«, begann Emmie.
»Hör zu«, sagte er, »ich weiß, dass du mich jetzt hasst. Dass du denkst, ich leide unter Verfolgungswahn und dass ich ein Lügner bin, dem man nicht vertrauen kann, und wahrscheinlich noch alles mögliche andere.«
»Wir dürfen nicht ...«
»Und ich gebe zu, dass einiges davon wahrscheinlich stimmt, aber einiges auch nicht. Also musst du jetzt mit mir kommen, weil die Frau uns nicht grundlos beobachtet und wir hier wegmüssen.«
Da setzte Anne sich in Bewegung und kam auf sie zu. Finn wollte instinktiv weglaufen – aber Emmie rührte sich nicht vom Fleck. Anne zögerte kurz, als sie vom Gehweg trat, weil ihre Aufmerksamkeit offensichtlich von etwas zu ihrer Rechten

abgelenkt wurde. Finn folgte ihrem Blick die Straße entlang, sah, wie der Polizist, der dort stand, sie entdeckte und anfing, in ihre Richtung zu rennen. Dann verlangsamte sie, um jemandem auf der Straße zu *seiner* Rechten zuzuwinken.

Graue Anzüge. Gehilfen. Die auf Finn und Emmie zusteuerten. Auch Lucien war unter ihnen.

Damit waren sie von drei Seiten umzingelt.

»Komm schon«, sagte Finn.

Emmie schüttelte den Kopf. »Ich laufe nicht weg«, antwortete sie.

Der Polizist würde jeden Moment die Straße überqueren und bei ihnen ankommen. Ungefähr zur selben Zeit würden Lucien und die Gehilfen bei ihnen sein. Anne beobachtete sie noch immer, hielt sich aber aus irgendeinem Grund zurück.

»Es ist vorbei«, sagte Emmie.

Finn blickte sie an und sah in ihrem Gesicht, dass sie es ernst meinte.

Die Uhr auf dem Marktplatz schlug fünf Mal.

»In drei Stunden versuchen sie, ein Tor in dieser Stadt zu öffnen«, sagte Finn. »Ich habe immer noch vor, dort zu sein. Für mich ist die Sache erst dann vorbei, wenn ich Darkmouth für meine Familie zurückgewonnen habe.«

Damit drehte er sich um und preschte über die Straße, mitten durch die Fußgänger und vor einen Lastwagen, der eine Vollbremsung machen musste, um ihn nicht zu überfahren. Er täuschte vor, in die eine Richtung zu rennen, rannte dann aber in die andere. Und als er glaubte, einen kurzen Moment Zeit zu haben, drehte er sich um und hoffte immer noch, Emmie an seiner Seite zu haben, die sich doch noch entschlossen hätte, ihm zu vertrauen, mit ihm zu kämpfen, die Verschwörung aufzudecken.

Aber sie war nicht da.

Er sah, wie sie zwischen den herannahenden Gehilfen verschwand. Lucien legte ihr die Hand auf die Schulter, blickte Finn in die Augen und grinste, während die anderen Gehilfen ihre Jagd fortsetzten.

Finn drehte sich um und rannte weiter.

Allein.

25 FÜNFUNDZWANZIGSTES KAPITEL

In Metzelstadt fand Finn sich nicht so gut zurecht wie in Darkmouth. Kannte nicht jeden Winkel, jede Gasse, jede Abkürzung. Also rannte er grob in Richtung Bushaltestelle, während er nur eine ungefähre Vorstellung hatte, wie er dorthin kommen sollte.

Die Leute hechteten zur Seite, als er vorbeistürmte, und schrien ihn an, er solle doch aufpassen. Autofahrer drückten auf ihre Hupen, als er von dem schmalen Gehweg sprang, um Hindernissen auszuweichen.

Er ignorierte das Schreien, aber das Heulen der Sirene konnte er nicht einfach ausblenden, das immer lauter von den Wänden hallte, als käme es von überall gleichzeitig.

Die ganze Welt schien ihn zu umzingeln, auf ihn zuzukommen, die Straßen schienen immer enger zu werden, die Gehwege immer voller.

Er rannte in eine Seitengasse und blieb kurz stehen, um wieder zu Atem zu kommen und sich zu orientieren. Er stand auf einem kleinen Platz mit alten, niedrigen Häusern, von denen ein paar überstehende Reetdächer hatten.
Als sich Schritte näherten, suchte er weiter nach einem Fluchtweg und entdeckte einen schmalen Durchgang zwischen den Häusern, gerade breit genug, um sich seitwärts hineinzupressen. Da hindurch flüchtete er in dem Moment, als ein Polizeiauto mit kreischenden Bremsen auf dem kleinen Platz anhielt.
Seine Schultern schrammten an den Wänden entlang, und sein Rucksack schlug gegen die Backsteine. Als er sich umdrehte, sah er zwei Polizisten aus dem Auto steigen, um ihm nachzujagen.
Als er auf der anderen Seite aus dem Durchgang heraustrat, befand er sich in einer kleinen Straße mit leeren Lagerhäusern und kleinen, offenbar verlassenen, Fabriken. Es schien, als läge die Straße hier im Verborgenen, um ungestört zu verfallen. Gerade als Finn das Pflaster betrat, tauchten ein paar Meter rechts von ihm die Gehilfen wieder auf. Er stolperte fast, als er versuchte, ihnen zu entkommen, während sich zeitgleich die Polizisten durch die schmale Öffnung hinter ihm quetschten.
Jetzt war ihm eine ganze Truppe dicht auf den Fersen. Polizisten. Gehilfen. Lucien. Fehlte nur noch, dass Anne, die Frau, die sie ein Stück mitgenommen hatte, aus irgendeinem Gully schoss und ihn am Knöchel packte. Es bestand kein Zweifel, dass keiner von ihnen stehen bleiben würde, bis er in Handschellen steckte. Oder in einem Schraubdeckelglas.
Finn war es allerdings deutlich mehr gewöhnt, vor

Problemen wegzulaufen, als die anderen, welchen nachzujagen. Er schaffte es, etwas Distanz zwischen sich und die Meute zu legen, und hielt gleichzeitig Ausschau nach einem Gebäude zum Verstecken oder einem Schlupfloch, durch das er entkommen konnte. Im Vorbeilaufen kontrollierte er die Haustüren, aber sie waren alle verschlossen oder mit Brettern vernagelt. Einige Häuser hatten glaslose Fenster, die jedoch zu hoch waren, um hineinzuklettern. Er rannte über die Straße zu einer weiteren Tür, zog noch im Laufen am Knauf. Wieder kein Glück. Raste über die Straße zurück, um noch eine zu probieren. Die sich ebenfalls nicht rührte.

An der Ecke vor ihm tauchten noch mehr Gehilfen auf, nahmen ihn zusammen mit denen hinter ihm in die Zange. Einen von ihnen erkannte er als den bärtigen Ricardo, der jetzt umständlich in einen Mantel gehüllt war, weil seine Schutzweste zu verdächtig gewirkt hätte.

Unter dem Mantel wölbte sich allerdings unverkennbar die Form eines Exsikkators.

Finn zerrte an noch einer rostigen Eisentür zu einem der leeren, glattwandigen Gebäude in der Straße. Dieses Mal öffnete sie sich einen Spaltbreit, sodass er sich unter den schweren Ketten hindurch hineinpressen konnte, die sie sicherten.

Drinnen war es feuchtwarm mit einem schimmeligen Geruch in der Luft, und bis auf die verrußten Backsteine und die Asche eines alten Kamins voller verkohlter Dosen war nichts zu sehen. Es gab ein weiteres Stockwerk, aber die Treppe fehlte und hatte nur ein viereckiges Loch in der Decke hinterlassen, durch das dünne, mit Staub vermischte Streifen Tageslicht fielen. Ansonsten war die hintere Wand eine massive Mauer aus Steinen. Keine Türen. Keine Fenster.

Wenn er nicht durch Wände gehen konnte, gab es keinen anderen Weg hinaus als den, den er hereingekommen war.

Er saß in der Falle.

Draußen erreichten die Schritte die Tür. Man hörte, wie an Ketten gezerrt wurde. Stimmen, die durcheinanderschrien, sodass Finn nicht verstehen konnte, was gesagt wurde, nur, dass es nichts Freundliches war. Finger zogen an der leicht aufstehenden Tür, versuchten, sie ganz zu öffnen.

Wenn er nicht durch Wände gehen konnte ...

Finn strich über seine Jacke, fühlte den Gegenstand darin. Den Toröffner.

Er ging zu dem Kamin, schob den Rucksack mit dem Laptop so weit wie möglich den Schornstein hinauf, damit er außer Sichtweite war. Er war immer noch überzeugt, dass sich wichtige Beweise für Luciens Verbrechen darauf befanden und er deshalb später nützlich wäre. Jetzt aber musste er hierbleiben, denn Finn war sich nicht sicher, ob er die Reise überstehen würde, die er gleich machen würde.

»Weg von der Tür!«, hörte er Ricardo rufen. »Ich exsikkiere sie jetzt, und wenn du dahinter stehst, ist es nicht meine Schuld, wenn du als Türstopper endest.«

Finn zog sich an die hinterste Wand zurück, während er nach dem Toröffner fingerte, ihn aus seiner Jacke zog und hektisch musterte, um herauszufinden, wie man ihn benutzte. Er hatte ein abgerundetes Teil am unteren Ende, ungefähr so breit wie ein Daumen. Als Finn darauf drückte, hatte er das merkwürdige Gefühl, dass sich im Inneren etwas wand. Worauf ein kleiner Kristall oben herauskam. Wunderbar klar und schön.

Draußen hörte man das Klicken und Pfeifen eines Exsikkators, der schussbereit gemacht wurde.

»Also gut«, erklang die Stimme des Gehilfen. »Ich habe dich gewarnt.«

Finn umklammerte den Toröffner und war froh, gleich einen Befestigungspunkt in der Luft zu finden. Der Kristall sprühte sofort Funken, wie ein Streichholz beim Entflammen. Dann hörte Finn so etwas wie das kurze, gequälte Kreischen einer sterbenden Feuerraupe – und hoffte inständig, dass es das nicht wäre –, bevor sich ein golden glitzerndes Tor durch die Wand schnitt.

Draußen ging der Exsikkator los.

Die Tür wurde mit voller Wucht aus den Angeln gerissen und fiel blitzschnell in sich zusammen. Die Gehilfen strömten in den Raum.

Und der war leer.

26 SECHSUNDZWANZIGSTES KAPITEL

Finn war schon im Durchgang zur Verseuchten Seite, durchlebte Empfindungen, die er nicht vergessen konnte, wie sehr er es auch versuchte. Übelkeit, als hätte ihm jemand in den Magen geboxt, begleitet von dem Gefühl, als würde jede Zelle seines Körpers von den anderen getrennt und anschließend in der falschen Reihenfolge wieder zusammengesetzt.

Es dauerte nur einen Moment.

Eine Ewigkeit.

Beides.

Alles, was er wusste, war, dass, kaum war er eingetreten, das Tor knirschend zuschnappte und er im düsteren Licht der Verseuchten Seite stand. Finn krümmte sich vor Schmerzen und rang nach Atem. Er war erleichtert, dass er nicht explodierte, wünschte sich aber beinah, er könnte es, damit er dieses grässliche Gefühl wegsprengen konnte.

Als er wieder aufblickte, stellte er fest, dass er inmitten einer Horde von Legenden gelandet war, zähnefletschend, augenblitzend, klauenstreckend.

Keuchend.

Brüllend.

Auf ihn losgehend.

27 SIEBENUND-ZWANZIGSTES KAPITEL

Finn hechtete auf den grauen Boden, krabbelte zwischen mindestens zwei Beinen einer Legende hindurch, die einen ganzen Haufen davon besaß, bis er freie Bahn hatte aufzuspringen. Er registrierte eine Art Dorf aus schmutzigen Lehmhütten, die von schwachen Feuern geheizt wurden, von denen Rauch in die tief hängenden grauen Wolken aufstieg, die Finn nur zu gut als eines der bedrückenden Merkmale der Verseuchten Seite kannte.

Trotz heftigster Übelkeit schaffte er es, einen Vorsprung herauszulaufen. Er verschwand zwischen ein paar Hütten, kam zu einem freien Platz und erblickte etwas sehr Seltsames, das ihn kurz abrupt anhalten ließ. Eine Lehmfigur, die aus dem verbrannten Boden ragte.

Ist das etwa …?, dachte er.
Aber ihm blieb keine Zeit zum Nachdenken.
Die Legenden waren ihm dicht auf den Fersen, ihr Knurren und Keuchen kam immer näher. Er hatte keine andere Wahl, als in die nächste Hütte zu rasen. Er war erleichtert, sie legendenfrei vorzufinden, aber doch etwas besorgt, dass stattdessen der Boden mit scharfen Speeren und Sägemessern übersät war.
Wie viele Kristalle hatte Sulawan, der Beinah-Zyklop, gesagt, waren in diesem Ding? Drei? Vier? Dann müsste er eigentlich noch ein anderes Tor öffnen, den Legenden entwischen und in seine Welt zurückkehren können. Und zwar möglichst weit genug weg von den Gehilfen und der Polizei in Metzelstadt.
Er drückte wieder mit dem Daumen auf das untere Ende des Toröffners und brachte einen weiteren Kristall zum Vorschein. Als er diesmal nach einem Befestigungspunkt in der Luft suchte, hatte er jedoch Mühe, einen zu finden, weil der Boden durch das Stampfen der sich nähernden Legenden bebte, deren Knurren und Schreien so laut war, dass er kaum denken konnte.
Da blieb der Kristall plötzlich in der Luft hängen. Finn atmete erleichtert auf.
Funken. Ein Feuerraupenschrei. Ein Tor.
Er stürzte sich zurück nach Metzelstadt.
Der Übergang war wie immer die Hölle.
Das Tor schloss sich. Finn war wieder zurück, lag mitten auf der Straße, wo laut hupend ein Auto auf ihn zusteuerte. Gerade rechtzeitig, bevor es ihn platt fuhr, rollte er sich aus dem Weg.

Weiter oben an der Straße, vor dem Gebäude, in das – und aus dem – er anfangs verschwunden war, wurden die Gehilfen durch das Kreischen der Bremsen aufgeschreckt, wandten sich rasch von dem Lagerhaus ab und stürzten auf ihn zu.
Er rappelte sich hoch, obwohl ihm jede Bewegung enorme Übelkeit verursachte, und schätzte ab, wie weit er sich von seinen Verfolgern in beiden Welten entfernen musste.
Da tauchte rechts von ihm plötzlich ein Gehilfe auf und überraschte ihn mit einem Angriff, der ihn der Länge nach hinstreckte. Der Toröffner flog ihm aus der Hand und rollte in Richtung eines Gullys davon. Der Gehilfe landete mit einem dumpfen Knall ebenfalls auf dem Asphalt und ließ Finn gerade genug Luft, um aufzustehen, die Brust seines Angreifers als Startrampe zu benutzen und hinter dem Toröffner herzuhechten.
Finn bekam ihn in dem Moment zu fassen, als er kurz davor war, in die Kanalisation zu fallen, richtete sich auf und setzte die Flucht fort.
Sein Orientierungssinn war mittlerweile völlig verzerrt, und er merkte irgendwann, dass er direkt in eine Sackgasse gerannt war, an deren Ende ein hohes Gebäude stand. Komplett verbarrikadiert, die Eisentür vernietet, die Fenster mit Brettern vernagelt.
Er zog trotzdem an der Tür und suchte nach einem morschen Teil an den Fenstern. Nichts wollte nachgeben.
Wie viele Kristalle waren noch mal in dem Toröffner? Er drückte drauf, und es kam einer heraus. War das womöglich der letzte?

Er wusste es nicht. Auf die Erfahrung, einen Finger da hineinzustecken und ihn an eine bissige Feuerraupe zu verlieren, wollte er lieber verzichten. Er befestigte ihn in der Luft.
»Finn«, sagte in dem Moment Lucien.
Und als Finn den Kopf zum Anfang der Sackgasse wandte, sah er dort den Mann stehen, der seiner Familie alles genommen hatte.
Lucien schob sich die Brille auf der Nase nach oben und streckte den Arm aus. »Es kann jetzt ein Ende haben«, sagte er. »Kein Weglaufen mehr. Keine Schwierigkeiten. Du kannst in ein paar Stunden zu Hause bei deiner Mutter und deinem Vater sein. Dann ist das Ganze vorbei.«
Finn drehte sich wieder zur Wand. Massiver Backstein. Nirgends ein Ausweg. Er hatte Emmie verloren. Er kam nicht an seinen Laptop, wähnte ihn aber vorläufig sicher versteckt in dem Lagerhaus. Wenn er jetzt gefasst würde, könnte er jedoch keine Beweise für Luciens Schuld präsentieren. Jede Entscheidung, die er bisher getroffen hatte, war im Chaos geendet. In einer Katastrophe sogar.
Aber er durfte nicht aufgeben. Nicht jetzt.
Hinter Lucien traf eine Gruppe schwitzender, keuchender Gehilfen ein, zusammen mit den zwei bewaffneten Wachmännern, die den Finger am Exsikkatorabzug hatten und auf Finn zielten. Finn sah sie im Augenwinkel, als er den Kopf wieder wendete. Aber er drehte sich nicht ganz um, sondern hielt den Blick weiter auf die Wand des verbarrikadierten Gebäudes gerichtet.

»Was sagst du, Finn?«, fragte Lucien. »Wir wollen doch keine Unfälle riskieren.«
Finn hatte auf der Verseuchten Seite etwas gesehen. Etwas, das ihn dazu gebracht hatte, wie angewurzelt stehen zu bleiben, und das er nicht vergessen konnte. Es deutete auf andere, noch merkwürdigere Dinge hin, die da vor sich gingen.
Wenn er jetzt aber ein Tor öffnete, saß er womöglich dort drüben fest. Für immer. Ohne Garantie, jemals wieder zurückzukehren.
Finn legte die Hände an den Hinterkopf, als Zeichen der Niederlage. Den Kristall ließ er weiter in der Luft hängen.
»Gute Entscheidung«, hörte er Lucien sagen.
»Mein Dad hat neulich etwas zu mir gesagt, dass ich zu dem Zeitpunkt nicht verstanden habe. Jetzt verstehe ich es«, sagte Finn mit erhobenen Händen, Lucien noch immer den Rücken zugekehrt.
Ein zufriedenes Knurren entwich Luciens Lippen.
Dann kam die Explosion, mit der das Tor sich öffnete.
»Der sicherste Weg, den Sieg zu erlangen, besteht darin, erst einmal den Eindruck zu erwecken, als hätte man alles verloren.«
Lucien schrie so laut auf, dass ihm die Brille aus dem Gesicht fiel. »Ich werde dich exsikkieren und vergraben, wo niemand dich je findet!«
Finn stürzte sich in das Tor, hörte Luciens Geschimpfe, hörte den Schuss des Exsikkators und hoffte, dass er die richtige Entscheidung getroffen hatte, während er sich gleichzeitig ein-

redete, er hätte nichts mehr zu verlieren. Dabei hatte er eine Menge zu verlieren. Finger. Zehen. Familie. Ein Zuhause.

Unendlichkeit. Brechreiz. Der Magen irgendwo zwischen zwei Welten.

Das blaue Exsikkatorfeuer, das in die Luft traf wie ein Rohrkrepierer.

Das Tor, das zuschnappte.

Die Verseuchte Seite.

Die Übelkeit fühlte sich inzwischen fast normal an und war nicht mehr so lähmend. Das Erste, was er tat, als er auf dem rußgeschwärzten Boden lag, war, seinen Toröffner zu überprüfen, in der Hoffnung, auf einen letzten Kristall auf das Ende des Röhrchens zu drücken.

Nichts. Es war leer. Kein Weg mehr nach Hause.

Als er sich auf den Rücken rollte, erwartete ihn ein erschreckender Anblick.

Eine riesige Horde Legenden, eine ganze Legion verschiedener Gestalten und Größen und Gliedmaßen und Zähnen und Pranken und Klauen. Sie umzingelten ihn.

Und dann passierte etwas Unglaubliches.

Eine nach der anderen fielen sie auf die Knie und senkten die Köpfe.

Finn stand auf und erblickte, plötzlich größer als alle anderen, etwas noch Merkwürdigeres. Dasselbe, das ihn nur ein paar Minuten zuvor hatte wie angewurzelt stehen bleiben lassen.

Das unförmige Etwas ragte aus dem Boden. Es war ein bisschen kleiner als Finn, aus dunklem Lehm geformt und besaß eine relativ deutlich erkennbare Gestalt. Zwei Arme. Zwei Teile, die grob ausgebildete Beine sein konnten. Ganz oben eine Kugel, die eine Art Nachbildung eines Kopfes darstellte. Und die obere Hälfte der Skulptur steckte in einem zusammengeflickten Kampfanzug. *Finns* Kampfanzug. Der, den er bei seinem letzten Besuch auf der Verseuchten Seite getragen und nach seiner Explosion zurückgelassen hatte.

Das war ein Standbild.

Sein Standbild.

28 ACHTUNDZWANZIGSTES KAPITEL

Finn umrundete die seltsame Skulptur. Sie stand mitten im Dreck. Und funkelte. Er strich mit den Fingern über den Kampfanzug, die zerfetzten und verbrannten Ränder. Den Rost auf den Scharnieren, den Staub auf dem Leder. Er konnte es nicht fassen. Der Anzug sah aus, als hätte man ihn vom Grund der Hölle geholt. Was auf gewisse Weise auch zutraf. Das letzte Mal, als er ihn gesehen hatte, lag er in einem Krater, den er hinterlassen hatte.

Der untere Teil des Gebildes war größtenteils nackt und glänzte ein bisschen an der Oberfläche. Finn berührte es, vermutete, dass es aus Lehm geformt war, der aus dem trockenen Untergrund hergestellt wurde.

Eine Legende trat vor, irgendeine Art aufrecht gehende Ziege mit Gefieder. Es ging keine Bedrohung von ihr aus. Stattdessen näherte sie sich Finn eher ängstlich.

»Es tut uns leid, aber wir hatten kein Wasser«, erklärte die Legende und deutete auf das Standbild. »Deshalb mussten wir Lehm herstellen, indem wir Erde benutzten, was immer wir aus den schwefelhaltigen Flüssen bekommen konnten, ohne dabei zu sterben. Und weil das nicht reichte, haben wir noch etwas von unserer Spucke dazugetan.«
Finn zog die Hand schnell wieder zurück und wischte sie am Bein ab, wusste aber, dass er sich erst wieder sauber fühlen würde, wenn er ungefähr eine Woche geduscht hätte.
Er ging ein Stück auf Abstand, musterte den großen Klumpen Lehm genauer, der zur Hälfte in seinem zerstörten Kampfanzug steckte, und erkannte seine Form aus der Entfernung etwas deutlicher.
»Soll das etwa ich sein?«
Die Ziege machte ein langes Gesicht. »Wir konnten nur nach der Erinnerung arbeiten. Bloß nach ein paar undeutlichen Beschreibungen von manchmal widerwilligen oder halbtoten Augenzeugen. Ich hoffe, es gefällt dir trotzdem.« Sie sah Finn erwartungsvoll an.
»Oh ja«, antwortete Finn, dessen Gefühle jetzt zu einem Drittel aus Scham bestanden, weil er so unhöflich gewesen war, und zu zwei Dritteln aus Entsetzen darüber, dass *dieses Ding* so aussehen sollte wie er.
»Jetzt, wo wir dich in Fleisch und Blut sehen, muss ich zugeben, dass die Nasenlöcher schmaler sein könnten«, sagte das Ziegenwesen, »und die Ohren könnten ein bisschen mehr abstehen.«

»Die Ohren?«
»Sie sind ganz besessen von deinen Ohren, Junge«, sagte Sulawan, der Beinah-Zyklop, der in dem Moment in der Menge auftauchte, wo die Legenden ihm Platz machten. Beag, der Kobold, trippelte aufgeregt neben ihm her. »Und ich sage ihnen dauernd, dass deine Beine viel mickriger sind«, fügte Sulawan hinzu, »weshalb im richtigen Leben dein Kopf auch so übergroß wirkt.«
Sämtliche Legendenblicke fielen auf Finns Beine. Er schämte sich schrecklich.
»Aber wir haben uns größte Mühe gegeben, dich möglichst würdevoll erscheinen zu lassen«, erklärte das Ziegenwesen.
Finn blickte auf die versammelten Legenden, die zum Zeichen irgendeiner Ehrerweisung noch immer gebeugt dastanden und zu ihm aufblickten. Er sah vieles in diesen Gesichtern: unterschiedliche Arten und Größen und Anzahlen von Augen, lange Reiß- und kurze Stummelzähne, verschiedene Ausmaße von Behaarung. Aber eins war allen gemeinsam. Der deutliche Wunsch, dass ihm dieses Standbild gefiel.
Finn wollte nicht unhöflich sein. »Nein, nein, das ist echt super, wie ihr mir den kaputten Rucksack als Unterhose um die Hüfte geschlungen habt. Wirklich.«
»Das mit der Würde kriegen sie nicht immer so gut hin, Junge«, sagte Sulawan, der offensichtlich jede Sekunde genoss.
»Hoffentlich bist du nicht enttäuscht«, sagte Beag.
»Nein«, antwortete Finn wenig überzeugend. »Ich ..., es ist bloß ... Warum haben sie das gemacht?«

»Was denkst du wohl, Junge?«, fragte Sulawan. »Sie vergöttern dich.«
Finn hatte ein Problem mit diesem Satz, nicht etwa, weil er kompliziert war oder so, sondern schlicht und einfach, weil er keinen Sinn für ihn ergab. *»Mich?«*
»Wahrscheinlich haben sie dich einfach noch nicht kennengelernt«, antwortete Sulawan.
Finn warf einen Blick auf die Legenden. Einige hatten Kinder dabei, die sich an ihre Beine klammerten oder auf ihren Schultern saßen. Eine trug eine ganze Reihe von ihnen in einem Beutel vor dem Bauch. Einer anderen lugte ein pelziges Junges aus dem Maul wie ein entarteter Fangzahn. Als Finn es ansah, verschwand es schnell wieder hinter den Zähnen seiner Mutter. Oder vielleicht auch seines Vaters. Finn wusste es nicht. Er wusste nur, dass es unglaublich viele waren und dass sie durch seine Anwesenheit völlig gebannt schienen.
»Sie haben sogar einen Namen für dich«, sagte Beag und hob die Überreste eines Schulheftes vom Fuß der Statue auf. »Finnzwölfdreiviertel.«
Finns Schweigen sagte ihnen, dass er darüber wirklich baff war. Beag hielt das Schulheft hoch, auf dessen Umschlag Finns Name und das Alter standen, in dem er war, als er beides dorthin geschrieben hatte.
»Nein, ihr versteht nicht«, sagte Finn, nahm das Heft und blätterte durch eine Geschichtshausaufgabe, von der er gar nicht mehr wusste, dass er sie jemals verfasst hatte. »Das war bloß mein Alter, als ich das Heft benutzt habe.«

»Schade nur, dass wir Rote Kriegerin nicht auch mit herbringen konnten«, sagte Beag und kräuselte seine platte rosa Nase.

»Rote wer?«, fragte Finn.

»Er meint das Mädchen«, erklärte Sulawan. »Das ständig redet und streitet und redet. Und nie nachgibt. So erzählt man sich jedenfalls.«

Finn dämmerte es. »Du meinst Emmie? *Sie* ist Rote Kriegerin? Wieso kriegt sie einen so tollen Namen wie Rote Kriegerin, während ich nur Finn Blabla-was-auch-immer kriege?«

»Finnzwölfdreiviertel«, sagte das Ziegenwesen und versuchte, behilflich zu sein.

»Genau«, sagte Finn ehrlich verärgert. »Übrigens bin ich inzwischen deutlich über dreizehn. Und in Vierteln rechne ich auch nicht mehr. Das ist Kinderkram.«

»Finnzwölfdreiviertel«, sagte das Ziegenwesen nichtsdestotrotz. »Du hast vor all diesen Jahren Unglaubliches getan. Du hast mit deiner außergewöhnlichen Kraft eine halbe Armee zerstört.«

»Das habe ich damals gar nicht gemerkt«, murmelte Finn, der diese Blicke kaum noch aushielt.

»Du musst wissen, dass niemand außer dem Menschen Niall je herkam und getan hat, was du getan hast«, sprach Beag weiter. »Und der wandte sich der dunklen Seite zu und wurde ein Diener Gantruas.«

»Er war mein Großvater und dachte, ich würde die Welt zerstören, unsere Welt«, versuchte Finn zu erklären. »Er wollte bloß verhindern, dass ich das tue.«

»In seiner Prophezeiung hieß es aber auch, du würdest *unsere* Welt retten«, erwiderte das Ziegenwesen, »denn als Vernichter der Menschenwelt wärst du unser Retter. Wir haben uns seither bemüht, diese Voraussage zu verbreiten.«

»Das kann man wohl sagen«, bemerkte Sulawan. »Sie quasseln noch jetzt ständig davon. Versuchen dauernd, mich zu überzeugen.«

»Und mit der Zeit haben haufenweise von deinen Hinterlassenschaften unter ihnen die Runde gemacht, wurden von Klaue zu Pfote zu Fittich gereicht«, erklärte Beag. »Inzwischen benutzen sie sie als Opfergaben, um den Gashadokuro zu besänftigen, begraben sie mit den Gebeinen auf dieser ganzen Welt.«

»Sie begraben meine alten Sachen, weil sie glauben, das könnte das Gerippe aufhalten?«

»Ja«, antwortete Beag, als wäre das die vollkommen logische Lösung dieses Problems.

»Das Problem ist, dass das Gerippe sich scheinbar genauso wenig für deine Sachen interessiert wie du«, erklärte Sulawan.

Eine große katzenhafte, aber schuppige Legende trat vor, zaghaft und mit einer Spur Nervosität, die Finn bei Legenden normalerweise nicht kannte. Sie zögerte kurz und ging dann weiter. Beag schubste Finn, überraschend fest für jemand so Kleinen, ermutigend am Bein.

Die Legende nahm, ohne den Blick abzuwenden, Finns Hand und drehte seine Handfläche nach oben. Finn sah kurz zu Sulawan, der seelenruhig auf seinem Stein kaute, mit einer Spur Neugier allerdings, die er nicht hinter seiner lässigen Fassade verbergen konnte. Finn schaute wieder zu der Legende, die ihren Blick noch immer auf ihn geheftet hatte, und gab sich alle Mühe, nicht aufzuschreien, als sie ihre Zunge auf seine Handfläche schnellen ließ.

Er ballte sie instinktiv zur Faust und merkte, dass nach dieser merkwürdigen Geste etwas in seiner Hand zurückgeblieben war. Als er die Faust wieder öffnete, lag da ein angekauter Bleistiftstummel mit abgebrochener Spitze auf seiner Handfläche. Auf der Seite waren in verblassten goldenen Buchstaben die Worte *Buchladen Darkmouth* eingeprägt.

»Der gehört mir«, sagte Finn. »Danke schön.«

Die Legende nickte, während sich Freude über ihr Gesicht breitete, und zog sich, immer noch ohne den Blick von Finn abzuwenden, wieder in die Menge zurück.

»Woher haben sie den?«, fragte Finn Beag. »Wo haben sie das *alles* her?«

»Du hast es hier zurückgelassen«, antwortete der Kobold. »An dem Tag, als du ...« Er fand nicht die richtigen Worte und ahmte stattdessen mit weit gespreizten Fingern eine Explosion nach. »PENNNGGGGG! Da hast du die Sachen hiergelassen. In einem Mülleimer. Zusammen mit vielen Seiten deiner menschlichen Aufzeichnungen. So wie diese ...«

Eine weitere Legende trat aus der Menge. Sie hielt ein Blatt glänzendes Papier in der Klaue, verblichen und vergilbt, aber mit gut erkennbaren Knicken. Es war eine Seite aus Finns Schulbuch *Auf die Plätze, fertig, Mathe 4*, auf der seine Lösungen neben den Aufgaben noch deutlich lesbar waren.

»Sie halten das für deine alten Schriftrollen«, sagte Sulawan mit einem unüberhörbaren Schuss Spott in der Stimme. »Große Weisheiten von Finnzwölfdreiviertel.«

»Das sind keine Weisheiten, das sind meine Mathehausaufgaben«, erwiderte Finn. »Da hab ich eine Drei minus drauf gekriegt. ›Das kannst du besser‹, hat meine Lehrerin Mrs McDaid mit Rot drangeschrieben, siehst du.«

»Das kannst du besser«, wiederholten die Legenden im Chor.

Finn blieb vor Erstaunen der Mund offen stehen.

»Das können wir alle besser«, sagte das Ziegenwesen. »Das haben wir daraus gelernt.«

Finn war durch dessen Anwesenheit sowieso schon völlig verwirrt. Aber das ließ sein Hirn im Kopf Purzelbäume schlagen.

»Wir haben nicht mehr alle deine Hinterlassenschaften und Lehren hier. Sie wurden übers ganze Land verteilt und zum Teil mit den Toten begraben, um den Gashadokuro zu besänftigen, aber wir haben viele davon auswendig gelernt, bevor sie verschwanden«, erklärte das Ziegenwesen. »Die große Weisheit der Marmeladentörtchen.«

»Der Marmeladentörtchen?«

»200 Gramm Zucker«, stimmte die Legende an.

»Sechs Kreise mächtiger Mürbteig«, antwortete die ganze Schar.

»Aber das ist bloß ein Rezept«, erklärte Finn ihnen. »Danach haben wir in der Schule gebacken.«

»Sechs Kleckse Himbeermarmelade«, schloss die Ziege feierlich.

»Es war nicht mal so besonders, als ich es ausprobiert habe«, sagte Finn. »Der Teig war total pampig.«

Da trat ein Hogboon vor. »Wir hätten gerne eine Antwort auf eine sehr wichtige Frage, wenn du so freundlich wärst. Stimmt es, dass Emmie stinkt?«

»Was?«, fragte Finn total perplex.

»Wir besaßen einmal einen Gegenstand – jetzt nicht mehr –, auf dem stand ›Emmie stinkt‹«, sagte der Hogboon. »Aber dann folgte ein Satz, der dieser Aussage widersprach. ›Nein, tue ich nicht‹, war da zu lesen. Das führte zu einigen Auseinandersetzungen zwischen denen, die dich verehren.« Die Legende warf ihrem Nachbarn einen Blick zu, der eine etwas schwierige gemeinsame Vergangenheit erahnen ließ. »Tatsächlich teilen wir uns mittlerweile in zwei Lager. Die Emmie-Stinktisten und die Tuichnichtarier.« Er beugte sich nach vorn. »Die Tuichnichtarier sind ein merkwürdiger Haufen. Sie glauben, dass man durch Waschen Reinheit erlange. Wir hingegen wissen natürlich, dass Gestank der Weg zu Ruhm und Ehre ist.« Er schnüffelte an Finn. »Man merkt sofort, dass du unserer Meinung bist.«

Sie fuhren fort, Finn mit einer Bewunderung anzustarren, die ihm äußerst unangenehm war. »Aber ich bin doch kein Gott«, sagte er.

»Um Gottes willen, nein«, antwortete Sulawan und nahm den Stein aus dem Mund, um zu sehen, wie viel noch zum Abkauen übrig war. »Nur keine Panik, Junge. Sie halten dich nicht für einen Gott. Götter haben die Verseuchte Seite vor vielen Ewigkeiten aufgegeben. Sie denken bloß, dass du der Retter ihrer Welt bist. Großer Unterschied.«

»Wie du das allerdings machen willst, bleibt uns ein Rätsel«, bemerkte Beag dreist wie immer. »Aber du wirst reichlich Zeit haben, es uns zu erklären, wenn du uns erst geholfen hast, den grausamen, schrecklichen Gashadokuro zu besiegen.«

»Das Gerippe wird immer bedrohlicher«, sagte Hiss, die plötzlich aus den Reihen der Legenden erschien. Finn hatte den Orthros noch gar nicht bemerkt. Wie lange war er wohl schon da? »Mit jedem Angriff wird es größer. Und wegen des Unsinns, den ihr Menschen in eurer Welt macht, geschieht noch etwas viel Gefährlicheres. Ohne deine Hilfe können wir es nicht aufhalten. Komm herein, wir zeigen dir noch genauer, warum du hier bist.«

»Zeigen?«, fragte Finn.

Er blickte sich um. Und entdeckte eine Hütte, die kaum in der Lage war, das Gewicht ihres eigenen Daches zu tragen. Mit einem Jaulen und einem Kopfnicken signalisierte Cornelius Finn, er solle zu deren Eingang gehen. Finn hörte das Röcheln, noch bevor er ihn erreichte, den rasselnden Atem von jemandem oder von etwas, dem Tode nah. Finn hatte seinen Großvater sterben sehen. Diese Laute würde er nie vergessen.

Im trüben Licht der Hütte erkannte er eine Flugschlange. Sie lag zusammengesackt am Boden, hatte den einen Flügel in einem unnatürlichen Winkel nach hinten gebogen und den anderen schlaff auf den Rücken gelegt. Einer ihrer Fangzähne war entzweigebrochen.

Finn trat ein, zögernd – nicht, weil er sich vor dieser Legende fürchtete, sondern wegen des Geruchs, der über ihr lag, der Geruch des bevorstehenden Todes.

Der Orthros kam nach Finn herein, gefolgt von Sulawan und Beag. Hiss versank fast augenblicklich in einer Art Trance. Seine Augen weiteten sich, als blickte er in eine völlig andere Wirklichkeit. Finn erkannte den psychischen Zustand, den er schon erlebt hatte, als er vor langer Zeit auf der Verseuchten Seite war. Die Schlangen hatten das Sagen und kommunizierten irgendwie telepathisch durch Hiss. Dieses Mal sprach Hiss die Worte der Legende jedoch nicht aus. Er entspannte sich stattdessen wieder, sank kurz nach unten, als wäre er erschöpft, und hob sich dann in Richtung Finn.

»Um ehrlich zu sein«, sagte Hiss. »Das wird jetzt nicht angenehm für dich.«

»Was wird nicht angenehm für mich?«, fragte Finn.

In dem Moment packte Sulawan ihn um die Brust, drückte seine Arme nach unten und hob ihn hinüber zu der dahingestreckten Flugschlange. Finn wehrte sich, trat um sich, zappelte. Es nützte nichts. Eine Zunge – nass und rau – kam aus dem Maul der Quetzalcóatlus, und ihre Spitze fand trotz seiner heftigen Versuche, sich abzuwenden, den Weg in sein Ohr.

Und seine ganze Welt war erfüllt von Tod.

29 NEUNUNDZWANZIGSTES KAPITEL

Finn flog an einem Himmel voller Quetzalcóatlus.

Die Luft pulsierte vom Flügelschlag, der die Wolken aufwirbelte. Finn hatte das Gefühl, eine von ihnen zu sein, aber nur als Mitreisender im Geist. Er hatte keine Kontrolle über die Bewegung, war ein Gefangener des abrupten Manövers, der rasanten Beschleunigung, des scheußlichen, magenentleerenden Sturzflugs, als seine Schlange plötzlich auf den Boden weit unter ihnen zuschoss.

Er wusste, dass sein Körper in dieser Hütte war und das, was er gerade erlebte, nur in seine Gedanken geschleust, und doch kam ihm alles so schwindelerregend echt vor.

Die Flugschlange sauste über eine Landschaft

voller Legenden, so viele, dass er sie nicht zählen konnte. Er sah nur ein vorbeirauschendes Wirrwarr schwingender Waffen, Klauen, die zuschlugen, Pranken, die Hiebe verteilten, Riesen, die durch ein Meer aus Zwergen wateten, und vierbeinige Monster, die an den zweibeinigen vorbeiliefen.

Alle bewegten sich in eine Richtung: auf ein Gebiet zu, das in ordentliche Reihen von Erdhügeln unterteilt war, aus denen jeweils ein versteinerter Baum ragte.

Die Schlange flog weiter. Erhöhte das Tempo, während der Boden immer näher kam. Finn versuchte zu schreien, war aber stimmlos, hilflos, als sie den festen Untergrund erreichten ...

... und ohne jeden Widerstand direkt hineinrasten. Jetzt war er unter der Erde, reglos, als würde er zwischen den Gebeinen liegen, die darin angehäuft waren. Er war nicht mehr im Geist der Quetzalcóatlus, sondern sah die Welt von innen.

Knochen.

Er wollte sich gegen die Platzangst wehren, um sich treten, sich einen Weg nach draußen wühlen, hatte jedoch keine Kraft, konnte sich nicht rühren.

Da regte sich in der versengten Erde neben ihm plötzlich ein Knochen. Nur ein Zittern zuerst. Schüttelte sich, erwachte zu Leben. Finn sah, wie er sich hin- und herbewegte. Er versuchte Platz zu finden in dem schweren, toten Erdboden. Er ruckelte nach oben, schuf sich eine Lücke, stemmte sich hinein, schob sich immer höher auf die Oberfläche zu.

Dabei blieb er an etwas hängen. Finn erkannte es wieder. Es war sein altes, fußballförmiges Federmäppchen aus der Schule.

Ein zweiter Knochen schob sich durch den Boden, gesellte sich zu dem anderen. Finn folgte ihnen mit dem Blick, als sie sich aufwärtsbewegten, sich einen Weg durch die obere Erdschicht ins Licht bahnten, wo diese weißen, morschen Gebeine anschließend dalagen, als wären sie von der Anstrengung erschöpft.
Finn stieg mit ihnen hinauf, erreichte die Oberfläche, als wäre auch er ein lang begrabener Knochen, der plötzlich wieder in die Welt entlassen würde. Um ihn herum tauchten nach und nach weitere Knochen auf, schlängelten sich nach oben, schüttelten die trockene Erde ab, die wie Hagelkörner zu Boden prasselte. Bis überall Knochen verstreut waren, die wie seltsame Pflanzen die Erde bedeckten.
Aber sie waren nicht auf der Verseuchten Seite.
Da war Gras. Da war blauer Himmel. Da waren Bäume und Schmetterlinge, das Summen der Bienen und das Zwitschern der Vögel. Da waren Menschen. Die redeten. Lachten. Sie waren nicht zu sehen, aber in der Nähe. Das war zu Hause. Nicht Darkmouth, soweit Finn das beurteilen konnte, aber irgendwo in seiner Welt.
Dann wurde er plötzlich zurück nach unten gesaugt, erneut durch die Erde gezogen, immer dunkler, immer schwärzer, bis er wieder an die Oberfläche kam. Auf dem tödlich grauen, vergifteten Boden der Verseuchten Seite. Auch dort lagen Knochen, aber sie waren nicht reglos. Sie hatten Kraft; erbebten fast wie eine Einheit zu Leben, vereinigten sich, verbanden sich mit anderen Knochen, schleppten sich über den Boden, bis

sie ein elfenbeinfarbenes Geflecht bildeten, das sich langsam erhob.
Beine entstanden. Aus Schädeln, Flügelknochen, Geweihen, Klauen, aus Knochen, die normalerweise so tief in einer Legende steckten, dass nur der Erdboden sie je erblickte, in dem sie irgendwann zu Staub zerfielen. Sie alle bildeten ein schwerfälliges Wesen, das wuchs und wuchs und immer größer wurde. Dicke Erdklumpen fielen von ihm ab und klatschten auf den Boden, wurden weggeschoben von den letzten Knochen, die nach oben drängten, um sich mit dem Ungeheuer zu vereinigen. Bis das Monster aufrecht dastand und Schauer von Erde von seinem derben Körper und seinem entsetzlich zusammengefügten Kopf schüttelte.
Die Toten hatten sich vereinigt, um etwas Lebendiges zu schaffen. Etwas Grausiges.
Die Legenden kamen, um gegen das riesige Gerippe zu kämpfen. Vom Land. Vom Himmel. Schwangen brennende Fackeln, um es zurück in die Erde zu sengen. Das Gerippe lief auf sie zu, zerrte Schlangen vom Himmel, riss Legenden vom Boden. Wurden seine Knochen durch die Attacken irgendwo gebrochen, setzten sie sich einfach anderswo von selbst wieder zusammen, sodass es ständig seine Gestalt änderte. Und da es schon tot war, konnte es auch keiner töten.
Finn beobachtete das alles, hilflos, gefangen in seiner Vision. Er sah eine Quetzalcóatlus ankommen, sich auf das Monster stürzen, furchtlos, entschlossen, das Maul zum Angriff weit aufgerissen.

Das Gerippe holte aus, schlug nach ihr und traf sie mit voller Wucht.
Plötzlich fand Finn sich in der Hütte wieder, zusammengekauert, zu Tode erschrocken, die Arme zum Schutz vor einem Angriff erhoben, den er sich nur eingebildet hatte.

30 DREISSIGSTES KAPITEL

Das Haus war unbewohnt, düster, ein alter Gemeindesaal in einer Seitenstraße von Metzelstadt, ohne überraschende Ausmaße oder Gimmicks wie Finns Haus. Und doch handelte es sich um eine Legendenjägerzentrale. Ein Gebäude, das sie vor vielen Jahren regelmäßig nutzten, das aber schon vor langer Zeit der Öffentlichkeit übergeben wurde. Jetzt hatten sie es sich offensichtlich zurückgeholt.

Als Emmie die Wände überflog, sah sie noch Zeichen für die zivile Nutzung des Raums. Da hingen zerrissene Plakate lang zurückliegender Festivals, eine Pinnwand, an die jemand eine alte Zeitungsschlagzeile geheftet hatte – METZELSTADT: ERNEUT STADT DES JAHRES – und eine staubige, grüne Sieger-Rosette, in deren Mitte die Worte *Vierter Platz – Band Wettbewerb 1986* verblassten.

»Sieht nicht gerade aus wie ein Ort, von dem aus einmal Legendenjäger operierten, oder?«, fragte Lucien und setzte sich auf einen Bürodrehstuhl hinter einem leeren Holztisch. Er lehnte sich zurück, legte die Hände hinter den Kopf und blickte ebenfalls an die Wand. »Aber das ist lange her, und das Leben in Metzelstadt ist weitergegangen. Hier ist schon viele Jahrzehnte lang keine Legende mehr eingedrungen. Wir haben es aber trotzdem nicht vergessen und diesen Stützpunkt immer in der Hinterhand gehabt, für den Fall, dass er doch einmal gebraucht würde. Eigentlich sollte hier heute nur ein Zwischenstopp sein, aber dein Freund hat beschlossen, dass wir alle Metzelstadt einen längeren Besuch abstatten.«

Emmie antwortete nicht, stand bloß da und hatte die Hände in den Taschen.

Lucien erhob sich, zog seinen Stuhl zu ihr herüber und setzte sich auf die Tischkante, von wo aus seine kurzen Beine nur knapp bis zum Boden reichten.

»Nimm Platz«, sagte er. »Bitte. Du musst erschöpft sein.«

Sie hängte ihre Jacke über den Stuhl und setzte sich hin. Die Hände hatte sie unter die Beine geschoben.

»Man hat dir doch ein Telefon gegeben, um deinen Vater anzurufen?«, fragte Lucien.

»Ja, danke«, antwortete Emmie. »Mein Handy liegt irgendwo auf einer Wiese. Finn hat es dahin geworfen.«

»Er ist in der Tat ganz schön launisch. Man muss sich nur mal ansehen, was er jetzt wieder macht«, bemerkte Lucien nüchtern. »Sein Verschwinden auf die Verseuchte Seite nach dieser Stuntvorstellung in dem

Zug setzt dem Ganzen wirklich die Krone auf. Obwohl, wenn man bedenkt, dass er den Tag damit anfing, ins Totenhaus einzubrechen, wo er eine Legende gestohlen hat, und gefährliche Chemikalien und ...«, er nahm ein Blatt Papier von seinem Tisch und betrachtete, was sich darunter befand, »... eine kleine Duftkerze, dann hat er das Ganze in ein ziemliches Abenteuer verwandelt. Und ich habe so das Gefühl, als wäre das noch nicht alles.«

Er wartete auf ihre Antwort. Als keine kam, sprach er weiter. »Ihr seid doch nicht zufällig nach Metzelstadt gekommen. Kannst du mir sagen, warum ihr hier seid?«

Emmie blickte auf ihre Füße. »Er glaubt, ihr würdet Experimente durchführen und versuchen, hier Tore zu öffnen. Genau wie in Darkmouth.«

Lucien rutschte auf der Tischkante hin und her, schob sich die Brille auf der Nase nach oben. »Hör mir mal zu«, sagte er. »Wenn da irgendwelche Experimente stattfinden würden, dann wüsste ich das. Ich wäre nämlich derjenige, der sie angeordnet hätte. Es gibt keine. Finn ist der Einzige, der hier Tore öffnet. Klar?«

Emmie nickte, blickte jedoch nicht auf.

Lucien fuhr fort. »Finn sagt und tut eine Menge merkwürdige Sachen. Wir gehen davon aus, dass er gestern in Darkmouth auch für ein paar Stunden verschwunden ist. Hat er dir irgendwas davon erzählt?« Lucien wollte sie offensichtlich nicht zu einer Antwort drängen. »Natürlich nicht. Aber egal. Ich gebe dir nicht die Schuld. Es passierte zufällig genau zur selben Zeit, in der sich in Darkmouth ein Tor öffnete, aber soweit wir das bisher sagen können, trat nur etwas kurz heraus. Und seine Rückkehr fand etwa zum selben Zeitpunkt statt, an dem ein zweites Tor aufging, aber kaum länger, als man benötigen würde, um irgendetwas hindurchzuwerfen.« Er erhob sich. »Oder *jemanden*.«

Lucien stand in dem Licht, das durch die schmutzigen Fenster des Gemeindesaals fiel, fuhr sich mit der Hand durch die dünnen Haarsträhnen, die versuchten, ihm vom Schädel zu rutschen. »Emmie, ich bin wirklich froh, dass du erkannt hast, dass Finn sich, sagen wir, zumindest verdächtig benimmt. Ich weiß, wie sehr du ihn magst, und ich glaube, er ist ein anständiger junger Mann. Er ist nur fehlgeleitet worden. Er braucht Hilfe. Auf mich wird er nicht hören. Ich bin mir nicht mal sicher, ob er noch auf seinen eigenen Vater hört. Seine Mutter ist ... nun ja, ich weiß, dass du sie gernhast, aber das ist nichts für sie, und wir müssen sehr entschieden vorgehen, wenn wir das Ganze nicht einfach den Zivilisten überlassen und die Welt zum Teufel gehen lassen wollen.«

Emmie rutschte auf dem Stuhl hin und her. Sein rostiges Quietschen hallte durch den Saal. Sie fühlte sich müde, verängstigt, hatte ein schrecklich schlechtes Gewissen – und war sich dennoch sicher, das Richtige getan zu haben.

Lucien nippte an seinem Tee. »Und jetzt hört er nicht einmal mehr auf dich – seine beste Freundin. Wenn er nicht langsam aufpasst, werden die Folgen alles übertreffen, was wir je erlebt haben. Was überhaupt jemand je erlebt hat, womöglich.«

»Er glaubt, du hast das alles ausgeheckt«, antwortete Emmie und blickte vorsichtig auf, um Luciens Reaktion einzuschätzen. »Er glaubt, du hast seine Familie reingelegt, um ihnen Darkmouth wegzunehmen.«
Sie hatte das Gefühl, die Spur eines Grinsens in seinem Gesicht zu erkennen. Das war nicht die Antwort, die sie erwartete.
»Glaubt er etwa auch, ich hätte geplant, dass der ganze Rat der Zwölf auf einmal exsikkiert wird?«, fragte Lucien und nahm wieder seinen ernsten Gesichtsausdruck an. »Oder dass ich den fomorianischen Anführer engagiert habe, um mit seiner Armee in diese Welt einzufallen? War das etwa alles mein Werk?«
Emmie merkte, dass sie sich fest an den Stuhl klammerte, sich hineindrückte, als wollte sie am liebsten, dass er sie verschluckt. Während Lucien sich wieder entspannte, jetzt auf eine Art lächelte, die sie zutiefst verunsicherte.
»Das wäre jedenfalls ein ziemlich schlauer Schachzug von mir gewesen, was?«, sagte er. »Nein, das ist alles Finns Werk. Er hat den Kontakt mit den Legenden gesucht. Er hat mit ihnen zusammengearbeitet. Ich bin nur gekommen, um Nachforschungen anzustellen. Nicht mehr. Nicht weniger. Und das war ein Glück, denn wer weiß, was alles passiert wäre, wenn ich nicht hier wäre und die Kontrolle übernommen hätte.«
»Er hat den Legenden *nicht* geholfen«, platzte Emmie heraus.
»Wir wissen, dass das nicht stimmt«, antwortete Lucien. »Du selbst weißt das besser als jeder andere.«
Er ließ diese Aussage kurz wirken, bevor er wieder den Platz an der Tischkante einnahm.

»Eins steht fest. Er ist da draußen irgendwo, auf der Flucht, und löst Chaos aus, indem er Legenden zwischen Menschen freilässt, die einfach nur versuchen, morgens zur Arbeit zu kommen. Wir wissen nicht, ob er noch Schlimmeres plant, ob er sich für immer auf die Verseuchte Seite abgesetzt hat oder ob er in etwas ganz Gewaltiges verwickelt ist, das alles, was davor passiert ist, wie eine Kinderschminkparty erscheinen lässt.«

Emmie fehlten die Worte.

»Ihr habt doch Kinderschminkpartys hier, oder?«, fragte Lucien. »Elektra und Tiberius lieben Kinderschminken, obwohl sie, wenn möglich, Permanentmarker dazu benutzen. Ich musste sie mit nach Metzelstadt bringen. Ich habe ihrer Mutter versprochen, auf sie aufzupassen. Im Moment sind sie irgendwo mit einem Gehilfen unterwegs, machen garantiert irgendwelchen Ärger.«

Emmie runzelte die Stirn, hatte Mühe zu folgen.

»Aber das ist nicht so wichtig.« Lucien zuckte mit den Schultern. »Du wolltest doch schon immer Legenden jagen. Genau wie dein Vater. Darkmouth braucht jetzt einen Legendenjäger. Beziehungsweise eine Legendenjägerin. Und ich glaube, wir müssen nicht lange suchen, um eine zu finden, Emmie. Du hast dich als mutig, stark und clever erwiesen.«

»Du musst mir die Wahrheit sagen«, erwiderte Emmie, von ihrem Bauchgefühl geleitet. »Experimentiert ihr mit Kristallen, um selber Tore zu öffnen?«

»Nein«, antwortete Lucien, beinah, als wäre er beleidigt. »Natürlich nicht.«

Emmie antwortete nicht. Lucien musste den inneren Konflikt spüren, der sie quälte, denn er senkte die Stimme, um so beruhigend wie möglich zu klingen.

»Wir haben beide dasselbe Ziel. Wir wollen beide, dass Finn in Sicherheit ist. Wir wollen beide, dass er nach Darkmouth zurückkehrt. Wir wollen beide, dass die Sache vorbei ist. Und wir wollen beide, dass du deine Chance bekommst, eine richtige Legendenjägerin zu sein.«

Er wartete, bis dieser Gedanke angekommen war, bevor er weitersprach.

»Um das zu erreichen, brauche ich deine Hilfe, Emmie.«

31 EINUND-DREISSIGSTES KAPITEL

Finn lag zusammengekauert in der Hütte, kratzte immer noch schwach mit den Fingernägeln in der Erde, blies beim Luftholen die Asche vom Fußboden.
Die Quetzalcóatlus war still, ihr Ein- und Ausatmen kaum noch wahrnehmbar.
Beag half Finn, sich aufzusetzen, auch wenn er dessen Größe, selbst wenn Finn saß, kaum erreichte.
»Hast du es gesehen?«, fragte Beag.
»Dieses Ding …«
»Den Gashadokuro«, erklärte Hiss.
»Das Gerippe, ja. Es kommt hinüber in unsere Welt.«
»Das überrascht mich nicht«, sagte Hiss. »Ihr Menschen kratzt an der Barriere zwischen unseren Welten. Beschädigt sie damit.«
»Aber das Monster hat

noch nicht richtig Gestalt angenommen, so wie hier«, sagte Finn und rieb sich mit der Handfläche über sein verschwitztes Gesicht.
»Wart's nur ab, Junge«, antwortete Sulawan und rollte den langen Stein durch den Mund. »Bei uns ging es auch so los. Nur ein paar Knochen hier und da, die aus dem Boden lugten, um sich mal umzugucken. In einer so toten Welt fällt einem ein bisschen mehr Tod nicht immer gleich auf.«
»Aber es wurde schlimmer«, sagte Beag. »Es wuchs. Und wurde zu dem, was du gesehen hast. Und jetzt hört es nicht mehr auf. Kann nicht mehr gestoppt werden.«
»Ohne Gantruas Amulett jedenfalls«, folgerte Finn mit noch schwacher Stimme. Er rieb sich am Ohr, in dem er noch immer die raue Schlangenzunge spürte.
Neben ihm entwich der Kehle der Quetzalcóatlus ein leises Rasseln. Es waren ihre letzten Atemzüge.
Cornelius winselte traurig.
»Die winzigen Lebewesen, die sich zusammenfinden, um das Gerippe zu bilden, stammen aus einer längst vergangenen Zeit und waren jahrhundertelang inaktiv. Aber jetzt leben sie neu auf, indem sie die Toten zusammenfügen und sich vermehren«, erklärte Hiss. »Sie werden eins. Das Gerippe gewinnt an Kraft, die sich mit jedem Erscheinen vervielfacht, bis ...«
»Bam«, sagte Sulawan, allerdings leise.
»Weil sie so klein sind, gelangen sie so leicht durch die Ritzen zwischen unseren Welten«, sagte Beag, während Finn erschöpft an der Hüttenwand lehnte.

»Irgendwann wird auch in deiner Welt das daraus werden, was du gesehen hast«, fuhr Hiss fort, »und was diese Quetzalcóatlus vergeblich versucht hat aufzuhalten. Und wenn es erst mal Gestalt angenommen hat, wächst es, bringt Tod und Zerstörung, zerfällt, taucht anderswo wieder auf und fängt von vorne an.«

Finn nahm den leeren Toröffner aus der Tasche und sah ihn stirnrunzelnd an. »Wandert es wegen mir in unsere Welt? Weil ich dieses Ding hier benutze?«

»Nein«, antwortete Hiss. »Es ist etwas anderes. Weil die anderen Menschen so unbeholfen versuchen, Tore zu öffnen, mit offenbar unreinem Kristallstaub, richten sie Schaden an. Richtige Tore, wie dieser Toröffner sie macht, können sie nicht öffnen, aber sie verursachen trotzdem undichte Stellen zwischen den Welten, durch die das Gerippe immer weiter in eure Welt vordringt. Sie müssen damit aufhören.«

»Na ja …«, sagte Finn. »Sie planen schon wieder ein Experiment, um ein Tor zu öffnen. Heute Abend. Ich habe eine Karte, auf der sieht man, wo sie es durchführen wollen.« Er nahm die Karte heraus und warf einen Blick darauf. Dann setzte er sich plötzlich aufrechter hin, weil ihm etwas klar wurde. »Das ist ja ein alter Friedhof. Sie wollen an einem Ort rumexperimentieren, der voller Knochen ist.«

»Na, das wird ja ’ne echte Glanznummer«, bemerkte Sulawan.

»Wenn wir Lucien und die anderen nicht aufhalten, bevor sie dieses Experiment starten …«

»… dann ist unser Riesenproblem auch euer Riesenproblem«, sagte Beag.

Finn fand genug Kraft, um aufzustehen. Da erst bemerkte er die geheimnisvolle Legende, die er am Strand gesehen hatte. Jetzt saß sie in einer dunklen Ecke, mit loderndem Blick, schweigend und wachsam.
Finn näherte sich dem Orthros, in Cornelius' Maulwinkel sammelte sich der Sabber, während der Hund ein bisschen knurrte, als Finn nach dem Halsband griff, das er um den Hals trug. Es war ihm vor langer Zeit umgelegt worden und presste sich eng an sein immer noch geschmeidiges Fell.
Auf seinem Anhänger eine schlichte Aufschrift: *Ich heiße Yappy. Wer mich findet, darf mich behalten.*
Finn wusste, was da stand. Er wollte es nur gern sehen. Yappy war ein Hund, der einst in Darkmouth lebte und ihm ein Gebiss vor die Füße gelegt hatte, das ihn dazu veranlasste, aufzubrechen und sich auf die Suche nach seinem Vater zu machen. Yappy war auf der Verseuchten Seite gelandet, als er in Darkmouth in ein Tor hineinspaziert war. Er war nie zurückgekehrt.
»Der Hund hat überlebt, nachdem du uns verlassen hast«, sagte Hiss, während er auf Finns Augenhöhe schwebte. »Er wohnte mit uns an einem äußerst stinkigen Ort, der für einen Hund, der für sein Leben gern schnüffelte und schnupperte, eine Art Paradies gewesen sein muss. Cornelius bewahrt ihn in ehrendem Gedenken, indem er sein Halsband trägt.«
Finn ließ das Halsband vorsichtig wieder los, sodass der Anhänger gut sichtbar auf dem ergrauenden Fell in Cornelius' Nacken lag. Durch die offene Tür der Hütte erkannte er die Umrisse der

Legenden, die sich draußen versammelten. Als er diese Wesen zum ersten Mal traf, hatte Finn nicht geglaubt, ihnen jemals trauen zu können. Inzwischen vertraute er den Legenden aus einer anderen Welt fast genauso wie jedem aus seiner eigenen.

Der Atem der Schlange kam jetzt in unregelmäßigen Zuckungen. Finn legte ihr die Hand auf den Kopf, und sie beruhigte sich ein wenig.

»In meiner Welt hat das Gerippe noch nicht ganz Gestalt angenommen, also ist vielleicht noch Zeit«, sagte Finn. »Ich muss dieses Amulett beschaffen. Sie bringen Gantrua auf dem Weg ins Ausland kurz nach Metzelstadt. Wenn ich an ihn und das Amulett rankomme, dann kann ich noch einen Toröffner benutzen, um ihn zu euch zu bringen. Und ihr könnt das Gerippe stoppen, bevor es in meine Welt gelangt. Wenn nicht, dann stecken wir Menschen in großen Schwierigkeiten.«

Sulawan schnalzte missbilligend mit der Zunge, ein bisschen zu theatralisch vielleicht.

Beag entfernte sich plötzlich von Finn und steuerte auf die Tür zu, vor der Finn die erwartungsvoll wartende Horde Legenden sah.

Cornelius schnaubte nur.

»Du hast recht, Cornelius«, sagte Hiss zu ihrem hündischen Gefährten. »Finn glaubt offenbar nicht, dass diese Welt es genauso wert ist, gerettet zu werden, wie seine.«

»Das ist nicht …«, begann Finn, aber Hiss sprach einfach weiter.

»Er weiß nicht, dass es hier nicht immer so kahl und öde war.

Du wirst es vielleicht nicht glauben, Finn. Aber die Verseuchte Seite war einst genauso grün wie eure Welt. Und genauso fruchtbar. Die Bäume, die du jetzt nur als leblose Versteinerungen siehst, streckten ihre Wurzeln einst in feuchte, empfängliche Erde. Der Himmel, der jetzt unter Wolken erstickt, war früher so blau wie eurer. Und warum war das so? Weil eure Welt einst *unsere* Welt war. Wir stammen nämlich nicht von hier. Wir wurden von eurer Welt abgeschnitten und dieser hier überlassen.«

Finn kniff die Augen zusammen. Stimmte das etwa? Wenn ja, dann unterschied sich die Geschichte deutlich von dem, was in den Legendenjägerbüchern stand. Ihn hatte man immer gelehrt, die Legenden seien neidisch auf die Menschen geworden und hätten versucht, die Menschenwelt für sich zu beanspruchen.

Cornelius schüttelte sich und benutzte eine Vorderpfote, um sich hinter seinem zottigen Ohr zu kratzen.

»Wir sind alt genug, um diese Welt gekannt zu haben, wie sie sein könnte«, sagte Hiss. »Eine Blume in der Knorzdürren Wüste. Eine Knospe im Toten Wald. Ein Lichtstrahl zwischen den Wolken. Es war nicht immer Winter hier. Aber es war lange kein Frühling mehr.«

»Vielleicht kann sich das ja wieder ändern«, sagte Finn matt.

»Es gibt einige, die das glauben«, antwortete Hiss. »Nicht viele, aber ein paar. Was mich und Cornelius hier anbetrifft, wir halten Neid für zerstörerisch und sinnlos. Wir haben jahrhundertelang Legenden ins Verderben gestürzt – und wofür?

Für gelegentliche Siege, die irgendwann von unvermeidlichen Niederlagen zunichtegemacht wurden. Wir sind heute nicht weiter als zu der Zeit, als wir geboren wurden. Inzwischen glauben wir, dass wir akzeptieren müssen, wo wir sind, und lernen, hier in Frieden zu leben. Aber diese armen Seelen da draußen denken etwas anderes. Sie hoffen auf eine helle Dämmerung. Sie haben etwas gefunden, woran sie glauben können. Jemanden. Einen Retter dieser Welt.«

Finn brauchte einen Moment, um zu realisieren, wen er meinte. »Mich?«, fragte er schließlich.

Cornelius schüttelte sich, erhob sich mit knarzenden Gelenken, und seine Pfoten klatschten auf den Steinboden, als er sich aufstellte.

»Ich kenne die Antwort genauso wenig wie du«, erklärte Hiss, während sein Kopf hoch über Cornelius' Schulter schwebte. »Aber ich muss zugeben, dass es gewisse Anzeichen dafür gibt. Du bist hierhergekommen – du und das Mädchen und dieser andere Mensch mit den polierten Schuhen.«

»Estravon«, sagte Finn.

»Du hast überlebt«, sagte Hiss. »Du hast jene besiegt, die versucht haben, dich zu töten. Und als sie in eure Welt kamen, um es dort zu tun, hast du sie wieder besiegt. Und da draußen glauben sie auf eine Art an dich, wie ich es noch nie erlebt habe. Sie glauben der Prophezeiung, die besagt, dass du ›den Krieg beenden und das Gelobte Land öffnen wirst‹. Es wird Zeit, dich zu fragen, was das eigentlich heißt, Finn.«

Der Schlangenschwanz hielt kurz inne, rollte sich langsam zusammen und wartete, bis dieser Gedanke sich bei Finn gesetzt hatte.

»Du versuchst, dieses Amulett zu bekommen, um deine Welt zu retten. Das verstehen wir«, fuhr Hiss fort. »Aber vielleicht solltest du dich fragen, ob du nicht eigentlich dazu bestimmt bist, diese Welt hier zu retten.«

Noch nie war Finn so erwartungsvoll angesehen worden. Alle Blicke – angefangen bei Sulawans einäugigem bis hin zu denen sämtlicher Legenden vor der Hütte – lagen auf ihm. Die Atemzüge der Flugschlange in der Ecke waren derweil immer flacher geworden. Die Abstände dazwischen immer größer. Sie starb, und Trauer überkam Finn.

»Hör mal, Kleiner«, sagte Sulawan. »Wir riskieren unser Leben, weil irgendwer dieses Amulett nehmen und direkt ins Innere dieses Monsters bringen muss. Und wahrscheinlich bin das ich, weil ich den Fehler gemacht habe, groß genug dafür zu sein. Ich muss es genau an die Stelle schleudern, wo der Nacken des Gashadokuro auf seinen Rücken trifft, weil da die meisten von diesen Miniorganismen sitzen.« Er hob die Arme über den Kopf und schwang sie dann abwärts, als bereitete er sich schon auf die Aufgabe vor. »Und dann hoffe ich wegzukommen, bevor die Sache unschön wird. Und das wird sie mit Sicherheit. Du hast also den leichteren Part, glaub mir. Wir verhindern gleichzeitig, dass deine Welt zerstört wird. Du erntest den Ruhm. Auftrag erledigt.«

Die Flugschlange hatte aufgehört zu atmen, regte sich nicht mehr. Sie hatte ihr Leben geopfert, um andere zu retten.

»Du musst die Welt retten«, sagte Hiss und ließ seine Schlangenzunge vorschnellen, sodass sie fast Finns Gesicht streifte. »Die Frage ist nur: welche?«

Finn blickte auf die vielen Augen, die ihn anstarrten. Auf die gelbe Legende, die sich in der dunkelsten Ecke der Hütte verbarg und deren Blick ihn durchbohrte. Auf die Erwartung in den Blicken von denen draußen, die ihn vergötterten. Er fühlte sich eingeengt, bedrängt, unter Druck gesetzt.

Er deutete auf die Versammlung. »Das würde ich gern tun, aber bloß weil ich weiß, wo Gantrua und das Amulett vielleicht sind, heißt das noch lange nicht, dass wir einfach da reinmarschieren und sie mitnehmen können.«

»Was das betrifft, Junge«, sagte Sulawan und blickte in die dunkle Ecke, »irrst du dich wahrscheinlich ...«

Und die Legende mit den gelben Augen trat aus dem Schatten.

32 ZWEIUND-DREISSIGSTES KAPITEL

In Metzelstadt drückte sich Emmie derweil vor der Tür des Gemeindesaals herum. Sie hatte getan, was sie tun musste. Finn würde das irgendwann verstehen. Das hoffte sie wenigstens. Sie war sich sicher, dass es darauf ankam, dass sie das Richtige tat.

Ein Gehilfe kam durch den Flur auf sie zu. Er hatte einen Apfel im Mund, einen dicken Ordner in der einen und eine Reisetasche in der anderen Hand. Emmie versuchte, möglichst unauffällig zu wirken.

»Hallo«, sagte sie.

Der Gehilfe lief desinteressiert an ihr vorbei und weiter durch die Tür.

Emmie wartete ab und hörte, wie er begrüßt wurde.

»Ja, Axel«, sagte Lucien. »Was gibt's?«

Die Tür zwischen ihr und Lucien ging langsam zu, ein kleines rechteckiges Fenster erlaubte jedoch einen Blick in den Raum. Emmie beobachtete, wie Axel zu Lucien marschierte, den Ordner auf den Tisch legte, während er den Apfel aus dem Mund nahm. Er zog den Reißverschluss der Reisetasche auf, und gemeinsam blickten sie hinein. Was sie anschauten, konnte Emmie nicht erkennen, und da sie halb von der Tür abgewandt standen, sah sie auch ihre Reaktion nicht richtig.

Der Gehilfe schien irgendwie besorgt, und Lucien? Er hatte ihr gegenüber eine solche Ruhe ausgestrahlt, die sie aus irgendeinem Grund unheimlich fand. Jetzt schien er plötzlich aufgeregter. Seine schmalen Schultern wippten auf und ab. Sie erkannte eine Hand, die beinah zur Faust geballt war – nicht aus Wut, sondern aus Anspannung. Sie hätte schwören können, einen Spritzer Spucke von seinem Mund fliegen zu sehen. In diesem Moment trat Axel einen Schritt zurück.

Da bemerkte Lucien Emmies Jacke, die immer noch über der Lehne des Stuhls hing, auf dem sie zuvor gesessen hatte.

Sie öffnete rasch die Tür.

»Meine Jacke!«, rief sie. »Die hab ich ganz vergessen, Entschuldigung.«

Axel hatte ihr den Rücken zugekehrt und zog rasch den Reißverschluss der Tasche wieder zu.

Lucien nahm ihre Jacke vom Stuhl und beobachtete, wie Emmie das Zimmer durchquerte. Die wenigen Schritte kamen ihr endlos vor. Er streckte ihr die Jacke entgegen. Doch als Emmie ihn erreichte, zog er sie gerade so viel zurück, dass sie sie nicht nehmen konnte. Emmie stockte.

»Diese Sache wird ziemlich gut für dich ausgehen«, sagte Lucien. »Bist du zufrieden mit deinem Auftrag?«

»Oh ja«, antwortete Emmie.

»Elektra und Tiberius zu hüten, kann allerdings ganz schön anstrengend sein.«

Emmie gab sich Mühe, nicht so abgeneigt zu erscheinen, wie sie war. »Es wird sicher ein Riesenspaß«, antwortete sie mit gespielter Fröhlichkeit.

Schließlich reichte Lucien ihr die Jacke.

»Danke«, sagte Emmie, bevor sie sich so schnell wie möglich entfernte, ohne dabei auszusehen, als würde sie weglaufen.

33 DREIUND-DREISSIGSTES KAPITEL

Gerade als Emmie mit der Jacke über der Schulter durch den Gemeindesaal von Metzelstadt lief,

war hinter ihr ein ALARMTON zu hören.

Plötzlich gingen sogar im ganzen Gebäude Alarmsignale los.
Auf der anderen Seite des Saals blickten mehrere Gehilfen auf ihre Handys, die mit einem Mischmasch aus Zwitschern, Piepen, Heulen und verschiedenen Melodien – mindestens eine davon der Titelsong von *Smoofy, das Zaubereinhorn* aus dem Fernsehen – zeitgleich anfingen zu lärmen.
Im ersten Augenblick hatte Emmie Angst, der Alarm könnte etwas mit ihr zu tun haben, doch als sie sich umblickte, merkte sie, dass die Gehilfen sie gar nicht beachteten.
»Tor!«, rief einer von ihnen. »Tor-Alarm. Hier in Metzelstadt.«
Sie begannen sich hektisch in Bewegung zu setzen. Emmie beobachtete, wie sie kreuz und quer rannten. Einige schnappten sich ein paar herumliegende Waffen, andere dieses und jenes Stück Schutzkleidung. Sie waren nervös und ganz aus dem Häuschen vor Aufregung und Angst. Sie hatten ihr bisheriges Berufsleben hinter Schreibtischen verbracht, Listen erstellt, sich um ihre Vorgesetzten gekümmert, Tee gekocht, was immer vonnöten war. Alles, was sich in den letzten paar Stunden zugetragen hatte, war eine völlig unerwartete Wendung der Ereignisse für sie.
Allerdings nicht so unerwartet wie das, was sie als Nächstes sahen.
Emmie folgte ihnen zum Eingang, ihr Blick wurde jedoch durch die Gehilfen versperrt, die draußen etwas beobachteten.
»Na, sieh einer an«, sagte einer.
Emmie quetschte sich nach vorn und sah eine Kapuze tragende

Gestalt, die langsam die Straße hinauf auf sie zukam, mit erhobenen Händen zum Zeichen des Friedens. Oder der Kapitulation.
Die Gehilfen strömten aus der Tür. Einige von ihnen waren mit Exsikkatoren bewaffnet – weit mehr, als es angesichts einer einzelnen Gestalt mit erhobenen Händen nötig gewesen wäre.
Die Gestalt blieb vor der Tür stehen, zog sich langsam die Kapuze vom Kopf und hob erneut die Hände.
Finn sagte nur drei Worte.
»Ich ergebe mich.«

TOP SECRET

⋆ VERÖFFENTLICHUNG VERBOTEN ⋆

Bericht von Tiger-Eins-Zwölf
Position: Darkmouth

Ich bin mir nicht ganz sicher, was vor sich geht. Ich habe das seltsame Gefühl, als würden auf der ganzen Welt merkwürdige Experimente durchgeführt. Aber warum tauchen diese Knochen auf? Und warum erscheinen Finns und Emmies Sachen? Wie sind die den ganzen Weg von Darkmouth an all diese Orte gekommen?

Ich verfasse diesen Bericht mit einem von Finns Stiften. *Katz und Maus – Tierhandlung Darkmouth* steht darauf. Von da aus, wo ich jetzt sitze, auf einer Bank, mitten in einer Stadt, die normaler – und gleichzeitig noch seltsamer – ist, als ich je dachte, kann ich die Tierhandlung sehen. Wie also ist dieser Gegenstand von hier nach dort gekommen? Hat er etwa Ozeane durchquert – oder gar Welten? Und wenn er zwischen Welten gewandert ist, was ist dann wohl noch mit ihm zurückgekehrt?

Ich habe diesen Auftrag angenommen, weil ich dachte, ich könnte die Wahrheit über denjenigen herausfinden, der sich Finn der Widerspenstige nennt. Aber ehrlich, ich habe noch immer keinen blassen Schimmer.
Es gibt jemanden, der mir vielleicht helfen könnte. Jemanden, den ich eigentlich nicht aufsuchen darf – aber ich bin mir nicht sicher, ob ich es noch länger vermeiden kann …

34 VIERUNDDREISSIGSTES KAPITEL

Finn saß auf einem Stuhl in der Mitte des Saals. Die Hände in Handschellen. Was sich absolut nicht gut anfühlte. Das Metall, das sich ihm in die Handgelenke bohrte, während seine Hände in seinem Schoß lagen, die juckende Stelle am Rücken, wo er sich nicht kratzen konnte.

Aber das war immer noch weit weniger schlimm als Luciens Knoblauchatem, der sich in dem Moment ungefähr drei Zentimeter vor Finns Nase befand.

»Du machst uns die Sache schwer«, sagte er. »Ziemlich schwer sogar.«

Um sie herum verteilten sich vielleicht zwei Dutzend Gehilfen, die beiden Wachen, auf die Finn im Totenhaus getroffen war, und ein paar Exsikkatoren, die auf seinen Kopf zielten. Alle waren ausgesprochen nervös. Einer zitterte sogar ein wenig. Finn wusste, dass sie Angst hatten, er könnte explodieren. Er hätte am liebsten laut geniest, bloß um ihnen einen Schrecken einzujagen, aber dann würde er riskieren, dass einer der Bewacher ihn in so etwas Ähnliches wie einen Kohlkopf in Kleidern verwandelte.

Lucien hielt sich im Hintergrund, offensichtlich nervös. Die Hände hinter dem Rücken, dann vorne, dann wieder hinten. Er nahm die Brille ab, zwickte sich in die Nasenwurzel. »Ich musste diesen fähigen Leuten alles abverlangen, um dich zu finden.«

»Und jetzt hast du mich gefunden«, antwortete Finn und versuchte nachzuahmen, wie selbstbewusst und seelenruhig er sich seinen Vater in dieser Situation vorstellte.

»Für den Verfasser von *Die berühmtesten Legendenjäger* wird es jedenfalls ein gefundenen Fressen«, sagte Lucien. »Glaubst du etwa, du bist nur einen einfachen Eintrag wert? Nein, sie werden ein ganzes *Buch* über dich schreiben. Die Druckerschwärze wird ihnen ausgehen, wenn sie versuchen, das Ausmaß deiner Durchtriebenheit darzustellen. Sie werden ganze Wälder dem Erdboden gleichmachen, um genug Papier zu produzieren.«

Finn saß da. So gelassen wie jemand nur dasitzen kann, dessen Herz dermaßen heftig hämmerte, dass man es in seiner Brust hätte sehen müssen. Er suchte irgendjemand Vertrautes in der Gruppe und traf Estravons Blick. Der stand etwas abseits der restlichen Gehilfen, als wäre ihm das Ganze unangenehm. Außer ihm sah Finn niemanden, den er kannte.

»Wo ist Emmie?«, fragte er.

Lucien blickte ihn streng an. »Du bist hier nicht derjenige,

der Fragen stellt«, antwortete er. »Du beantwortest erst mal meine, dann können wir reden.«
Er schritt hinter Finns Rücken. »Wieso bist du zurückgekommen?«, fragte er und erschien auf Finns rechter Seite. Inzwischen hatte er die Arme verschränkt, während er sich mit den Fingern auf seine knochigen Schultern pochte. »In Metzelstadt geht plötzlich ein Tor auf. Was wir auf unseren Scannern sehen. Und siehe da, du marschierst hier rein und ergibst dich. Warum?«
»Weil ich sonst nirgends mehr hinkonnte«, antwortete Finn resigniert. »Wohin soll ich denn noch?«
»Die Verseuchte Seite scheint sich doch über deine Besuche zu freuen«, sagte Lucien. »Vielleicht solltest du einfach dort bleiben. Ein Haustierhotel eröffnen oder so.« Sein Witz schien ihm zu gefallen, obwohl niemand im Raum darüber lachte.
»Da drüben ist es inzwischen so gefährlich wie noch nie«, antwortete Finn. »Das hier ist meine Welt. Hier gehöre ich hin. Was immer ich deiner Meinung nach auch getan habe.«
Lucien trommelte sich weiter auf die Schultern und versuchte, aus Finns Aussage schlau zu werden.
Die hibbeligen Gehilfen beobachteten das Ganze und warteten auf eine Anweisung.
»Ich will mit meiner Mam und meinem Dad sprechen«, sagte Finn. Das wollte er wirklich.
»Du stellst hier keine Forderungen«, erwiderte Lucien. »Wie bist du überhaupt so einfach auf die Verseuchte Seite gekommen? Woher hattest du die Kristalle?«

Finn überdachte seine Antwort und entschied sich dafür, nicht die Wahrheit zu sagen. »Hast du den anderen überhaupt erzählt, was du für Experimente machst?«, fragte er.
Über Luciens Gesicht huschte ein Lächeln, als sähe er endlich das Verhalten, auf das er gehofft hatte. »Sie wissen alle genau, was ich tue. Sie wissen, dass ich für unsere Sicherheit sorge.«
»Du bringst alle in Gefahr, damit du dich wie ein echter Legendenjäger fühlen kannst.«
»Ein ziemlich dreiste Anschuldigung von jemandem, der exakt das tut«, antwortete Lucien.
Finn wandte sich wieder an die Umstehenden. »Er benutzt gefährliche Methoden, um Tore in Darkmouth zu öffnen. Und in Metzelstadt auch. Wenn ihr diese Experimente heute Abend hier am geplanten Ort durchführt und mit Kristallen, von denen ihr keine Ahnung habt, dann gibt es eine Katastrophe. Ihr öffnet womöglich einen Durchgang für ein Wesen, das größer ist als alles, was ihr euch vorstellen könnt.« Finn appellierte an die versammelten Gehilfen, mit halbem Auge auf Estravon, der wegsah und sich an den Manschettenknöpfen zupfte.
Finns Worte verursachten eine gewisse Unruhe unter den Anwesenden, aber niemand trat vor und stellte Lucien zur Rede. War ja klar. Wenn Lucien etwas im Schilde führte, dann hatte er die treuesten seiner Anhänger um sich versammelt, um sicherzustellen, dass alles widerstandslos ausgeführt wurde. Abgesehen davon, betrachteten sie Finn inzwischen als ihren Feind. Genauso unglaubwürdig und gefährlich wie jede Legende.
Luciens Ärger hatte sich etwas gelegt und war einer gewissen

Neugierde gewichen. »Du behauptest, es sei gefährlich, Tore zu öffnen, bist aber selbst gerade durch eins gekommen«, stellte er lächelnd fest.
»Ich weiß auch, was ich tue«, antwortete Finn. »Ich habe reine Kristalle.«
»Die dir wer gegeben hat?«, fragte Lucien.
»Ich weiß, dass du keine Ahnung hast, was du mit deinen Experimenten anrichtest, und dass deine Versuche bereits Löcher in die unsichtbare Wand zwischen den Welten gerissen haben. Und ich weiß, dass du noch mehr Versuche planst, an einem Ort, an dem Knochen liegen, und ...«
»Und woher weißt du das? Haben dir das etwa die Legenden erzählt?«, erwiderte Lucien.
Finn seufzte. Was er auch sagte, Lucien würde alles verdrehen.
»Ich bin mir nicht sicher, ob dir klar ist, in welchen Schwierigkeiten du steckst«, sagte Lucien. »Du hast offensichtlich deine eigene private Drehtür zur Verseuchten Seite. Dafür gibt es keinen Präzedenzfall, nicht wahr, Estravon?«
Der verstörte Estravon brauchte einen Moment, bis er realisierte, dass er angesprochen war. »Ja«, antwortete er. »Ich meine, nein. Dafür gibt es keinen Präzedenzfall. Ich müsste etwas suchen, das dem an Beispiellosigkeit nahekommt. Das eine Mal vielleicht, als die Isle of Wight einen ganzen Tag lang verschwunden war. Oder der Vorfall, als eine Legende den Turm von Pisa umwarf. Oder ...«
»Ich glaube, Estravon hat sich klar ausgedrückt, oder?«, sagte Lucien, während er sich nah an Finn heranbeugte. Dann richte-

te er sich wieder auf und fuhr sich mit der Hand durchs dünne Haar. »Wie auch immer. Du bist wieder da. Und kaum bist du hier, wirst du schon wieder weg sein. Sag, hast du schon mal irgendwann vorgehabt, Liechtenstein zu besuchen?«

Finn hatte nicht genau gewusst, was ihn erwartete, wenn er sich stellte, aber er hatte schon damit gerechnet, dass Lucien ihn wohl eher nach Liechtenstein schaffen würde, als ihn zurück nach Darkmouth zu schicken. Wenigstens hatten sie ihn nicht exsikkiert.

»Ich habe meinen Reisepass nicht dabei«, antwortete er.

»Kein Grund zur Sorge«, antwortete Lucien. »Das können wir regeln.«

»Schwimmsachen?«, fragte Finn, dem es langsam Spaß machte, Lucien aufzuziehen. »Sonnencreme?«

»Wozu solltest du in einer fensterlosen Zelle zwanzig Meter unter der Erde Sonnencreme brauchen?«, entgegnete Lucien herablassend.

Das ließ Finn verstummen.

Spannung knisterte im Raum.

Estravon näherte sich. »Lucien, kann ich kurz mit dir sprechen?«

Lucien wirkte genervt, kam Estravons Bitte aber nach, sich für eine leise Unterhaltung etwas von der Gruppe zu entfernen. Estravons unverständliches Gemurmel wurde von aufgeregten Handbewegungen begleitet. Lucien schüttelte den Kopf, gab gelegentlich Antworten, die Estravon offenbar dazu veranlassten, energischer zu werden.

Bis Lucien ihn anschrie.
»Wir bringen ihn nicht zurück nach Darkmouth, also hör auf, das zu sagen!«, blaffte er. »Wen kümmert jetzt noch irgendein Bericht? Wir haben ihn. Jetzt können wir mit ihm machen, was wir wollen. Und das machen wir. Und falls dir das nicht passt, hätte ich da noch einen netten Job in der Wäscherei in Liechtenstein, den ich dir gerne übertragen kann.«
Estravon blieb mit dem Rücken zu den anderen stehen, um seine Reaktion nicht zu zeigen.
Lucien kam wieder in die Mitte des Raumes, wo immer noch Finn in Handschellen saß und sich in der Hoffnung, einen Verbündeten zu entdecken, suchend umblickte.
Lucien trat in sein Blickfeld. »Diese Gehilfen begleiten dich.«
Olaf mit der glänzenden Glatze und Ricardo mit dem buschigen Bart und zwei weitere Exsikkator schwingende Gehilfen traten aus der Gruppe.
»Sie werden dich auf Schritt und Tritt bewachen. Sie werden auf Schritt und Tritt bewaffnet sein. Du bist also sicher«, sagte er, als wäre auch nur irgendetwas daran zu Finns Sicherheit. Mit einem erneuten Schwall Knoblauchgeruch beugte er sich direkt an Finns Ohr. »Ich würde mich bloß nicht schnäuzen, wenn ich du wäre. Die Jungs haben die Fingern am Abzug und könnten ein bisschen schreckhaft reagieren.«
Damit richtete Lucien sich auf und erteilte die Anweisung, Finn abzuführen.
Finn erhob sich, schüttelte Olafs Hand ab, als der versuchte, ihn am Ellbogen zu packen, und lief stattdessen alleine zur

Tür am anderen Ende des Saals. Als er einen letzten Blick über die Schulter warf, sah er ein Gesicht vor dem Fenster. Es war Emmie.

Er nickte zum Zeichen, dass er nicht böse auf sie war.

Sie hob in einer hastigen Ich-ruf-dich-an-Geste die Hand ans Ohr.

Dann schloss sich die Tür, und Finn war allein mit vier bewaffneten Gehilfen und dem wachsenden Gefühl, dass er einen schrecklichen, schrecklichen Fehler gemacht hatte.

35 FÜNFUND-DREISSIGSTES KAPITEL

Die vier Gehilfen nahmen Finn zwischen sich und führten ihn einen Korridor entlang, der durch grelles Sonnenlicht erhellt wurde, das durch die Fenster fiel. Während er so eingekeilt versuchte, Schritt zu halten, und seine gefesselten Hände gegen seinen Bauch schlugen, fühlte Finn sich klein. Die Männer versperrten ihm die Welt, erlaubten ihm nur einen kurzen Blick auf die Fenster und die ausgeblichenen holzvertäfelten Wände, an denen vergilbte Bekanntmachungen hingen, hier und da Überreste von Schmierereien zu sehen waren, dahingekritzelte Namen von Menschen und Musikgruppen.

Finn holte tief Luft, um sich zu konzentrieren und verlor trotzdem beinah den Anschluss an die Gehilfen, die vor ihm herliefen. Zwischen ihren Schultern hindurch sah er, wie eine Brandschutztür aufging und ein kleiner Lastwagen an den

Ausgang gefahren wurde. Das würde sicher seine nächste Station sein.

Er sah sich wieder um, suchte erneut nach einem Gesicht, das er vielleicht kannte. Einem Blick von jemandem, der ihm sagte, es würde ihm nichts passieren.

Plötzlich verstummte das Geräusch quietschender Schuhsohlen, und die Gehilfen blieben ein paar Meter vor dem Ende des Korridors stehen. Olaf öffnete eine Tür zu einem Zimmer, drehte sich um und winkte Finn herein. Finn sah seinen eiskalten Blick und versuchte sich zusammenzureimen, was los war.

»Fahren wir denn nicht weg?«, fragte er.

Der Wachmann wiederholte seine Geste, diesmal gehorchte Finn und fand sich in einem winzigen Raum mit einem kleinen Stapel Stühle in der Ecke und einem ausgetrockneten Wischmopp mit Eimer daneben wieder. Sonst nichts.

Er drehte sich um, wollte fragen, was das sollte, und stand plötzlich den Gehilfen gegenüber, die ihm alle hinein gefolgt waren und verdächtig still ansahen.

»Was geht hier vor?«, fragte er. »Lucien hat gesagt, ich würde weggebracht.«

»Kleine Planänderung«, erwiderte Ricardo mit bedrohlicher Ausstrahlung.

Finns Unbehagen zeigte sich langsam an dem Schweiß, der auf seiner Stirn lag.

»Es wird Lucien bestimmt nicht gefallen, wenn ihr euch nicht an die Befehle haltet«, sagte er. »Besonders an *seine* Befehle.«

»Die Planänderung war seine Idee«, antwortete Olaf ungerührt, fast schon roboterhaft. Er schien ganz besonders brutal und hartherzig zu sein, hatte einen Stiernacken und einen Schädel wie eine Kanonenkugel.
Finn sah die anderen Gehilfen an, suchte nach irgendeinem Anzeichen, dass sie vielleicht mitfühlender wären. Fand aber keines.
»Wir wissen nur, dass der Verräter wieder versucht hat zu fliehen, als wir ihn zum Lagerraum gebracht haben«, erklärte Olaf Unheil verheißend.
»Wovon redest du da?«, fragte Finn ungläubig. »Ich habe nicht versucht zu fliehen.«
»Und als wir ihn stellten, hat er beinah wieder diesen merkwürdigen Trick angewandt und wäre um ein Haar explodiert«, fuhr Ricardo fort und kratzte sich mit dem Lauf des Exsikkators am Bart. »Was jeden innerhalb dieses Gebäudes und bestimmt ein paar unschuldige Passanten ausgelöscht hätte.«
Finns Magen schlug Purzelbäume, während der Raum plötzlich zu schrumpfen schien.
Die Gehilfen traten einen Schritt zurück und bildeten eine Lücke zwischen sich und ihm.
»Das könnt ihr nicht machen«, sagte Finn und versuchte, den Zwischenraum wieder zu schließen.
Einer der Männer stieß ihn zurück.
»Ehrlich gesagt, hat man uns ziemlich genau gesagt, was wir machen können und was nicht«, antwortete Olaf und richtete seinen Exsikkator, den Finger am Abzug, auf Finn.

36 SECHSUNDDREISSIGSTES KAPITEL

»Moment!«, rief Finn und hob die gefesselten Hände. »Ich weiß etwas.«

Olaf zögerte, den Finger noch immer am Abzug und die Augen neugierig zusammengekniffen.

Finn entschied, dass die einzige Möglichkeit, ihn davon abzuhalten zu schießen, darin bestand, ihm die Wahrheit zu erzählen und nichts zu verschweigen.

»Als ich von der Verseuchten Seite zurückkam, war ich nicht allein«, sagte er. »Ich habe eine Legende mitgebracht.«

Die Gehilfen sahen einander an, als fragten sie sich, ob das die Wahrheit war oder nur Hinhaltetaktik.

»Es stimmt. Sie ist mit mir gekommen, hält sich aber versteckt, weil ihr mich gefangen genommen habt.«

»Versteckt?«, fragte der Exsikkator schwingende Ricardo, dessen Lippen hinter dem üppigen Bart verschwanden.

»Ganz in der Nähe«, versicherte Finn und nickte übertrieben. Er wischte sich mit dem Handrücken den Schweiß von der Stirn, spürte seine feuchten Ponyhaare, spürte die Handschellen, die an seiner Haut scheuerten.

»Das glaube ich nicht«, sagte Olaf. »Wenn hier irgendwo eine Legende rumschleichen würde, hätte ich die ziemlich sicher bemerkt.« Er hob erneut die Waffe, um seinen Auftrag zu erledigen und Finn zu exsikkieren.

»Nein, hättest du nicht«, erwiderte Finn. »Ich kann es beweisen.«

»Wie denn?«, fragte Olaf.

»Fünf von uns sind den Flur entlang in diesen Raum gegangen, richtig?«, fragte Finn.

»Und?«

»Wie kommt es dann, dass wir hier drin zu sechst sind?«

37 SIEBENUND-DREISSIGSTES KAPITEL

Die vier Gehilfen blickten sich an,
dann blickten sie sich um.
Da stand ein fünfter Gehilfe im Raum.
Graue Haare. Grauer Anzug. Graue Haut.
Schweigend. Wachsam. Eine Fliege landete auf seiner Stirn, und er zuckte nicht mal mit der Wimper. Nichts. Als wäre er kein Mensch.
Plötzlich loderten seine Augen gelb auf.
Und die Hölle brach los.

38 ACHTUNDDREISSIGSTES KAPITEL

Eine Stunde bevor die Hölle losbrach, war Finn mit der gelbäugigen Legende und einem frisch aufgefüllten Toröffner durch ein Tor spaziert. Er hatte schließlich erfahren, dass diese Legende ein Metamorph war. Ein Gestaltwandler. Ein Wesen, das die Form von allem annehmen konnte, was es berührte.

In dem Augenblick hatte es die Gestalt eines Hundes gehabt beziehungsweise, da es nie einem richtigen Hund begegnet war, die eines Wesens, das einem Hund am nächsten kam, nämlich die des Orthros, nur mit eingezogenem Schlangenschwanz zwischen den Beinen, damit es nicht so auffiel. Das war immer noch besser als seine natürliche Erscheinung eines flaschengrünen Monsters, das mit Sicherheit den Verkehr zum Erliegen gebracht hätte.

Der Metamorph sagte nicht viel. Als Gestaltwandler war seine

Sprache ohnehin auf das begrenzt, was er das Wesen hatte sagen hören, das er gerade nachahmte. Aber dieser trieb es noch weiter. Er blieb völlig stumm. Er hätte wie Hiss und Cornelius sprechen können, aber nicht einmal »Würstchen« kam über seine Lippen. Vielleicht konnte er nichts sagen. Vielleicht wollte er aber auch nicht.

Bevor sie auf der Verseuchten Seite gemeinsam durch das Tor getreten waren, hatte Finn versucht, ihn in eine Unterhaltung zu verwickeln. Er war schon einmal einem Gestaltwandler begegnet, in einer Höhle vor vielen Jahren. Diese arme Legende hatte am Ende den Tod gefunden, ein Umstand, der bei Finn ein Gefühl von schlechtem Gewissen hinterließ und an den er denken musste, als er kurz davor war, mit dessen entferntem Verwandten einen Auftrag auszuführen.

»Ich habe das nicht gewollt«, sagte er, kurz bevor sich das Tor öffnete.

Der Gestaltwandler ähnelte Cornelius so sehr, dass Finn am liebsten seine Ohren gepackt und ihn geknuddelt hätte.

»Falls du überhaupt weißt, was passiert ist«, fuhr er fort. »Wenn nicht, dann vergiss, was ich gesagt habe.« Er hatte keine Ahnung gehabt, ob das irgendeinen Sinn machte oder nicht. Wahrscheinlich eher nicht.

Als sie in Metzelstadt angekommen waren, hatten sie zuallererst nach einer neuen Erscheinungsform für die Legende gesucht, denn der Gestaltwandler konnte den Schlangenschwanz nicht ewig verborgen halten. Finn zeigte auf ein Café und trug ihm auf, sich zu beeilen, bevor ihm die Gehilfen auf den Fersen wären. Also trottete der Gestaltwandler dort hinein.

Finn hörte tumultartigen Lärm, Schreie und ein Geräusch, als würde Geschirr zerbrochen.

Kurz darauf trabte eine Kellnerin vom Schauplatz und gab Finn mit gelb aufblitzenden Augen ein Zeichen, ihr zu folgen.

»Das nehmen wir ab sofort immer als Zeichen«, sagte er, als er sie eingeholt hatte. »Es kann passieren, dass ich nicht weiß, wer du wann bist, deshalb musst du deine Augen benutzen, um es mir zu sagen. Sonst bringe ich am Ende noch den Falschen in eine Menge Schwierigkeiten. Abgemacht?«

Wieder ein Aufblitzen dieser gelben Augen. *Abgemacht.*

Sie hatten sich getrennt, bevor Finn absichtlich in die Arme derer gelaufen war, die nach ihm suchten, und er hatte dem Gestaltwandler vertrauen müssen, dass er in der Nähe blieb.

Finn war sehr erleichtert, als er sich jetzt in dem kleinen Abstellraum zeigte. Und duckte sich schnell, als er urplötzlich zu einer Explosion aus Bewegungen wurde. Einem Feuerwerk aus Händen und Füßen und Gestaltwandlungen, und mit rasantem

Tempo Gehilfen k. o. schlug, während jede Berührung ihn eine neue Erscheinung annehmen ließ.

Er verwandelte sich fast genauso schnell, wie er sich drehte, bis er einen nach dem anderen außer Gefecht gesetzt hatte und der Doppelgänger des inzwischen bewusstlosen Ricardo geworden war.

Nur Olaf ließ er bei Bewusstsein, presste ihn mit fester Hand zu Boden, wo er zitternd lag, während der Gestaltwandler – in Gestalt seines bewusstlosen Kollegen – ihn anstarrte.

»Was bist du?«, fragte der Gehilfe.

Statt zu antworten zeigte der Gestaltwandler es ihm. Er begann zu schrumpfen, sich zu verfromen und verwandelte sich langsam in den Chef der Wachen selbst, als wollte er ihn damit verspotten, dass er nach und nach zu dessen eigenem Abbild wurde. Die Nase formte sich neu, die Augen wanderten an eine andere Stelle, das Gesicht verwirbelte sich wie Wasser, das einen Abfluss hinunterfließt, die Haare verschwanden, die Schultern sanken, die Brust hob sich, bis der Gehilfe seinem Klon gegenüberstand.

Olaf versuchte, ohnmächtig zu werden.

»Nicht ohnmächtig werden«, sagte Finn, und der Gestaltwandler packte Olaf fester, um ihn bei Bewusstsein zu halten.

»Aufmachen«, verlangte Finn und streckte ihm die Hände entgegen.

Benommen öffnete Olaf Finns Handschellen.

»Ihr habt den exsikkierten Fomorianer hier«, sagte Finn und rieb sich die Handgelenke. »Wo wird er aufbewahrt?«

Draußen hörten sie, wie der Lieferwagen stotternd ansprang und ein Motor leise brummte.
»Nicht hier«, antwortete Olaf gepresst, während sein eigener Klon ihn zu Boden drückte.
»Lüg nicht«, erwiderte Finn. »Wir wissen, dass er hergebracht wurde.«
Der Motor des Lieferwagens heulte kurz auf, der Wagen fuhr mit einem Ruck an und entfernte sich von der Tür am Ende des Korridors.
»Liefer-w-w-w-wagen«, stammelte Olaf, der sich immer noch die größte Mühe gab, vor Schreck ohnmächtig zu werden.
»Der Lieferwagen ist jetzt unwichtig«, antwortete Finn. »Der soll ruhig ohne uns wegfahren. Wo sind die exsikkierten Legenden?«
»Lieferwagen«, wiederholte Olaf, bevor er schließlich tatsächlich das Bewusstsein verlor.
Finn blickte zwischen den Jalousien vor dem Fenster der Abstellkammer hindurch, konnte durch die schmutzigen Scheiben erkennen, wie der Lieferwagen wartete, um auf die Straße einzubiegen, die aus Metzelstadt führte.
Der Lieferwagen, sagte er zu sich selbst. »Der Lieferwagen!«
Der in dem Moment abbog und mit Gantrua an Bord davonfuhr.

39 NEUNUNDDREISSIGSTES KAPITEL

Finn war als Erster aus dem Raum und warf einen prüfenden Blick in den Korridor, ob ihnen jemand gefolgt war. Nichts. Nichts und niemand waren in diesem Teil des Gebäudes zu sehen. Bis auf die offene Tür, die ein wenig im Wind schwang, und der Anblick des Lieferwagens, der gerade zwischen den Bäumen verschwand. Und dessen Motorengeräusch schon in der Ferne verklang.

Neben Finn stand der Gestaltwandler, in Gestalt des nun endlich bewusstlosen Chefgehilfen.

»Wir müssen hinter dem Lieferwagen her«, sagte Finn und rannte nach draußen. »Könntest du dich vielleicht in ein Auto oder so verwandeln und ihn verfolgen?«

Der Gestaltwandler sah ihn mit blitzenden Augen an.

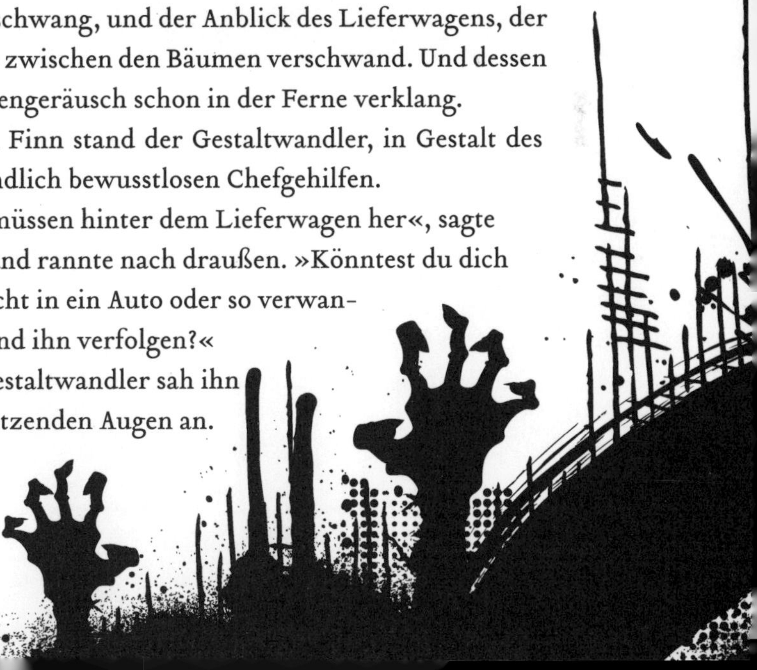

»Ah, du kannst also nur zu etwas Lebendigem werden?«, fragte Finn.
Nur ein Nicken vom Gestaltwandler.
»Es wäre hilfreich, wenn du ein bisschen gesprächiger wärst«, beklagte sich Finn. »Sieh mal, der Lieferwagen fährt ziemlich schnell weg. Wenn wir jetzt nicht in die Gänge kommen, ist unsere Chance, Gantrua zu kriegen, futsch, und wir können dieses Gerippe nicht davon abhalten, eure Welt zu zerstören und anschließend meine plattzumachen. Es wäre also echt gut, wenn du dich in ein Pferd oder so verwandeln könntest, mit dem wir diesen Wagen einholen können. Sonst sind wir nämlich alle erledigt.«
Der Gestaltwandler nickte wieder, machte ein paar große Schritte zur Tür hinaus und streckte dabei die Arme.
»Zu was immer du jetzt wirst, achte bitte darauf, dass es nicht zu auffällig ist.«
Der Gestaltwandler zuckte, straffte ruckartig die Schultern. Auf einer Seite seines Rückens wuchs eine Beule, während sich auf der anderen eine Aushöhlung bildete. Ihm sprießte Fell, ihm wuchsen Zähne, und seine Ohren wurden immer länger. Aus der Beule am Rücken kam etwas Rundliches. Sein ursprünglicher Kopf verschwand weiter unten und bildete einen Bauch, während die Beine sich teilten und sich an den vier Enden Hufe formten.
»Ein Pferd!«, rief Finn entzückt.
Aber die Beine teilten sich weiter, bis an jedem Ende vier waren.

»Doch kein Pferd«, seufzte Finn.
Ein stattlicher Sleipnir mit glänzendem Fell stand da auf seinen acht Beinen vor ihm, scharrte mit den Hufen, warf den Kopf zurück und konnte es kaum erwarten, sich in Bewegung zu setzen.
»Ich habe keine andere Wahl, oder?«, fragte Finn, erwartete aber nicht wirklich eine Antwort.
Er kletterte auf den Rücken des Sleipnirs, wickelte sich dessen Mähne um die Handgelenke und machte sich zur Beschleunigung bereit.
Als die Legende lospreschte und anfing, hinter dem Lieferwagen herzujagen, hatte Finn das Gefühl, jeden Moment abgeworfen zu werden. Das Ganze erinnerte ihn an damals, als jemand in Darkmouth es für eine prächtige Idee hielt, ein Schafrennen auf der Hauptstraße zu veranstalten, mit Teddybär-Jockeys und allem, die hilflos auf den wolligen Rücken schlackerten.
Finns Kopf wurde vom Wind in den Nacken geworfen, seine Hände brannten, sein Hirn hopste so wild in seinem Schädel herum, dass er es beinah rappeln hörte. Aber sie holten auf. Und erregten Aufmerksamkeit.
Die Einwohner von Metzelstadt blieben wie angewurzelt stehen, als Reiter und Sleipnir an ihnen vorbeirasten. Sie gafften, ließen vor Schreck ihre Einkäufe fallen. Und ein paar von ihnen deuteten stumm mit dem Finger auf sie. Die Einzigen, die anscheinend wussten, wie man angemessen reagierte, waren die Kinder.
»Krass!«, hörte Finn einen Jungen rufen.

»Jippieh!«, kreischten ein paar Mädchen. »Yaaay!«
Dann sprangen sie schnell aus dem Weg, weil vier der Sleipnirhufe sie fast einen Kopf kürzer gemacht hätten. Stattdessen trat die Legende beim Abbiegen allerdings einen Briefkasten entzwei und hinterließ einen Schauer aus Briefen und genug Material für Geschichten, damit die Einwohner von Metzelstadt noch über Generationen etwas zu erzählen hatten.
Finn fand langsam das Gleichgewicht auf dem Rücken des gewaltigen Tieres, krallte sich fest in die Mähne und richtete sich auf. Der Gestaltwandler hatte seinen aktuellen Körper inzwischen so weit im Griff, dass er gleichmäßig lief und weiter an Geschwindigkeit zulegte.
Nach und nach näherten sie sich dem Lieferwagen.
Das Fahrzeug erreichte gerade eine Kreuzung und verlangsamte, als die Ampel rot wurde. Finns galoppierender Untersatz schwenkte auf die Mitte der Straße, um dem Verkehr auszuweichen. Finn hörte das Splittern und Klirren eines Außenspiegels, der abgebrochen wurde.
»'tschuldigung!«, rief er nach hinten, blickte aber weiter geradeaus.
Ein weiterer Spiegel musste dran glauben.
»'tschuldigung!«
Vor ihnen blickte der Fahrer des Lieferwagens, der den üblichen grauen Gehilfenanzug trug, in seinen eigenen Außenspiegel. Er spähte auf den Tumult hinter sich und bekam große Augen, als er merkte, dass das entlaufene Pferd, das da die Straße herunterpreschte, kein *normales* Pferd war. Und dass es auch gar

nicht wirklich entlaufen war. Es hatte einen Reiter und steuerte direkt auf sie zu.

Das Fahrzeug beschleunigte trotz roter Ampel und zwang andere Autos, zu bremsen und in alle möglichen Richtungen auszuweichen. Zwei davon prallten, gerade als Finn und der Sleipnir ankamen, mitten auf der Straße seitlich zusammen. Finn klammerte sich fest, als die Legende hoch über die Autos sprang, auf der anderen Seite landete und mit den scharfkantigen Hinterhufen über die Motorhaube schrammte, sodass sie zusammengeschoben wurde und aufsprang.

»'tschuldigung!«, rief Finn wieder.

Und machte sich klar, dass er sich bestimmt noch tausend Mal entschuldigen müsste, wenn er jedes Mal sagen wollte, dass es ihm leidtue, wenn etwas Schlimmes passierte. Er sollte sich lieber darauf konzentrieren, sich an die Legende zu klammern und sich überlegen, was er tun würde, wenn sie den Lieferwagen erreichten.

Sie kamen auf einen belebten Platz mit einer Reihe von Marktständen unter Markisen. Die Kunden und Händler drehten sich um, um nachzusehen, was das Bremsenkreischen verursachte und, wichtiger noch, woher das Hufgetrappel kam.

Der Lieferwagen fuhr eine scharfe Kurve, kippte dabei fast um und ließ den Sleipnir gegen die Ecke eines Marktstandes schleudern, während Finn sich auf seinem Rücken duckte, um nicht durch Pfosten erschlagen zu werden. Als er wieder aufblickte, hingen ein Hut und ein Kleid auf den Ohren seines Reittiers. Er zog sie weg und warf sie weit hinter sich.

»Schneller«, spornte er den Sleipnir an. »Wir haben sie gleich.«
Der Lieferwagen raste um eine Verkehrsinsel. Der Sleipnir sprang darüber hinweg.
Das Fahrzeug schwenkte nach rechts, fuhr auf den Gehweg und über den Vorplatz einer Tankstelle. Der Sleipnir war inzwischen viel wendiger geworden und kürzte erfolgreich ab.
Finns Arme pochten vor Schmerz, während er sich verzweifelt festklammerte.
In der Hektik der Jagd sah er den Fahrer des Lieferwagens plötzlich am Funkgerät mit jemandem sprechen. Garantiert Lucien.
Als der Lieferwagen beschleunigte und auf die Straße einbog, die aus der Stadt hinausführte, holten Finn und der Sleipnir ihn ein, schafften es, neben seinen Anhänger zu ziehen, dessen hintere Tür verriegelt war.
»Brücke!«, rief Finn, als der Wagen über die schmale, gewölbte Konstruktion holperte, die den Fluss überspannte, was den Sleipnir zwang, abrupt zu verlangsamen, und Finn nach vorne schleuderte. Er duckte sich gerade noch rechtzeitig, um einem Straßenschild auszuweichen, und kämpfte sich dann wieder auf den breiten Rücken der Legende zurück.
Die schmale Straße erschwerte es, wieder neben den Lieferwagen zu gelangen, der wie der Blitz raste, um den beiden zu entkommen.
Da begann der Hals des Gestaltwandlers sich plötzlich zu strecken. Und während der Großteil der Legende ein Sleipnir blieb, verwandelte sich ihr Kopf in etwas mehr Schlangenförmiges.

Das seidige Fell wurde unter Finns Händen hart und schuppig, und er musste fest die Arme um den immer dünner werdenden Hals schlingen, der ihn mit nach vorne zog.
Ein zweiter Kopf wuchs, streckte sich vor, um ein Auge auf der Straße zu halten, während der lange Hals, an dem Finn hing, ihn zu der Kupplung zwischen Fahrerkabine und Anhänger beförderte. Er klammerte sich mit aller Kraft an den inzwischen Halb-Sleipnir-halb-Hydra-Gestaltwandler, während er, gefährlich dicht über dem Asphalt schwebend, hin und her geworfen wurde und befürchtete, sich womöglich sämtliche Knochen doppelt und dreifach zu brechen, falls er ihn berührte.
In dem Zwischenraum zwischen Fahrerkabine und Anhänger des Lieferwagens hingen massenweise Kabel und Drähte, die den Blick auf die eigentliche Anhängerkupplung versperrten und Finn dazu veranlassten, dem Gestaltwandler »Ich weiß nicht, was ich machen soll!« zuzurufen.
Ihnen ging die Zeit aus.
Der Halb-Sleipnir-halb-Hydra-Gestaltwandler wurde langsam müde, fing an zu keuchen. Er stolperte, und Finn wäre beinah heruntergefallen, bis die Legende sich fing und wieder aufrichtete.
Als Finn einen Moment hinter der Fahrerkabine herausschwang, sah er von vorne Ärger auf sie zukommen. Einen steilen Hang, der aus der Stadt führte, und einen schmalen Tunnel, durch den vielleicht der Lieferwagen passte, der den Sleipnir-Hydra-Gestaltwandler aber zwingen würde, sich zu-

rückfallen zu lassen. Wenn das passierte, konnten sie nie wieder aufholen. Finn spürte, wie erschöpft die Legende war, denn ihr Schweiß ließ den Hals glitschig werden, an dem Finn krampfhaft versuchte sich festzuhalten.

»Ich schaff es nicht!«, rief er, zerrte an den Kabeln und sah schließlich einen dicken Bolzen, der darunter eingerastet war. »Wir müssen ihn irgendwie anders stoppen.«

Da hob der Gestaltwandler seinen langen Hals, Finn konnte sich gerade noch festhalten, und rammte den Kopf gegen das Seitenfenster des Lieferwagens.

Sicherheitsglas splitterte, eine Scheibe zersprang.

Und Finn befand sich plötzlich halb im Inneren der Fahrerkabine.

»Hi«, begrüßte er den Fahrer, beinah entschuldigend.

Dann machte er das Einzige, was er mit einem Auto machen konnte: Er drehte den Schlüssel im Zündschloss, stellte den Motor ab und warf den Schlüssel über die Schulter.

»Tut mir leid.«

Während der Lieferwagen immer langsamer wurde, kochte der Fahrer vor Wut. Er war so außer sich, dass er bis zur letzten Sekunde nicht sah, dass er auf eine Mauer zusteuerte. Er schwenkte panisch herum, riss das Lenkrad erst in die eine, dann in die andere Richtung, bis – durch irgendein physikalisches Wunder – die Fahrerkabine hochkant stand.

Dahinter ertönte ein Ächzen, ein Knacksen, ein Schnappen, als die Drähte rissen und das Metall sich bog und der Anhänger anfing, langsam zur Seite zu kippen. Der Gestaltwandler sprang schnell aus dem Weg. Finn wurde von seinem Rücken geschleudert und landete in einer Hecke. Der Anhänger kippte immer weiter, krachte zu Boden und rutschte in einer Wolke aus Glas- und Metallsplittern quer über die Straße.

Die Hintertür sprang auf und gab den Blick auf eine Wand aus braunen Kartons frei.

Nichts weiter.

Finn blieb fast das Herz stehen.

In dem Moment kippten die Kartons wie in Zeitlupe geschlossen vornüber und flogen in alle Richtungen, als sie auf den Boden trafen.

Sie offenbarten einen großen, glockenförmigen Käfig, der aus dem quer liegenden Anhänger auf die Straße rollte.

Wo er kurz darauf liegen blieb, weil seine kaputte Tür aufschlug und ein Behälter herausfiel, dessen Deckel aufsprang und eine große, harte Kugel entließ. Die in Richtung der Hecke rollte, in der Finn halb verdeckt lag.

Eine Kugel mit Streifen aus Leder und Metall und mit geschrumpften, gestohlenen Schlangenflügeln, die auf dem Rücken gefaltet waren wie bei einer Schmetterlingspuppe.

Gantrua.

Finn hob die Kugel auf.

In der Mitte, fast wie ein Auge, befand sich eine Spur Smaragdgrün. Das war das Amulett.

Rechtzeitig, damit die Legenden das Gerippe in ihrer Welt aufhalten konnten, bevor es in Finns kam.

Rechtzeitig, damit er es zurückbringen konnte, die Experimente stoppen und beweisen, dass Lucien versuchte, außerhalb von Darkmouth Tore zu öffnen, die alle in Gefahr bringen würden.

Nicht rechtzeitig allerdings, um seinen Triumph zu feiern. Finn hörte das Geräusch von Motoren, die das Eintreffen der Gehilfen ankündigten, die, durch den Hilferuf des Fahrers alarmiert, wieder hinter ihm herjagten.

Der Gestaltwandler reagierte, indem er sich von diesem sonderbaren Mischwesen wieder in einen Gehilfen verwandelte. Aber die Verfolgungsjagd hatte ihn angestrengt, und er hatte Mühe, die Form zu halten. Sein Gesicht wackelte ein bisschen, die Augen waren gelb, die Haare flaschengrün, und merkwürdig grobe Haut verteilte sich über seinen Körper. Er würde nicht als irgendetwas Menschliches durchgehen, wenn jemand ihn genauer betrachtete.

»Wir müssen sofort hier verschwinden«, sagte Finn. »Wenn wir jetzt ein Tor öffnen, können wir alle retten.«

Aber der Gestaltwandler rührte sich nicht. Stattdessen beobachtete er, wie die ankommenden Gehilfen mit kreischenden Bremsen anhielten, aus ihren Autos sprangen und auf den Schauplatz des Unfalls zurannten. Mehrere von ihnen waren mit Exsikkatoren bewaffnet.

Der Gestaltwandler legte Finn einfach nur seine Hand auf die Schulter. Und verwandelte sich, angefangen am Arm bis hinauf zu den Zügen des Gesichts, wieder in eine andere Person.

»Ich?«, fragte Finn und blickte sich selbst an. »Du willst ich sein?«

Finn wurde ganz mulmig. Das hatte er schon einmal erlebt. In der Höhle auf der Verseuchten Seite, als ein Gestaltwandler ihn zum Frühstück verspeisen wollte. Er hatte das wirklich nie wieder sehen wollen. Aber dieses Mal war es anders.

Dieses Mal lächelte die Legende in Finns Gestalt, obwohl sie sich anstrengen musste, sie beizubehalten. Es war nicht das allerüberzeugendste Lächeln, aber seine Botschaft war klar.

»Rette uns«, sprach der Gestaltwandler in einer mechanischen Version von Finns Stimme die ersten und die letzten Worte, die Finn ihn sagen hörte. Dann drehte er sich um und lief schnell auf die Stelle zu, an der die Gehilfen und die Polizei jeden Moment eintreffen würden.

Finn sah sich selbst über die Straße rennen – ein merkwürdiger Anblick, der aber die Aufmerksamkeit von seinem wirklichen Ich ablenkte.

Die Gehilfen hefteten sich dem Gestaltwandler sofort an die Fersen, jagten demjenigen nach, den sie für den Jungen hielten, den sie suchten.

Finn rannte über ein Feld, weg vom Ort des Geschehens, und versteckte sich zwischen den Dornen einer hohen, widerspenstigen Hecke. Er zog die Karte von Metzelstadt aus der Tasche und versuchte herauszufinden, wie er zu der eingezeichneten 2 kam. Der Stelle, an dem das Experiment stattfinden sollte. Mitten zwischen den Kreuzen, die den »alten Friedhof« markierten.

Seine Armbanduhr zeigte sieben. Das Experiment sollte um acht beginnen. Er musste das Amulett auf die Verseuchte Seite

schaffen und hoffte, sie würden das Gerippe aufhalten können, bevor Luciens Versuche ihm einen Weg schuf, um nach Metzelstadt herüberzukommen.
Die Karte sagte ihm, dass sich nicht weit entfernt, versteckt zwischen den Bäumen, ein kleiner Spielplatz befand. Dort würde er das Tor öffnen. Dort würde er das Amulett übergeben.
Als er wieder weiterrannte, hörte er plötzlich Exsikkatorfeuer auf der Straße hinter sich.
Dann ein ersticktes WUUUSCH.
Finn wusste, dass es von dem Gestaltwandler kam, der sich gerade für ihn geopfert hatte.

40 VIERZIGSTES KAPITEL

Auf der Straße kamen die rotierenden Räder des umgekippten Anhängers erst langsam zum Stillstand. Lucien blickte in den leeren Behälter und verkrampfte die Hände vor Wut, als er die Brille abnahm, um sie zu putzen.

Um ihn herum herrschte Chaos.

»Wir haben ihn erwischt«, sagte ein Gehilfe.

Lucien rollte die grüne, fellige Kugel unter dem Fuß.

»Glaubst du wirklich, dass das der Junge ist?«, fragte er.

»Er war es jedenfalls, als wir auf ihn geschossen haben«, antwortete der Gehilfe verunsichert.

»Und könnt ihr euch auch daran erinnern, dass dieser Junge je in einem flaschengrünen Fell durch Darkmouth gelaufen ist?«

Darüber dachte der Gehilfe ein wenig nach, bis Lucien ihn unterbrach, indem er schrie: »Nein, weil er das nie ist! Also habt ihr ihn auch nicht erwischt. Ihr habt erwischt, was immer sich da als einer von uns verkleidet hat – oder als *mehrere* – und was anschließend als Gaul mit zu vielen Beinen durch diese Stadt gejagt ist. Ich frage dich also zum letzten Mal: Glaubst du wirklich, dass dies der Junge ist?«

»Wahrscheinlich nicht«, gab der Gehilfe zu.

»Wahrscheinlich nicht«, äffte Lucien ihn nach und rieb sich die Stirn. »Dann solltest du dich, anstatt mit einem Klemmbrett hier herumzustehen, lieber in Bewegung setzen, um ihn zu finden.«

Plötzlich hörte Lucien Kinder. Zankende, kreischende Kinder. Er erkannte diese Stimmen nur zu deutlich.

Er wandte sich um und winkte dem Auto zu, das gerade auf ihn zurollte.

Estravon saß am Steuer, der aussah, als würde er gleich vor Anspannung platzen, wegen des Lärms, der von der Rückbank kam, wo Elektra und Tiberius offenbar gerade eine Art Boxkampf gegeneinander austrugen. Emmie saß auf dem Beifahrersitz und wirkte eher angespannt wegen dem, was sie vor dem Wagen sah.

»Siehst du jetzt, was er getan hat?«, fragte Lucien Emmie.

Sie nickte, als wäre es möglich, diese Verwüstung zu übersehen.

»Wo ist Finn jetzt?«, fragte sie.

»Irgendwo da draußen«, erwiderte Lucien und strich mit der Hand durch die Luft.

Emmie seufzte vor Erleichterung. »Dann ist das da nicht …«
»Nein, das ist nicht er«, antwortete Lucien. »Das scheint eine Legende zu sein, auf der er durch die Stadt geritten ist. Kannst du dir das vorstellen?«
Emmie konnte sich inzwischen alles vorstellen. Trotzdem schüttelte sie langsam den Kopf. »Nein, kann ich nicht.«
»Nun ja, es ist passiert«, sagte Lucien. »Er hat den exsikkierten Gantrua gestohlen, und wir können nur vermuten, was er damit vorhat. Ihn hier auf uns loszulassen. Oder ihn zurück auf die Verseuchte Seite zu schicken, damit er eine neue Invasion vorbereiten kann.«
Emmie kannte Finns wirklichen Plan, überlegte kurz, ob sie davon erzählen sollte. Es würde keinen Unterschied machen. Finn ging jetzt seinen eigenen Weg. Sie musste ihn nur irgendwo auf diesem Weg treffen, bevor es zu spät für ihn war.
»Also, Emmie, für dich ist es das Beste, wenn du jetzt nach Darkmouth zurückfährst«, sagte Lucien. »Nimm Elektra und Tiberius mit.« Dann wandte er sich an Estravon. »Und du kannst anfangen, ihre Heimreise nach Liechtenstein vorzubereiten.«
Elektra und Tiberius waren inzwischen zu einem Wettstreit übergegangen, wer wen am festesten treten konnte.
»Es wäre mir wirklich lieber, wenn ich dir hier helfen könnte«, antwortete Estravon. »Ich könnte dir die richtigen Verfahrensweisen nennen, um Finn festzusetzen, ohne irgendjemandem zu schaden …«
»Genau genommen, möchte ich, dass du Elektra und Tiberius

den ganzen Weg nach Liechtenstein begleitest, Estravon. Ich denke, das ist für alle das Beste.«

»Du darfst den Jungen nicht exsikkieren«, beharrte Estravon. »Das ist nicht das korrekte Verfahren. Schlimmer noch, es ist …«

»Das ist ein Befehl, Estravon«, unterbrach ihn Lucien und ging davon. »Leb wohl.«

Emmie sah ihm nach, und der Lärm der Kinder wurde immer lauter in ihrem Kopf. Estravons Fingerknöchel waren ganz weiß, so fest umklammerte er das Lenkrad.

Er fuhr langsam rückwärts und wendete.

Dann fuhren sie davon.

41 EINUNDVIERZIGSTES KAPITEL

Sie würden ihn bald finden. Finn wusste, dass das unvermeidbar war.

Die Gehilfen waren nicht so erfahren wie sein Vater, aber es waren viele, und sie waren entschlossen. Außerdem konnten sie die Unterstützung der örtlichen Polizei anfordern, die sicher ganz versessen darauf war, das Problem loszuwerden, bevor es außer Kontrolle geriet. Noch weiter außer Kontrolle, als es ohnehin schon war.

Finn nahm an, dass sie außerdem Emmie auf ihrer Seite hatten. Würde sie ihnen helfen? Der Gedanke ließ ihn erschauern. Er wollte das nicht glauben. Aber er hatte inzwischen schon zu viel erlebt, um irgendetwas auszuschließen.

Er hatte den Spielplatz erreicht, der leer war, bis auf eine sanft schwingende Schaukel und ein hubschrauberförmiges Klettergerüst. Ein leichtes Lüftchen wehte durch die Bäume und brachte die Blätter zum Rascheln. Es war friedlich. Er war in Sicherheit. Alles war grün und lieblich. Hätte er irgendeinen Augenblick für immer bewahren können, wäre dieser gut dafür gewesen.

Es fühlte sich richtig an, als hätte er nie etwas anderes gekannt, als der Gejagte zu sein und nicht der Jäger. Aber gleich würde es vorbei sein, und er wollte diesen Moment der Ruhe so lange wie möglich genießen.

Er war immer noch fest entschlossen, Luciens Experimente aufzudecken und seine Pläne der Welt zu offenbaren, wenn er Gantrua erst auf die Verseuchte Seite befördert hatte, um Cornelius und Hiss zu helfen, das Gerippe zu zerstören. Bevor diese geistig umnachteten Gehilfen ihn fassen konnten.

Er hatte immer noch den Rucksack mit dem Laptop, den er in den Schornstein des verlassenen Lagerhauses gestopft hatte. Darauf könnten sich Sicherheitskopien befinden, verwertbare Beweise. Er müsste das Gerät nur in die Hände von jemandem bringen, der das Passwort knackte. Was natürlich noch mehr Weglaufen bedeutete. Viel mehr. Trotzdem hatte er keine Wahl. Jetzt konnte er nirgends mehr hin, nichts anderes mehr tun. Nach dem, was in dem Gemeindesaal und kurz danach passiert war, würde er als kleine, feste Kugel in einem Aktenschrank in Liechtenstein enden, wenn es nach Lucien ging.

Und wenn er fort war, würden sie auf seinen Namen spucken, ihn einen Verräter nennen, wenn sie die schwarze Seite umblätterten und in *Die berühmtesten Legendenjäger* über ihn lasen.

Er atmete die frische Luft von Metzelstadt ein. Vielleicht war dies doch kein so schlechter Ort. Er war voller Farbe und Leben, und die Menschen hier wirkten glücklich – oder zumindest hatten sie das, bis er auf einer gestaltwandelnden achtbeinigen Legende durch ihre Stadt galoppiert war. Davon würden die Kinder hier noch ihr Leben lang erzählen können.

Wieder wehte das Lüftchen über den Spielplatz, die Zweige über Finn rauschten als Antwort. Er holte tief Luft. Es war Zeit.

Er hielt die Überreste Gantruas in der Hand. So oft schon hatte er es mit exsikkierten Legenden zu tun gehabt. Er hatte gesehen, wie sie als Briefbeschwerer benutzt wurden, als Türstopper, als Buchstützen. Aber die hier machte ihm wirklich Angst.

Inzwischen war Finn sich sicher, dass das wirklich Gantrua war, und er kam sich dumm vor, weil er den Greif für den Fomorianer gehalten hatte. Die Adern der geschrumpften Flügel waren gut zu erkennen, wie bei einer Larve im Kokon, fest verpackt, um später wieder zu Leben zu erwachen. Ebenso deutlich zu sehen die weißen Streifen, die einmal gestohlene Hauer und Zähne waren. Und da, glasklar, glänzte smaragdgrün etwas Rundliches an der Oberfläche der Kugel. Zusammengeschrumpft und tief ins Innere gepresst, aber Finn hatte keinen Zweifel, das musste das Amulett sein, das das Gerippe aufhalten konnte.

Er zog mit der freien Hand den Toröffner unter seinem Hosenbein hervor, wo er seit seinem letzten Besuch auf der Verseuchten Seite unangenehm spürbar an seine Wade gebunden war.

Gut versteckt, für den Fall, dass die Gehilfen seine Taschen durchsuchten. Er nahm einen Kristall heraus und presste ihn, ohne zu zögern, in die Luft.

Die Bäume erzitterten. Die Vögel zwitscherten lauter. Das wabernde Licht des Tores drang plötzlich blendend hell in die Welt.

Aber nichts kam hindurch. Keine Hände auf der Suche nach Gantrua. Keine einäugige Legende. Sie hatten gesagt, sie würden ihm folgen, würden die Gabe von Beag, dem Kobold, nutzen, um die Fährte aufzuspüren, die er zwischen den Welten hinterließ. Aber da war nirgends etwas von ihnen zu sehen.

Er sah auf die Uhr. Viertel vor acht. Sie mussten es jetzt tun. Er überlegte, ob er eintreten sollte oder Gantrua vielleicht einfach hinüberwerfen.

»Endlich«, sagte in dem Moment Sulawan und bückte sich, das eine Auge voran, durch das Tor. Er blickte sich um. »Nette Gegend hier«, sagte er mit einer Spur Verbitterung unter dem Stein, an dem er kaute.

Beag saß auf seiner Schulter und wirkte nervös. »Es wird immer schwieriger, dich auszumachen«, erklärte er Finn. »Deine Spur wird mit der Zeit schwächer. Gut, dass du das Amulett hast. Ich bin nämlich nicht sicher, wie lange ich dir noch folgen kann. Du *hast* doch das Amulett, oder?«

Finn nickte und tippte auf die Kugel in seiner Hand.

»Super hingekriegt, Junge«, sagte Sulawan, während er dicht an dem Tor blieb, um sich schnell wieder hindurchzuducken, bevor es sich schloss. »Dann gib es uns jetzt, damit wir endlich wieder etwas Schlaf kriegen, ohne Angst haben zu müssen, dass die Toten auferstehen.«

Finn hob die Gantruakugel hoch und hielt sie Sulawan hin. Über sich hörte er Vogelgezwitscher, ein immer lauter werdendes Piepsen und Lärmen. Er blickte hinauf in die Bäume und sah, wie die Vögel mit ihren Flügeln wild um sich schlugen, um von den Zweigen wegzukommen.

»Beeil dich«, drängte Sulawan ungeduldig.

Finn streckte die Hand aus und berührte die Rinde des nächststehenden Baumes. Sie war völlig klebrig.

»Worauf wartest du?«, fragte Beag.

Frischer Harz überzog seine Finger, verklebte seine Haut. Als er wieder nach oben blickte, sah er, dass in jedem Baum, der auf dieser Seite des Spielplatzes stand, Vögel fieberhaft kämpften, um sich zu befreien.

»Sie haben schon mit den Experimenten angefangen«, sagte er und ging einen Schritt zurück. »Sie pfuschen früher mit den Toren herum als angekündigt.«

»Hör auf mit dem Quatsch und gib mir Gantrua«, beharrte Sulawan und beugte sich vor, blieb jedoch mit einem Bein in dem Tor stehen, das schon anfing zu ächzen. »Jetzt!«

Finn trat noch weiter zurück und klemmte Gantrua fest unter den Arm. »Sie benutzen Kristalle auf dem Friedhof«, sagte er. »Das Gerippe kann herüberkommen. *Wird* herüberkommen.«

Sulawans Auge weitete sich. »Das Tor schließt sich gleich, und ich habe nicht vor, einen Arm darin zu verlieren«, erklärte er Finn und war mit seiner Geduld fast am Ende. »Also gib mir sofort Gantrua, oder all die wunderbaren Freundschaften, die du auf der Verseuchten Seite geschlossen hast, sind dahin.«

Finn hastete im Geist durch seine widerstreitenden Gedanken und Verpflichtungen, während das Tor sich jeden Moment schließen würde. Er wusste, was er zu tun hatte.

»Das Gerippe ist drauf und dran, hier bei uns durchzubrechen. Ich muss es aufhalten«, sagte er und war schon im Begriff loszurennen.

Als sie merkten, dass das Tor sich gleich schließen würde, zogen die Legenden sich zurück. »Wir werden dich wiederfinden«, knurrte Sulawan, »und das nächste Mal fragen wir nicht so höflich nach Gantrua.«

Die Pforte zur Verseuchten Seite schlug genauso wuchtig zu, wie sie sich geöffnet hatte, und hinterließ nichts weiter als ein schwebendes Wölkchen glitzernden Staub.

Das Geschrei der Vögel, die im klebrigen Harz gefangen waren und versuchten, sich zu befreien, war inzwischen ohrenbetäubend. Finn hätte am liebsten jedem Einzelnen von ihnen geholfen, aber dafür war jetzt keine Zeit.

Er hatte zuerst eine Stadt voller Menschen zu retten.

42 ZWEIUNDVIERZIGSTES KAPITEL

Als die Leute, die Smoofy-Land bauten, nach Metzelstadt kamen, hatten sie keine Ahnung, was für ein Ort das überhaupt war, den sie sich da ausgesucht hatten.

Es handelte sich, so glaubten die Bauherren des Freizeitparks, um ein ruhiges Städtchen, an dem nichts merkwürdig war, außer vielleicht die vielen nervösen Menschen, die dort lebten. Sie konnten auch nicht wirklich sagen, was diese Nervosität verursachte. Die Einwohner waren ein freundlicher Haufen. Wirklich freundlich. Vielleicht ein bisschen zu freundlich. Aber, dachten sich die Bauherren von Smoofy-Land, vielleicht ist das von Vorteil für einen Freizeitpark, der einem bekannten Fernseheinhorn seinen Namen verdankt.

Über einige wichtige Umstände, die Metzelstadt betrafen, wussten sie allerdings nicht Bescheid.

Nr. 1: Hätten sie auf dem Hinweg das Straßenschild beachtet, dann wäre ihnen aufgefallen, dass jemand den ursprünglichen Namen von Gemetzelstadt in Metzelstadt geändert hatte, und zwar mithilfe von etwas weißer Farbe und Buchstaben, die er in einem nahe gelegenen Haus gestohlen hatte.

Nr. 2: Vor Hunderten von Jahren war das Stück Land, auf dem sie Smoofy-Land bauen wollten, einmal ein Friedhof gewesen. Und zwar ein ziemlich großer Friedhof.

Nr. 3: In Metzelstadt gab es die schlechteste Imbissbude im ganzen Land, was hauptsächlich der Tatsache zu verdanken war, dass der Besitzer Steckrüben statt Kartoffeln benutzte, um seine Pommes frites herzustellen. Das hatte zwar nichts mit gefährlichen Legenden zu tun, war aber etwas, das die Planer von Smoofy-Land sehr gerne gewusst hätten, *bevor* sie sich eine Portion davon bestellten.

All diese Informationen hätten sicher bei der Entscheidung geholfen, ob man Smoofy-Land in Metzelstadt bauen sollte oder nicht. Die Planer wären zu einem Treffen in der Smoofy-Land-Hauptverwaltung zusammengekommen und hätten das Für und Wider abgewogen.

»Einerseits«, hätten sie festgestellt, »ist es ein schönes, großes Stück Land, mit anständigen Straßen hinein und heraus, Platz für ein Smoofy-Hotel und einen Bereich, um die glitzerndste Achterbahn aufzustellen, die je gebaut wurde.«

»Andererseits«, hätte vielleicht jemand eingewandt, »könnte das Tor zur Hölle sich womöglich eines Tages mitten in Smoofys Kunterbuntem Regenbogenhaus wieder öffnen.«

Darüber hätten sie eine Weile nachgedacht, bis irgendwer die Frage gestellt hätte: »Findet ihr nicht auch, dass diese Pommes wie Steckrüben schmecken?«

Pommes frites waren momentan nicht Finns Problem. Er war mit etwas ganz anderem, viel Schlimmerem, beschäftigt, als er noch einmal die Landkarte prüfte.

Er blickte auf die Stelle, wo der Friedhof hätte sein müssen, und prüfte die Karte ein zweites Mal.

Und ein drittes Mal.

Das war Standort 2. Daran bestand kein Zweifel. Die Karte war eindeutig. Hier waren die Experimente geplant und wurden in diesem Moment durchgeführt, wenn man nach dem Harz an den Bäumen ging.

Aber wo war der Friedhof?

Erst da begriff Finn, dass die Karte veraltet war. Den Friedhof gab es nicht mehr. Man hatte etwas anderes darauf gebaut.

Was der Grund dafür war, dass er jetzt unter einem gewaltigen, glitzernden Torbogen stand, mit einem riesigen Einhorn auf beiden Seiten und einem Schriftzug, der so unglaublich lila leuchtete, dass man jeden nur verfügbaren Tropfen lila Farbe benutzt haben musste, um ihn anzufertigen: *Willkommen in Smoofy-Land.*

TOP SECRET

⋆ VERÖFFENTLICHUNG VERBOTEN ⋆

Bericht von Tiger-Eins-Zwölf

Mich erreichte die Nachricht, dass unsere Agentin Estravon und Emmie schnell gefunden hat, während sie gerade mit einem Wagen an der Straße standen, die aus Metzelstadt in Richtung Darkmouth führt.

Unsere Agentin hörte einen Streit. Zwei Streite, genauer gesagt.

Einer trug sich zwischen Elektra und Tiberius auf der Rückbank zu. Sie stritten gerade lautstark darüber, wer der Leiseste bei dem Schweigewettkampf gewesen war, an dem sie während ihrer Fahrt teilnehmen sollten. Jeder von ihnen beanspruchte schreiend den Sieg.

Was unsere Agentin nicht weiter kümmerte. Sie klinkte sich in die Auseinandersetzung zwischen Fahrer und Beifahrerin ein.

»Ich weiß, dass es unrecht ist«, sagte Estravon. »Du brauchst mir nicht zu sagen, was unrecht ist. Ich könnte ein Buch darüber schreiben, was unrecht ist. Ich habe schon jede Art von Unrecht gesehen, die es gibt!«

»Dann tu etwas«, antwortete Emmie. »Verhindere es.«

»Wie denn?«, fragte Estravon. »Was kann ich schon ausrichten?«

»Ich kann dir helfen.«

»Ach, dann wird ja alles gut«, antwortete Estravon. »Wenn du oder Finn beteiligt seid, endet ja immer alles ganz wunderbar für alle Beteiligten.«

Unsere Agentin ist sich nicht sicher, was dann gesagt wurde, weil Elektra und Tiberius anfingen, sich besonders laut wegen der Frage anzubrüllen, wer nun der Leiseste war.

»Ich habe Finn zurückgelassen«, war das Nächste, was unsere

Agentin Emmie sagen hörte. »Aber ich lasse ihn nicht völlig im Stich.«

»Du weißt nicht, zu was er fähig ist«, sagte Estravon.

»Doch, das weiß ich«, antwortete Emmie. »Und du auch. Besser als die meisten. Und du weißt auch, wozu Lucien fähig ist. Du kannst mir helfen, allen die Wahrheit zu zeigen.«

»Wem denn?«, fragte Estravon entnervt. »Wir sind doch ganz allein.«

Da klopfte unsere Agentin schließlich ans Fenster der Fahrertür.

Estravon war offenbar ziemlich erstaunt, als er die Scheibe herunterkurbelte.

»Anne«, sagte Emmie sofort.

»Eigentlich nennen meine Freunde mich Wölfin-Drei-Fünf«, antwortete unsere Agentin. »Aber wisst ihr was, Anne ist auch in Ordnung.«

Elektra und Tiberius waren auf der Rückbank totenstill geworden.

»Gut«, sagte Anne. »Es ist an der Zeit zu reden.«

43 DREIUND-VIERZIGSTES KAPITEL

Smoofy-Land war an diesem Tag geschlossen, leer und verlassen, bis auf ein paar Möwen, die an weggeworfenen Essensverpackungen pickten, und einen cleveren Nachwuchslegendenjäger, der nach Gehilfen suchte, die Tore zu einer schrecklichen Welt öffneten. Finn war durch das Glitzertor gegangen, dessen Wächter ihre Posten verlassen hatten, nachdem nun keine Touristen mehr zu erwarten waren. Von einem Souvenirstand, der über Nacht unbesetzt war, griff er sich eine kleine Smoofy-Schnappschuss-Kamera, mit der er Fotos der Experimente machen würde, obwohl sie automatisch glitzernde Rahmen hinzufügen würde. Von da aus lief er weiter, vorbei am Smoofy-Supermarkt, verschiedenen

Burgerbuden und Slush-Eisständen bis zu einem kleinen Hügel mit Aussicht auf den Park.

Von dort aus konnte er ganz Smoofy-Land überblicken, mit all seinen Fahrgeschäften in unterschiedlichen Größen und mit verschiedenen Geschwindigkeiten, eins glitzernder und bunter als das nächste. Das Ganze gipfelte – am hinteren Ende des Freizeitparks – in einer strahlend lila Achterbahn. Es war, so versicherte der Freizeitparkführer, die glitzerndste Achterbahn, die je gebaut wurde.

Daran hatte Finn keinen Zweifel. In diesem Moment, in der tief stehenden untergehenden Sonne, schillerte und funkelte sie so atemberaubend, dass Finn beinah von seinem Vorhaben abgelenkt wurde. Er bedauerte, dass seine Mam jetzt nicht bei ihm war. Es würde ihr gefallen – wenn man das ganze Auf-der-Flucht-Sein mal ausblendete.

Plötzlich sah Finn, wie sich etwas in dem Park bewegte. Jemand. Ein grauer Anzug, ziemlich weit entfernt, ein goldenes Aufleuchten. Kaum zu erkennen.

Er war sich sicher, dass es die Gehilfen waren. Das kurz aufblitzende Gold hatte den Farbton eines Tores. Sie hatten schon angefangen, das stand jetzt endgültig fest. Aber er hoffte, er würde nicht zu spät kommen, um sie davon abzuhalten, das Gerippe in diese Welt zu bringen.

Ein langer Weg wand sich rund um die höher gelegene Ebene des Freizeitparks, von dem aus schmalere Fußwege in verschiedene Bereiche abzweigten. Finn blieb auf dem oberen Weg, hielt sich so weit wie möglich vom Rand entfernt, sodass er aber immer noch in der Lage war, weiter unten nach etwas Ausschau zu halten. Er konnte ja nicht wissen, wer da vielleicht lauerte. Einfach blind hineinzulaufen und etwas von einer Killerlegende zu rufen könnte womöglich dazu führen, dass er ganz schnell exsikkiert wurde.

Er erhaschte wieder einen kurzen Blick auf jemanden zwischen den Fahrgeschäften. Dann ein paar Funken, als würde jemand ein Streichholz entzünden. Sie erhellten die Gestalten zweier Gehilfen, die gerade versuchten, ein Tor zu öffnen. Hier. In einem Freizeitpark. In den letzten Minuten Tageslicht.

Finn musste annehmen, dass seine Taten – die Sache mit dem Gestaltwandler, die Verfolgungsjagd, seine eigenen Tore – sie dazu gezwungen hatten, ihre waghalsigen Tests früher als vorgesehen durchzuführen.

Er bewegte sich schnell und leise zu einem Teil des Weges, von wo aus er sie beobachten konnte, und sah sie kurz darauf an einer engen Stelle zwischen den Fahrgeschäften, genauer gesagt, zwischen Magic Monster und Hip-Hop Jumper, auftauchen. Er erkannte Scarlett und Greyson auf der Stelle, die beiden Wissenschaftler, die schon unter der zerstörten Klippe von Darkmouth gearbeitet hatten. Scarlett beugte sich gerade über einen großen Kasten, dessen Inhalt er nicht sehen konnte. Greyson machte sich Notizen, kritzelte irgendetwas auf ein Stück Papier, während er gelegentlich an seinem Stift kaute.

»Wieder bei zweiundzwanzig Zentiliter«, stellte Greyson fest und sah auf sein Notizbuch.

Finn versteckte sich hinter einer Mülltonne, die aussah wie

Smoofys Kumpel Pikser, das Stachelschwein, und überprüfte erst einmal, ob sie allein waren. Soweit er wusste, konnten locker ein oder zwei schießfreudige Gehilfen zwischen den Buden lauern und auf die Wissenschaftler aufpassen.
Scarlett drehte sich um und hatte plötzlich einen kleinen gelblichen Steinbrocken in der Hand. Ein Kristall beziehungsweise ihr Versuch, einen nachzubilden. Der Stein war schmutzig, unrein und hatte keine Spur von der Schönheit der Kristalle, die Finn kannte, in der Hand gehalten und benutzt hatte. Ihre waren in einem Labor hergestellt worden, während das Coronium, das er verwendet hatte, auf natürliche Weise in den Spalten zwischen den Welten wuchs.
Die Kristalle in seinem Toröffner waren Präzisionswerkzeuge, die schnell und sicher kleine Tore bildeten.
Die schlechten Kopien, die die Gehilfen benutzten, hingegen, beschädigten nur das Gewebe zwischen den Welten, während sie versuchten, Löcher hineinzureißen.
Finn machte ein Foto, überflog noch einmal die Gegend nach irgendwelchen Anzeichen von Bewachern.
Durch Piksers offenes Stachelschweinmaul, das vollgestopft mit weggeworfenen Burgerverpackungen und Getränkedosen war, beobachtete Finn, wie Scarlett den Kristall in der behandschuhten Hand hielt. Das grobe Material machte es schwierig, den Stein an die Luft zu pressen und dort zu befestigen.
Finn schoss ein Foto.
Scarlett zündete ein paar Funken.
Der Kristall blieb in der Luft hängen, steckte mit der Spitze in

dem Zwischenraum zwischen den Welten. Scarlett und Greyson traten einen Schritt zurück. Dies war etwas, das sie bisher noch nicht kannten.

Während sie auf den Kristall starrten, lief Finn einen Seitenpfad hinunter, um etwas näher heranzukommen und besser sehen zu können. Er hatte keine Ahnung, was jetzt passieren würde, aber er musste vorbereitet sein. Er blieb stehen und versteckte sich hinter einem Automaten voller Plüschtiere, der mit erhobenem Greifarm darauf wartete, dass jemand Geld in den Schlitz steckte.

Wieder sprühten Funken. Der Kristall versuchte sich zu entzünden, Energie aufzubauen, um die Welt aufzuschlitzen, um einen Weg zur Verseuchten Seite zu öffnen.

»Komm schon«, sagte Scarlett.

»Du schaffst das«, sagte Greyson.

Noch einmal blitzten Funken auf. Zischten. Erloschen.

Scarlett und Greyson ließen enttäuscht die Schultern sinken.

Finn seufzte erleichtert.

Plötzlich ein Knall. Der Kristall fing an zu brennen.

Ein Tor ging auf.

Es war klein, schwankend, aber sehr echt.

44 VIERUNDVIERZIGSTES KAPITEL

Scarlett und Greyson schnappten vor Erstaunen und Freude nach Luft und klatschten sich tatsächlich ab. Scarletts dicker Handschuh flatschte auf Greysons nackte Hand.

Finn beugte sich vor, um zu sehen, was aus dem Automaten vielleicht herauskam, und stieß dabei mit der Schulter dagegen. Der Automat erwachte zum Leben, der Greifarm setzte sich in Bewegung, und aus den Lautsprechern dröhnte plötzlich ein Stück vom Smoofy-Song.

Und dieses Einhorn, das ich meine, nennt sich Smoofy,
kleines Zaubereinhorn Smoofy.
Smoofy saust durch seine Welt,
zaubert, was ihm so gefällt.
Smoofy! Smoofy! Alle lieben Smoofy.

Scarlett blickte sofort auf. Sie entfernte sich langsam von dem Tor, um nachzusehen, woher die Musik kam. Finn duckte sich mit hämmerndem Herzen, presste sich mit dem Rücken dicht an den Automaten und hoffte, sie würde einfach vorbeigehen. Wenn sie ihn jetzt entdeckte, müsste er weglaufen. Davon hatte er für einen Tag genug. Fürs ganze Leben genug.
»Was ist?«, fragte Greyson.
»Ich weiß nicht«, antwortete Scarlett. »Bist du sicher, dass niemand auf dem Gelände war?«
Das Tor schloss sich wieder, sein Licht verlosch sogleich und hinterließ nicht den Hauch eines Schimmers in dem dunklen Park.
»Sieh dir das mal an!«, rief Greyson seiner Kollegin zu.
Scarlett hörte auf, nach der Unruhequelle zu suchen, und machte kehrt, um zu sehen, weswegen Greyson sie gerufen hatte. Finn hörte sie weggehen und lugte um die Ecke des Automaten, um festzustellen, was vor sich ging. Die Wissenschaftler hatten sich hingehockt und untersuchten etwas auf dem Boden. Staub. Pfotenabdrücke.
Es war etwas durch das Tor gekommen, hatte sich heimlich hereingeschlichen, während sie durch den Song abgelenkt waren.
»Oha«, sagte Greyson. »Ist hier etwa gerade eine Legende reinspaziert?«
Ja!, rief Finn im Stillen.
»Sollten wir danach suchen?«, überlegte Scarlett laut.
»Was, wenn sie gefährlich ist?«, fragte Greyson.
Finn musste sich beherrschen, um sich nicht einzumischen.

Achtet auf die Schleifspuren zwischen den Abdrücken. Die sind nur klein und unauffällig. Wahrscheinlich ist es nur ein Basilisk. Er wird nicht weit sein.
»Da!«, rief Greyson und zeigte auf die Lücke zwischen Crazy Looping und Magic Monster. Von dort starrte sie ein Basilisk an, mit der vollen Kraft seines nicht besonders kraftvollen lähmenden Blicks.
Finn sah sich um, suchte diesmal nicht nur nach Gehilfen, sondern auch nach Knochen. Er war erleichtert, dass scheinbar nichts aus dem Boden geschossen war. Keine Knochen. Keine auferstehenden Skelette.
Er machte leise ein Foto. *Alles wertvolle Beweise für dieses wahnsinnige und gefährliche Experiment.*
»Warum guckt es uns denn so merkwürdig an?«, fragte Greyson.
»Ob es wohl beißt?«, fragte Scarlett. »Wir sollten Lucien alarmieren.«
»Die werden es sicher schon wissen. Das Tor hat bestimmt ihre Alarme ausgelöst«, antwortete Greyson. »Außerdem wäre es besser, wenn wir es selber fangen.«
»Es fangen?«, erwiderte Scarlett. »Womit denn?«
»Hiermit«, antwortete Greyson und griff sich einen orangefarbenen Absperrkegel, der in der Nähe stand. Er hielt ihn in der ausgestreckten Hand und schob sich vorsichtig auf die Legende zu.
Der Basilisk starrte Greyson an, und die einsame Feder auf seinem Kopf zitterte vor Zorn. Oder vor Angst.

Greyson stülpte ihm den Absperrkegel über. Scarlett hob ein paar Steine auf und legte sie rasch auf den eckigen Rand des Kegels, um ihn zu beschweren. Dann traten die Wissenschaftler einen Schritt zurück, begutachteten ihr Werk und waren froh, dass die Legende offenbar keinen Versuch machte zu fliehen. Oder anzugreifen. Oder irgendetwas anderes zu tun als, so nahmen sie an, in die Dunkelheit im Inneren des Plastikkegels zu starren.

»Also, das hat Spaß gemacht«, sagte Greyson.

»Wir werden noch berühmte Legendenjäger«, sagte Scarlett.

»Diese Legenden sind ja gar nicht so tough«, stellte Greyson fest.

Finn sah die beiden allerdings nicht an. Genauso wenig wie er den orangen Kegel beobachtete, um festzustellen, ob der Basilisk vielleicht irgendwie darunter hervorschlüpfen konnte. Er hatte nämlich noch etwas anderes bemerkt. Etwas, von dem er nicht sicher war, dass es kurz zuvor schon da gewesen war.

Auf der Böschung zwischen dem Weg und den Fahrgeschäften befand sich ein eindrucksvolles rechteckiges Blumenbeet, auf dem in bunten Rosen das Wort SMOOFY-LAND stand. Dort ragte zwischen den Stängeln ein weißes, morsches Etwas in die Luft.

Es plumpste um und landete auf ein paar rosa Blüten.

Ein Oberschenkelknochen, wie es aussah.

Scarlett und Greyson klatschten sich noch einmal ab, weil sie so ein tolles Abenteuer erlebten, und hatten nicht die geringste Ahnung, dass sie gerade das Gerippe in die Welt gebeten hatten.

45 FÜNFUNDVIERZIGSTES KAPITEL

Der Knochen lag einfach so da, zwischen den Blumen. Ein Stückchen Skelett, das im schwindenden Tageslicht ruhte, als wollte es nur mal ein bisschen Luft schnappen.

Die Wissenschaftler jubelten.

Vielleicht würde das Gerippe nicht weiter kommen als bis an diese Stelle, dachte Finn. Vielleicht hatten sie Glück und es hatte genug damit zu tun, die Verseuchte Seite auseinanderzunehmen, während er das einzige Mittel hatte, um es zu stoppen. Bis jetzt hatten die Legenden ihn noch nicht aufgespürt, um es ihm wegzunehmen. Ihre Befürchtungen, sie könnten seine Fährte verlieren, hatten sich offenbar bestätigt.

Er spähte noch einmal genauer auf das Beet.

War das da etwa noch ein anderer Knochen zwischen den Blumen?

Scarlett und Greyson merkten nichts von dem Vorgang und waren vollauf damit beschäftigt, den Absperrkegel zu beobachten, der sich jetzt mit einem zunehmend in Panik geratenden Basilisken im Inneren über den Boden bewegte.

»Wir brauchen noch eine Pylone«, sagte Scarlett.

Greyson holte eine, stülpte sie über die erste, wo sie merkwürdig schief hängen blieb, während sich der Kegelstapel anschließend langsamer bewegte.

»Hoffentlich kommen die anderen bald, um dieses Ding da richtig einzufangen«, sagte Scarlett und blickte sich suchend nach ihren Kollegen um.

Während die beiden Wissenschaftler

abgelenkt waren, schlich sich Finn mit dem exsikkierten Gantrua unter dem Arm weiter den oberen Weg entlang und spürte Knochen auf, die durch den Boden der Böschung gedrungen waren. Auf jedem kleinen Blumenbeet wurden es mehr.

Und da, wo die Smoofy-Buchstaben gerade in voller Blüte standen, erblickte Finn den ersten Schädel, der kopfüber im S lag und das Loch zur Schau stellte, wo einst die Wirbelsäule saß. Die Wirbelsäule selbst ringelte sich um das Y und war, wie alle anderen Knochen bisher, völlig reglos.

Das war's bestimmt, dachte Finn. Knochen, aber kein Gerippe. Gerade noch mal Glück gehabt.

Er blickte zurück zu der Stelle, wo Scarlett und Greyson standen, und sah, wie sie den Zustand des wandelnden Absperrkegels begutachteten. Dann holten sie einen weiteren selbst gemachten Kristall hervor.

Finn richtete sich blitzschnell auf, wollte sie warnen, es nicht zu tun.

Zu spät.

Der Kristall sprühte Funken, ein Tor ging auf. Klein und zischend.

Scarlett und Greyson blickten einander an und warteten, dass einer von ihnen den Basilisken aufheben und wieder zurückwerfen würde. Scarlett seufzte, benutzte ihre behandschuhte Hand, um den Kegel unten zuzuhalten, hob das ganze Gebilde – samt rumpelndem Basilisken darin – auf und schleuderte es durch das Tor. Das Tor schloss sich sofort wieder und hinterließ zwei grinsende Wissenschaftler.

Greyson war so zufrieden mit seinem Werk, dass er tatsächlich in die Hände klatschte.
Finn jedoch kannte das wirkliche Ergebnis. Er sah, dass die Knochen auf den Plan gerufen wurden. Sich quer über das SMOOFY-LAND-Beet schoben, sich schüttelten, einer von ihnen in der Luft schwebte. Ein paar von ihnen sich zusammenschlossen. Weitere folgten.
Wohin er auch blickte, überall kamen Knochen aus dem Boden. Suchten sich. Fanden sich. Vereinigten sich.
Hinter einem kleinen lila Teich auf der anderen Seite des Freizeitparks blieb ein apprupt einsamer Parkreiniger stehen. Er war verdutzt durch den Anblick von etwas, das aussah wie ein Knochen, das aber doch *sicher* keiner sein konnte. Er fegte den Knochen in seinen Karren. Der Knochen hüpfte wieder heraus. Er fegte ihn wieder hinein. Der Knochen hüpfte wieder heraus. So ging das weiter, bis sich plötzlich ein Fußgelenk dazugesellte. Da ließ der Parkreiniger seinen Besen fallen und rannte schreiend davon.
Finn hatte keine Zeit mehr. Das Gerippe nahm vor seinen Augen Gestalt an. Es war langsam, schwankte ein bisschen und musste, beinah wie ein neugeborenes Kälbchen, erst sein Gleichgewicht finden, aber Finn hatte das schon einmal gesehen. Er wusste, was passierte, wenn das Monster erst einmal auf die Welt losgelassen würde. Er kannte seine gewaltige Größe und Kraft. Er musste zu ihm, um das Amulett hineinzuschleudern, bevor es Zeit hatte, irgendwelchen Schaden anzurichten.
»Für jemanden, der die Fähigkeit besitzt, zwischen den Welten

zu wandeln«, erklang da plötzlich Luciens Stimme hinter ihm, »warst du ziemlich leicht aufzuspüren.«
Als Finn sich umdrehte, sah er ihn vor einem kleinen Andenkenladen stehen. Er hatte mehrere andere Gehilfen dabei, die wieder mit ihren Exsikkatoren auf Finn zielten. Warum schossen sie nicht? Finn wurde klar, dass es wegen Gantrua war, den er fest in den Händen hielt. Sie wollten immer noch ihn, und wenn sie Finn jetzt exsikkiert hätten, wären sie beim Schrumpfen miteinander verschmolzen.
»Es wird gleich etwas Furchtbares passieren, Lucien«, sagte Finn. »Ich muss es aufhalten.«
»Wir werden dich aufhalten«, erwiderte Lucien, »bevor du noch mehr Unheil anrichtest.«
Finn blickte auf die Gantruakugel, die er festhielt. »Hör auf mich«, sagte er. »Sieh dir die Knochen an, die hier überall liegen. Sie bewegen sich. Aus denen entsteht jeden Moment eine Legende, die du *nicht* aufhalten kannst.«
Lucien blickte in Richtung der Achterbahn und sah nun ganz sicher auch den Teppich aus Knochen. Er blinzelte, war sich vielleicht unsicher, was er da eigentlich vor Augen hatte.
»Und jetzt, nachdem du es zum Leben erweckt hast, wird es immer wieder kommen«, erklärte Finn. »Solange es frei rumläuft, wird es so viel von dieser Welt zerstören, wie es nur kann.«
»Das klingt ja wie eine Drohung.«
»Das ist keine Drohung«, erwiderte Finn entnervt. »Das ist eine Warnung. Ich kann es stoppen. Es gibt da so ein Amulett,

das Gantrua umhatte. Siehst du?« Er streckte ihm kurz die Kugel entgegen. »Das ist das Einzige, was das Gerippe aufhalten kann.«

»Wieder eine Drohung.«

»Ich weiß, dass du mir nicht traust«, sagte Finn. »Egal, was ich tue, du hast es auf mich abgesehen. Aber wenn dieses Ding da auf uns losgeht, dann wirst du mich brauchen, damit ich mich darum kümmere. Und ich würde es auch tun, trotz allem. Weil ich weiß, was das Richtige ist. Ich habe *immer* das Richtige getan, auch wenn es nicht immer so ausgesehen hat. Deshalb verspreche ich dir jetzt etwas. Sobald ich verhindert habe, dass dieses Biest in unsere Welt herüberkommt, könnt ihr mit mir machen, was ihr wollt.«

»Warum sollten wir das nicht gleich tun?«, fragte Lucien.

»Weil ihr es schon längst getan hättet, wenn ihr wirklich gewollt hättet«, erwiderte Finn. Er umklammerte Gantrua fest mit beiden Händen und hielt ihn in die Höhe. »Ich glaube, du fragst dich, ob ich nicht vielleicht die Wahrheit sage, ob das Amulett hier drin nicht wirklich die Antwort auf das ist, was immer hier auftaucht. Deshalb willst du das Risiko nicht eingehen, mich zu exsikkieren.«

Lucien strich sich über den Kopf. Rückte seine Brille auf den Ohren zurecht und überdachte Finns Aussage. »Du hast recht«, räumte er ein.

In dem Moment stand plötzlich Greyson hinter Finn, langte blitzschnell nach vorn und schnappte sich Gantrua, um ihn hoch in die Luft zu werfen, sodass Lucien ihn fangen konnte.

Während Finn abgelenkt war, schnappte sich Scarlett die Kamera und warf sie Lucien ebenfalls zu.

Lucien hielt Gantrua fest, trat mit dem Fuß auf die Kamera und sah sich nach den Exsikkatorträgern um.

»Feuer«, befahl er.

46 SECHSUNDVIERZIGSTES KAPITEL

»Lucien!«, unterbrach sie in dem Moment plötzlich die Stimme eines Mädchens.

»Lucien! Hier drüben.«

Gerade als die Exsikkatoren sich pfeifend aktivierten, hob Lucien die Hand, um die Exsikkation zu stoppen und nach der Herkunft der Stimme zu suchen.

»Lucien!«, rief da ein Junge.

Elektra und Tiberius kamen durch den Freizeitpark getrabt, vorbei an den Smoofykoptern und um den kitzelnden Stachelschwein-Tunnel herum.

»Lucien!«, riefen sie im Chor, denn sie gehörten zu der Sorte Kinder, die ihren Vater aus reiner Un-

gezogenheit beim Vornamen nannten, statt »Dad« zu sagen. »Guck mal!«
Sie fingen an zu rennen.
Direkt auf die riesige, lila glitzernde Achterbahn zu.
Finn überlegte wegzulaufen, solange Lucien abgelenkt war, aber er wusste, dass er nicht weit kommen würde. Er berechnete die Wahrscheinlichkeit, seinen Toröffner rechtzeitig aus der Jacke zu befördern, um einen Kristall in die Luft zu pressen, ein Tor zu öffnen und zu entkommen, bevor ihn irgendwer exsikkierte. Seine Chancen, das zu schaffen, waren auch nicht gerade berauschend.
Lucien sah aus, als würden gleich die letzten seiner verbliebenen Haare vom Kopf fallen, als er seine Kinder anbrüllte. »Elektra! Tiberius! Was macht ihr hier?«
»Spaß haben!«, rief Elektra und raste an den Smoofy-Schaukeln vorbei.
»Warum sind Emmie und Estravon nicht bei euch?«
»Lucien«, sagte Finn. »Es ist noch nicht zu spät. Bitte. Gib mir Gantrua, dann kann ich das Gerippe aufhalten.«
»Verschwindet von hier! Sofort!«, rief Lucien seinen Kindern zu. »Hier ist es gefährlich.«
Elektra blieb stehen und trat gegen etwas, das sie auf dem Boden entdeckt hatte. »Hier sind überall Knochen«, sagte sie.
»Der Boden bewegt sich«, kreischte Tiberius.
»Super, ein Lachkabinett!«, rief Elektra, als sie Smoofys Kunterbuntes Regenbogenhaus erblickte.
Quer durch ein Feld von Knochen stürmten Luciens Kinder auf

das Lachkabinett zu, das in der Mitte des Freizeitparks stand, ein zweistöckiges lila Gebäude mit wirbelnden Regenbogen an den Wänden.

»Tiberius, Elektra!«, rief Lucien ihnen nach, aber sie hörten ihn nicht oder ignorierten ihn einfach. Dort, wo sie gestanden hatten, begannen die Knochen sich zu bewegen.

»Etwas Furchtbares kommt hier rüber«, versicherte Finn Lucien eindringlich. »Wir haben keine Zeit mehr. Gib mir Gantrua. Du musst mir glauben: Er ist die einzige Möglichkeit, es zu stoppen.«

Lucien zeigte sich nicht sonderlich beunruhigt. Wenn überhaupt, dann schien er aufmerksam, interessiert daran, was als Nächstes passierte. Plötzlich begriff Finn das ganze Ausmaß seines wahnsinnigen Plans.

»Du *wolltest*, dass das passiert«, sagte er erstaunt. »Du hast Tore geöffnet, weil du einen *Krieg* wolltest. Auf wessen Kosten auch immer.«

Lucien ging langsam auf Finn zu. »Wir sind dazu geboren, gegen Legenden zu kämpfen«, sagte er düster. »Nicht dazu, an Schreibtischen zu sitzen. Wir sind dazu bestimmt, in einer Welt aus Chaos zu leben, nicht aus Ordnung. Krieg, nicht Frieden. All das hätten wir haben sollen. *Werden* wir jetzt haben. Warum solltet nur ihr den ganzen Spaß bekommen?«

Rund um Elektra und Tiberius begannen die Knochen sich zu erheben und sich zusammenzufügen.

»Du hast keine Ahnung, was du da losgelassen hast«, antwortete Finn.

Und plötzlich sah auch Lucien es. Wie ein Knochen zuckte. Wie ein paar andere vorwärtskrochen.

Wie sich am Boden Hüftknochen mit Beinknochen vereinten. Beinknochen mit Schultern. Wirbelsäulen in Schenkelknochen, wie sich Waden und Füße formten.

»Das ist doch ...«, fing Lucien an zu sprechen, beendete den Satz aber nicht, sondern reckte nur ungläubig den Hals, um besser sehen zu können. Als könnte er es nicht recht glauben. Als *wollte* er es nicht glauben.

Er schien hin und her gerissen zwischen der Notwendigkeit, seine Kinder zu retten, und dem Wunsch, die Katastrophe zu erleben, die er sich so sehnlichst für diese Welt gewünscht hatte.

Da begannen die Knochen zu strömen, sich schneller zu erheben. Das trieb Lucien zu einer Entscheidung.

»Tiberius, Elektra, kommt her zu mir!«, rief er. *»Sofort!«*

Es war zu spät. Um sie herum waren plötzlich überall Knochen, fügten sich rasend schnell zu einer gigantischen skelettartigen Gestalt zusammen, die, hoch wie ein Haus, alles überragte.

Elektra und Tiberius schrien, und Finn war sich nicht sicher, ob aus Freude oder aus Angst.

Das Gesicht des Gerippes war eine Ansammlung aus Hüftknochen und Schulterblättern. Seine Zähne eine Reihe Rippen. Es riss das riesige Maul auf und spuckte Erde und Fetzen von alten Kleidern aus, die vor langer Zeit zusammen mit den Besitzern dieser Knochen begraben worden waren. Das musste sein Versuch gewesen sein, loszubrüllen. Aber es kam kein Laut heraus.

Auch keine Luft, nur der Geruch nach Erde und abgetrennten Wurzeln.
Und in dem Moment, als es, zu voller Größe gestreckt, über ihnen emporragte und das späte Sonnenlicht durch seinen Brustkorb blitzte, war nichts weiter zu hören als die Erdklumpen, die auf den Boden klatschten, und die Luft, die ihm durch die Beine pfiff.
Der Gashadokuro, das Gerippe, war zum Leben erwacht.

47 SIEBENUNDVIERZIGSTES KAPITEL

Die Gehilfen standen da wie angewurzelt, als warteten sie, was als Nächstes passierte. Oder als warteten sie auf jemanden, der ihnen sagte, was sie tun sollten.

Eine Taube landete auf der Schulter des Gerippes, pickte ein paarmal und flog wieder davon.

»Oh mein …«, murmelte Lucien.

Mit einer Wucht, die den ganzen Freizeitpark zum Erzittern brachte, ließ das Gerippe die Faust auf das Blumenbeet krachen und schlug das MOOF aus SMOOFY-LAND.

Dann erhob es die andere knochige Faust, um sie gegen die Menschen zu schwingen.

Wie aus einem Tagtraum gerissen, sprangen Lucien und die Gehilfen in alle Richtungen und duckten sich vor den Knochensplittern, die auf sie herabregneten.

Als einer der Gehilfen seinen Exsikkator abfeuerte, machte Finn einen Satz zwischen die Beine des Monsters, und die blaue, feurige Flüssigkeit traf den Gashadokuro am rechten Ellbogen. Doch an der Stelle, wo es ein Stück Knochen wegriss und zu einer elfenbeinfarbenen Kugel schrumpfte, ordneten sich die Knochen einfach neu an, während gleichzeitig der andere Arm niederprallte und die Fassade des Andenkenladens hinter ihnen wegfegte, als wäre es nicht mehr als eine Reihe Dominosteine. Während der Einsturz von Backstein, Glas und Spielzeug dicke Staubwolken in die Luft wirbelte, erfasste Finn eine Druckwelle, die ihn seitwärts stieß.

Hustend richtete er sich wieder auf, rannte vom Ort des Geschehens weg, duckte sich hinter eine Verkaufsbude und beobachtete die Lage.

Das Gerippe schritt durch die Staubwolke, trat mit dem Fuß gegen den Schuttberg, den der kleine Laden hinterlassen hatte. Es hatte Augenhöhlen oder zumindest grob geformte Löcher in seinem schädelähnlichen Kopf, wo Augen hätten sein können. Aber da waren keine. Trotzdem schien es die Gegend zu mustern und nach Opfern zu suchen.

Alles war still, bis auf das Herabrieseln der pulverisierten Backsteine und die leise trällernde Melodie eines elektronischen Spielzeugs, das unter dem Schutt begraben lag.

Und von den Gehilfen war nirgends etwas zu sehen. Genauso wenig wie von Lucien. Alle verschüttet, nahm Finn an.

Die Luft war voller Staub. Finn unterdrückte ein Husten, hielt sich die Hände vor Mund und Nase, damit er ihn nicht einatmete.

Da hörte das Gerippe etwas, irgendwo links von Finn, und steuerte durch das künstlich erzeugte Dämmerlicht darauf zu, während sein Oberkörper und Kopf über die Staubwolke ragten.

Finn hörte das Geschrei auch. Es kam von Elektra und Tiberius. Das Mädchen kreischte wegen irgendetwas Aufregendem im Lachkabinett, während sie auf die Knöpfe drückte, die die Discobeleuchtung anstellten. Der Junge rief begeistert: »Der beste Freizeitpark aller Zeiten!«

Finn war näher bei ihnen als an der Stelle, wo auch immer Lucien unter dem Schutt lag. Er hätte versuchen können, sich einen Weg zu ihm hinzugraben, um an das Amulett zu kommen. Aber wenn er das getan hätte, wäre es zu spät gewesen, um den Kindern zu helfen. Es blieb keine Zeit zum Nachdenken. Finn merkte nicht einmal, dass seine Beine sich in Bewegung gesetzt hatten, als er schon längst rannte.

Er stürmte zu Elektra und Tiberius, dem Gerippe direkt in die Arme.

48 ACHTUND-VIERZIGSTES KAPITEL

Finn kletterte die Leiter einer Rutschbahn hinauf, die mitten durch das Fenster des Lachkabinetts ging und ihn auf der anderen Seite in ein Bällebad beförderte, in dem Tiberius und Elektra schon halb begraben waren.

Das Gerippe streckte die Hand durchs Dachfenster über ihnen und verfehlte Finns Nase nur knapp. Elektra und Tiberius erkannten endlich die Gefahr und fingen an zu schreien. Als sich die riesige Hand wieder zurückzog, blieb sie mit ein paar Fingern am Fensterrahmen hängen, sodass sie in die einzelnen Knochen zerfielen, aus denen sie zusammengesetzt waren.
Und Elektra und Tiberius badeten plötzlich nicht nur in bunten Bällen, sondern auch in verstreuten Knochen.
Finn schnappte sich etwas, das aussah wie ein Oberschenkelknochen. »Kommt!«
Er sauste eine andere Rutsche hinunter. Die beiden Kinder folgten ihm und rasselten auf der Matte am Ende ineinander.
Das Gerippe langte noch einmal in das Lachkabinett. Finn schlug mit dem Oberschenkelknochen darauf ein, erzielte jedoch nur ein stechendes Zittern in seinem eigenen Arm. Obwohl das Monster aus allen möglichen Knochen lose zusammengesetzt war, war es so stabil, dass ein solcher Schlag keinerlei Wirkung zeigte. Stattdessen fing der Knochen in Finns Hand plötzlich an zu zucken, als hätte er einen eigenen Willen.
Das Lachkabinett hatte keinen Hinterausgang, sie mussten also durch die Vordertür. Finn schob die beiden Kinder vorwärts, über den wirbelnden Fußboden, vorbei an den großen Zerrspiegeln, bis sie völlig schwindelig durch die Tür auf das Gras hinausstürzten. Finns Handfläche schmerzte, weil der Oberschenkelknochen ständig in seiner Hand zappelte, bis Finn losließ und er wegsprang, um sich in den Fuß des Gerippes einzufügen, das noch immer im Lachkabinett nach ihnen suchte.

Bunte Plastikbälle flogen aus dem Gebäude. Ein überdimensionaler Einhornkopf segelte vom Dach und landete mit dem Horn nach unten im Rasen neben Finn.
»Mir gefällt das nicht mehr«, jammerte Elektra.
»Ist das eine besondere Attraktion?«, fragte Tiberius.
Während das Gerippe im Lachkabinett stecken blieb und versuchte, sich zu befreien, suchte Finn irgendeine Zuflucht. Es gab nur eins, was ihnen einen halbwegs zuverlässigen Schutz bieten konnte. Ein großes, röhrenförmiges Gebilde am unteren Ende von etwas sehr Hohem, sehr Langem. Und sehr Glitzrigem.
»Die Achterbahn!?«, rief Tiberius begeistert, und sie rannten drauflos.
Hinter ihnen schüttelte sich das Gerippe aus dem Lachkabinett frei. Spiegelscherben durchschlitzten den Boden, und Schutt regnete herab.
»Wir stecken in Schwierigkeiten«, sagte Finn, als wäre das nicht längst offensichtlich.
Sie erreichten die gewundene Absperrung am Eingang zur Achterbahn, die dazu diente, die Besucherschlangen zu leiten, wenn das Fahrgeschäft geöffnet hatte. Sie bestand aus drei hintereinanderliegenden Barrieren, die Finn alle überspringen musste, während Tiberius und Elektra sich schnell darunter hindurchduckten.
Das Gerippe warf etwas nach ihnen, und eine Salve Knochen regnete um sie herum nieder und zersprang zu Splittern. Einer davon durchtrennte Elektras rechten Rattenschwanz. Sie

schrie auf. Ein anderer hätte um ein Haar Finns linkes Ohr abgeschnitten.
Finn lief weiter, sprang über die letzte Absperrung. Sie gelangten an ein Tor, das zum Einstieg in die Achterbahn führte, mit einer Maßtabelle daneben, die den Besuchern genaue Auskunft darüber gab, welche Größe erforderlich war, um mitfahren zu dürfen. Tiberius rannte schnurstracks daran vorbei. Er war eindeutig zu klein, aber Finn hielt es im Moment nicht für den richtigen Zeitpunkt, um irgendwelche Vorschriften durchzusetzen.
»Es ist hier!«, kreischte Elektra und blickte über die Schulter.
Das Monster hatte ein Stück rosa verputzte Wand seitlich auf den Kopf gespießt und kam in großen Schritten auf sie zu. Elektra schrie wieder und schrie immer weiter. Schlimmer noch, sie blieb am Eingang zur Achterbahn stehen, um noch ein bisschen mehr schreien zu können. Gerade rechtzeitig, bevor das Gerippe sie vom Boden fegen konnte, packte Finn sie und zog sie in das schmale Gebäude.
Der Fuß des Gerippes knallte auf den Boden, wo sie eben noch gestanden hatten, und schickte ihnen splitternde Knochen hinterher.
»Juch-hu!«, jauchzte Tiberius, und Finn überlegte kurz, ob er den Jungen nicht einfach wieder hinauswerfen sollte.
Aber nein. So etwas tat ein Legendenjäger nicht.
Sie befanden sich im Inneren eines beunruhigend offenen Gebäudes – eines Tunnels eigentlich, durch den die Achterbahnschienen verliefen. Die Beleuchtung war schwach, und es gab

noch ein paar weitere Leitsysteme, von denen jedes zu einem durchnummerierten Bahnsteig führte, wo die Besucher warteten, bevor sie in die Wagen stiegen. Im Moment war jedoch alles leer und die Achterbahn stand still, ein lila Gebilde mit glitzernden Wagen, leeren Sitzen und hochgestellten Sicherheitsbügeln.

Das Gerippe schlug auf das Einstiegsgebäude ein. Die Dachsparren zitterten, und loser Putz fiel herab. Im Technikraum sprühte etwas Funken, eine durchbrennende Sicherung womöglich.

Finn wurde klar, dass dieses Monster irgendwie sehen konnte. Vielleicht funktionierten die mikroskopisch kleinen Lebewesen wie ein gigantisches Auge. Es beugte sich herunter und schlug noch einmal gegen die Wand.

»Versteckt euch in dem Wagen da«, sagte Finn zu Elektra und Tiberius.

Elektra sprang hinein, Tiberius hechtete hinterher.

»Köpfe runter«, sagte Finn und glitt auf die Sitzbank hinter ihnen.

Das Gerippe schmetterte wieder die Faust gegen die Wand, rüttelte noch mehr Putz von der Decke, und plötzlich gingen Licht und Jahrmarktsmusik an.

Die Kinder kreischten.

»Seid ruhig«, bat Finn Elektra und Tiberius, »das Monster wird sicher irgendwann müde, bis dahin müssen wir einfach nur hier abwarten und draußen geschehen lassen, was immer auch geschieht.«

Gespenstisch leise schlich sich das Gerippe weiter, erschien unbemerkt über dem Dachfenster.
Finn hoffte, es würde wirklich müde werden. Er war sich allerdings nicht so sicher.
»Ich glaube, es geht weg«, sagte Elektra und hob den Kopf.
Finn richtete sich auch wieder auf, aber nur, um ihr zu sagen, dass sie sich sofort wieder ducken soll.
Neugierig, was los war, setzte sich auch Tiberius aufrecht hin.
BAM! Das Gerippe ließ die Faust aufs Dach krachen.
Im Technikraum zischte etwas.
Die Rückhaltebügel senkten sich und sicherten die drei auf ihren Sitzen.
»Oh nein«, sagte Finn und versuchte, den Bügel wieder hochzudrücken. Er rührte sich nicht, war von einem Sicherheitsmechanismus verriegelt, der zweifellos von jemandem entwickelt wurde, der dabei nicht im Geringsten an Leute gedacht hatte, die randalierenden Monsterskeletten entkommen mussten.
Der Wagen setzte sich in Bewegung.
»Oh nein«, sagte Finn noch einmal, während er weiter versuchte, sich zu befreien.
»Ja«, sagte Tiberius.
»Mir wird schlecht«, sagte Elektra.
Das Gerippe erschien am Ausgang des Startbereichs, bückte sich und wollte wieder versuchen, die Kinder aus dem Tunnel zu greifen. Sein Kopf erschien genau in dem Moment vor dessen Ausgang, als der Achterbahnwagen einen Satz vorwärts

machte, weiterfuhr und dann aus dem Tunnel in den inzwischen dunklen Abend schoss, als wäre er mit einer Kanone abgefeuert worden.
Die Fahrt auf der glitzerndsten Achterbahn der Welt hatte begonnen.

49 Neunund-vierzigstes Kapitel

Finn und die Kinder duckten sich, als der Wagen durch eine Rippe knallte, verlangsamte und die Schienen hinauffuhr. Das Gerippe startete den nächsten Angriff, prügelte wütend drauflos, als er kurz darauf mit einer Irrsinnsgeschwindigkeit wieder abwärtsraste. Finn umklammerte den Haltebügel. Elektra schrie ununterbrochen, ihr sei schlecht. Tiberius riss begeistert die Arme in die Luft, als würde er gerade einen Ausflug ganz woandershin als in die Hölle machen.

Unter normalen Umständen hätte Finn es vielleicht genauso gemacht – vielleicht hätte er sogar zugegeben, dass die glitzerndste Achterbahn der Welt auch die spaßigste war. Aber das hier war kein Spaß. Sie hatten keine Kontrolle über das Ding. Und das Gerippe würde jeden Moment die Schienen vor ihnen

Der Wagen fuhr trotzdem weiter, riss ein paar Finger mit sich und bewegte sich langsam und gleichmäßig auf den höchsten Punkt der Bahn zu, der, wie Finn erst jetzt bemerkte, erschreckend hoch oben lag. Immerhin auch hoch genug, um außerhalb der Reichweite des Gerippes zu sein. Als sie den Scheitelpunkt erreicht hatten, verharrte der Wagen ein paar Sekunden lang. Ein Vogel flatterte vorbei, und Finn wünschte in dem Moment, er könnte auch einfach davonfliegen.

Unten am Boden sah er im bizarren Schein der immer noch blinkenden Lichter Lucien unter dem zertrümmerten Andenkenladen hervorkrabbeln.

»Elektra!«, rief er nach oben. »Tiberius!«

Tiberius winkte seinem Vater zu.

Das Gerippe schien unentschieden, wen es zuerst attackieren sollte. In dem Moment stürzte der Achterbahnwagen mit entsetzlicher Geschwindigkeit nach unten.

Ein Blitzlicht leuchtete auf, und ein automatisches Foto wurde geschossen. Sollte Finn es je zu Gesicht bekommen, würde er das durch die Schwerkraft verzogene Lachen eines Sechsjährigen sehen, der viel zu klein für diese Fahrt war. Er würde Tränen und Panik im Gesicht seiner achtjährigen Schwester sehen, die diese Fahrt niemals machen wollte.

Und er würde sich selbst sehen, mit den Armen über dem Kopf erstarrt, während der Wagen durch den Hüftknochen des Gerippes raste, ihn zerschmetterte, sodass es kurzzeitig schwankte, während es versuchte zu hopsen, was es aber nicht konnte, und stattdessen auf den Boden knallte.

Sein Hinfallen dauerte aber nicht lange. Während die Achterbahn weiter über die Schienen schoss, sammelte es sich rasch und stand wieder auf.
Sie rasten durch einen Blitzlichttunnel und blieben stehen. Abrupt. Komplett. Ungefähr dreißig Meter über dem Erdboden. Wieder Stille. Und Dunkelheit. Das Gerippe blickte sich suchend um, nachdem es sich aufgerappelt hatte, konnte sie aber nicht entdecken.
Da sprühte plötzlich lila funkelnder Glitzer aus beiden Seiten ihres Wagens.
Das riesige Monster sah sie wieder. Es gab keinen Ausweg. Selbst wenn sie aus den Sicherheitsbügeln herausgekommen wären, hätte die einzige Möglichkeit darin bestanden, aus der Achterbahn auf den Boden weit unter ihnen zu springen.
Die Lichter an ihrem Wagen fingen an zu blinken.
Das Gerippe hob den Arm, um sie zu packen, versperrte ihnen den Blick auf die Welt um sie herum.
Dann, urplötzlich, ging es steil bergab. Der Wagen schoss fast senkrecht in die Tiefe und somit aus der Reichweite der Legende hinaus.
Tiberius und Elektra kreischten, natürlich. Sie brüllten so laut, dass Finn nur ihre Schreie hörte, während sie nach unten stürzten.
Er klammerte sich verzweifelt fest, während das Monster über ihnen sich rasend schnell entfernte und der Boden unter ihnen rasend schnell immer näher kam.
KLACK.

Die Fahrt war vorbei. Der Wagen glitt sanft an den Platz, an dem sie eingestiegen waren. Der Sturz in die Tiefe war der letzte Nervenkitzel gewesen. Der sie fast zu Tode erschrecken sollte. Was auch geklappt hatte.

Sie waren wieder im Eingangstunnel. Die Wagenlichter erloschen. Das Gefährt seufzte noch einmal. Die Rückhaltebügel hoben sich. Und alles wurde dunkel.

Finn blickte sich in dem finsteren Tunnel um.

Und begriff etwas.

»Es sind die Lichter«, sagte er zu den Kindern in den Sitzen vor sich.

Die zu sehr damit beschäftigt waren zu plappern, zu jubeln und zu weinen, um zuzuhören.

Finn sprach trotzdem weiter. »Es kann im Dunkeln nichts sehen, deshalb wird es von allem, was leuchtet, angezogen. Das Feuer auf der Verseuchten Seite. Die Funken und blinkenden Lichter hier. Sie locken es an.« Er hievte sich aus dem Achterbahnwagen. Er hatte eine Idee.

»Wo gehst du hin?«, fragte Elektra und wischte sich mit dem Handrücken die Nase ab.

»Etwas total Verrücktes machen«, antwortete er und trat auf den Bahnsteig.

50 FÜNFZIGSTES KAPITEL

Das Gerippe wurde nicht schwächer. Oder brach zusammen. Es zog sich auch nicht in die Erde zurück, von wo es gekommen war.

Stattdessen wurde es immer stärker und stabiler. Jeder Splitter, der von ihm abgefallen war, jeder Knochen, der sich gelockert hatte, fand seinen Weg zurück, fügte sich ein, wo immer er gebraucht wurde. Es wurde von Millionen unsichtbarer Organismen zusammengehalten, die gemeinsam etwas Einmaliges bildeten. Etwas, das so gut wie unzerstörbar war.

Im Freizeitpark hatte es die freie Auswahl. Das Riesenrad zum Beispiel, am äußersten Rand, mit seinem Lichterkranz am dämmernden Abendhimmel. Oder das Kettenkarussell, dessen Sitze mit klirrenden Ketten im Wind schaukelten, während am Mittelteil blinkende Lichter auf und ab sausten. Oder die Geisterbahn, die, grell erleuchtet, ihre Besucher anlockte. Und

zwischen alldem schlich, wenn auch vom Gerippe unbemerkt, Lucien möglichst lautlos durch die Dunkelheit.
Er klammerte sich an die Gantruakugel, von der er jetzt wusste, dass sie ein Amulett enthielt, das ihn beschützen würde. Allerdings ohne die geringste Ahnung, wie, und ohne die geringste Ahnung, was er tun sollte, wenn das Gerippe näher kam.
Und zum ersten Mal sah Lucien aus wie jemand, der wollte, dass das alles vorbei war. Durch das rechte Glas seiner Brille verlief ein Sprung. Sein Kopf war staubbedeckt. Und weil er gerade neben etwas Glitzerndem gestanden hatte, als das Monster zuschlug, funkelten seine wenigenHaare, wenn sie ins künstliche Licht kamen.
Aber das Gerippe hatte ihn scheinbar nicht bemerkt, während er im Schutz der hereingebrochenen Dunkelheit auf den Ausgang zusteuerte.
Die Legende sandte mit jedem ihrer Schritte ein Schaudern durch den Boden, und ihre Knochen klapperten laut und furchterregend. Lucien wäre beinah über einen Stein gestolpert und stellte, als er sich hastig wieder aufrichtete, fest, dass sie fast auf seiner Augenhöhe war. Ihre Aufmerksamkeit galt einem kleinen Spielzeug, das über den Boden rollte. Es war eine hell erleuchtete Ente mit rotierenden Füßen am Bauch, die dem eingestürzten Andenkenladen entkommen war.
Lucien wagte nicht, zu atmen.
Das Gerippe nahm das Spielzeug zwischen das, was man seine Finger hätte nennen können, hielt es sich vors Gesicht, befand es für uninteressant und ließ es wieder fallen. Die Ente landete

auf Luciens Kopf, prallte davon ab und ließ ihn aufschreien. Ganz leise nur, aber dennoch laut genug.

Das Gerippe stand zwar auf Lichter, aber auf Geräusche reagierte es ebenfalls.

Lucien stürzte rücklings hin und ließ Gantrua fallen, der sofort von ihm wegrollte.

»Ich hab's mir anders überlegt«, sagte Lucien, während er versuchte, schnell wegzukrabbeln. »Ich will doch nicht mehr kämpfen.«

Das Monster beugte sich bedrohlich weit zu ihm herunter, hatte das Maul weit aufgerissen.

Lucien bedeckte mit den Händen den Kopf. »Neiiiin ...«

Plötzlich erschien hinter der Legende ein heller Streifen am Himmel, explodierte zu phosphorfarbenem Licht und verschwand.

»He, hier drüben, du Riesen... Riesen... Knochendingsda!«, rief Finn und warf die nun leere Leuchtpistole weg. Seinen Fuß hatte er auf den exsikkierten Gantrua gesetzt.

Das Gerippe drehte sich um und sah ihn.

Aber nicht das, was Finn tat, weckte seine Aufmerksamkeit.

Sondern das, was er anhatte.

Finn hatte sich in eine bunte Lichterkette gewickelt, die rund um seinen Oberkörper rot und weiß und lila blinkte und blitzte. Um die Taille trug er einen funkelnden Leuchtgürtel. Einen zweiten hatte er quer um die Brust geschnallt wie ein Cowboy seinen Patronengurt. Auf seinem Kopf saß ein Smoofy-Horn aus Plastik, das durch LED-Birnchen in seinem Inneren hell erstrahlte. Daneben leuchteten lila Einhornohren. Und auf dem Rücken trug er einen Stachelschweinrucksack mit blinkenden Stacheln.

Niemand im ganzen Smoofy-Land, wahrscheinlich auf dem ganzen Planeten, war so hell erleuchtet wie Finn in diesem Moment. Was immerhin die glühende Schamröte seiner Wangen verdeckte.

»Komm schon!«, rief er und schleuderte ein strahlendes Schwert auf die Legende.

Es prallte wirkungslos von seinem Bein, aber es war auch nicht dazu gedacht, es zu verletzen. Es sollte das Monster dazu bringen, auf ihn loszugehen.

»Tu mir einen Gefallen, Lucien«, rief Finn und hob Gantrua auf, während er gleichzeitig ein Auge auf das sich nähernde Gerippe hielt. »Erzähl nie auch nur irgendjemandem von meinem Einhornhaarreif.«

Er nahm Gantrua fest in die Hand, blieb seelenruhig, als das Monster auf ihn zukam, und warf sich ihm mitten ins Herz.

51 EINUNDFÜNFZIGSTES KAPITEL

Obwohl das Gerippe eigentlich gar kein Herz hatte. Keine Adern, durch die Blut floss. Keine Organe, die unter dem Brustkorb um Platz rangelten.

Da waren nichts weiter als Knochenreihen und die kleinen Zwischenräume, wo ein morsches Stück Knochen das nächste und wieder das nächste traf, bis sie das Teil eines Puzzles bildeten.

Nein, das einzige Herz hier drinnen gehörte Finn. Und es schlug so laut, dass es durch das Innere des riesigen Wesens hallte. Er hörte sein Blut in den Ohren rauschen. Er hatte vom Schweiß ganz glitschige Hände und umklammerte Gantrua wie einen Rugbyball, den er an die Brust drückte, als er sprang.

Er kletterte in Windeseile am Bein des Gerippes hinauf, sprang unter seiner grapschenden Hand hindurch in eine Lücke zwischen seiner Hüfte und seinen Rippen und brachte sein Inneres grell zum Flimmern.

Finn suchte nach einem Halt, griff nach einer Reihe miteinander verbundener Teile, die das Rückgrat des Monsters bildeten, und drückte sich mit dem Fuß an ein paar breiten Knochen ab, die eine Art Becken formten.

Einen kurzen Moment wurde der Brustkorb erleuchtet, und Finn hatte das Gefühl, die winzigen Wesen zu erkennen, die diesen Riesen zum Leben erweckt hatten und millionenfach überall krabbelten und das ganze Gebilde überzogen.

Sie reagierten auf ihn. Die wimmelnden Mikroben entfernten sich von den Brustkorbknochen und bewegten sich auf Finn zu, während er immer höher kletterte, um zu der Stelle zu gelangen, wo der Kopf auf dem Körper saß. Dort, hatte Sulawan doch gesagt, musste das Amulett hin, oder? Finn hoffte nur, Gantrua nicht vorher reanimieren zu müssen. Dazu blieb keine Zeit.

Als er sich nach oben hievte, zuckte die Legende plötzlich, wand sich und schleuderte lose Knochensplitter in die Luft.

Finn zog sich die Lichterkette vom Körper, nahm den Kopfschmuck ab und ließ beides fallen. Das Gerippe schwankte mit Finn in seinem Inneren, mit den Armen rudernd über den Boden, krachte durch einen Zaun, blieb an einem Autoskooterwagen hängen und zerrte ihn mit sich.

Es versuchte, sich in den Brustkorb zu greifen, während einzelne Knochen sich an seine Arme und Finger klinkten, um sie zu verlängern. Eine Hand zerrte an den Rippen, die andere drängte zu Finn hinein.

Finn streckte sich, versuchte, sich größer zu machen. Plötzlich überkamen ihn Zweifel.
Was würde passieren, wenn er versagte?
Wie lange würde es dauern, bis seine eigenen Knochen Teil dieses Monsters wären, wenn er starb?
Egal – die fleischlosen Klauen hatten ihn jetzt fast erreicht.
Noch eine letzte Anstrengung.
Noch ein letzter Versuch.
Der zur Kugel geschrumpfte Gantrua, der das Amulett enthielt, berührte den Nacken des Monsters.
Millionen von Miniaturwesen schrien auf.
Das Gerippe implodierte zu einem Hagel elfenbeinfarbener Späne.

52 Zweiundfünfzigstes Kapitel

Als das Monster fiel, wurde der Freizeitpark erleuchtet.

So hell, dass es das Riesenrad überstrahlte, die glitzerndste Achterbahn und die tanzenden Springbrunnen. Eine Welle aus Licht schoss in einem Kreis nach außen, fegte über ganz Smoofy-Land hinweg, riss keine Erde mit sich, schob keine Luft vor sich her, hinterließ keinen Schaden. Dann verblasste das Licht, verschwand wieder, und das Glitzern des Freizeitparks schien fast dunkel dagegen.

Abgesehen von dem Schauer aus Knochen, der an der Stelle herniederregnete, wo das Gerippe noch kurz zuvor gestanden hatte.

Das jetzt fort war.

Am anderen Ende des Parks stand Emmie unter dem Eingangstorbogen und wurde Zeugin seines plötzlichen Untergangs. Sie überflog die Gegend nach Finn, konnte ihn aber nirgends entdecken.

Nicht auf dem Boden, wo das Gerippe zuletzt gestanden hatte.

Nicht irgendwo in der Nähe.

Es schien, als wäre er fort, zusammen mit dem Monster, das er vernichtet hatte, verschwunden.

53 DREIUNDFÜNFZIGSTES KAPITEL

Als Finn das Genick des Gerippes mit dem Amulett berührte, war die Sache merkwürdig geworden. Noch merkwürdiger jedenfalls.

Genau wie Sulawan gesagt hatte, wurde das Amulett sofort aktiviert, als er es an die Stelle hielt, wo Nacken und Kopf des Gerippes sich trafen. Sulawan hatte ihm allerdings nicht gesagt, dass er die Qualen der kleinen Wesen hören würde, die es aufrecht hielten, dass ein kurzer, Gänsehaut verursachender Ton zu hören sein würde, wenn sie dorthin zurückgeschickt wurden, woher sie gekommen waren.

Finn wusste, dass er aus der Sache nicht in einem Stück wieder rauskommen würde. Nicht in einem Stück von normaler Größe jedenfalls. Schließlich begann das ganze Knochengerüst in einen Hagel aus messerscharfen Splittern zu zerspringen, während er sich mitten darin befand.

Was er seltsam gelassen hinnahm.
Vielleicht hatte er so lange mit der Prophezeiung gelebt, dass er auf den Moment vorbereitet war, wenn er an den Punkt kam, an dem es kein Zurück mehr gab. An dem er sich selbst opfern würde, um andere zu retten, an dem er einen Tod sterben würde, der *ruhmreicher war als alle anderen*. Das besagte die Prophezeiung nämlich.
Vielleicht lag es daran, dass er schon einmal explodiert war.
Vielleicht lag es auch daran, dass er wusste, dass er eines Tages kein Glück mehr haben würde. Oder daran, dass er aus seiner Heimatstadt weggelaufen war und früher oder später ans Ende der Fahnenstange kommen musste.
Vielleicht war er aber auch einfach dadurch abgelenkt, dass er sich im Inneren eines riesigen Wesens befand, das aus den Knochen der Toten bestand.
Woran immer es lag, er war jedenfalls besser auf das Ende vorbereitet, als er gedacht hätte.
Er hatte sein Schicksal akzeptiert und zu einer seltsamen Ruhe gefunden, als die Implosion stattfand.
Dies war das Ende.

Doch er hatte sich geirrt.
Eine große, ziemlich grüne Hand packte ihn plötzlich und zog ihn durch ein Tor. Zurück auf die Verseuchte Seite.

54 VIERUND-FÜNFZIGSTES KAPITEL

Nach dem üblichen und inzwischen – kaum zu fassen – vertrauten Durcheinanderwirbeln seines gesamten Ichs fand Finn sich in den Armen des ganz schön verärgert wirkenden Sulawan wieder.

»Weißt du, wie lange wir diesmal gebraucht haben, um dich zu finden, Junge?«, fragte er und schob sein eines Auge in Finns Sichtfeld. »Deine Fährte ist so schwach geworden, dass der kleine Beag sich echt anstrengen musste mit seinem merkwürdigen Zwischen-den-Welten-durchgucken-Trick.«

Beag hockte verlegen hinter einer von Sulawans mächtigen Waden, und jegliche Begeisterung war aus seinem Blick verschwunden.

Finn lächelte ihn an. Erst da schien Sulawan zu merken, dass er ihn wie ein Baby im Arm hielt, und stellte ihn schnell auf die Asche der Verseuchten Seite.

Finn hielt immer noch Gantrua fest, so fest, dass einige seiner Fingernägel splitterten.

»Ich bin ja so froh, euch beide zu sehen«, sagte Finn und atmete tief durch, um die vertraute, inzwischen nachlassende Übelkeit zu bekämpfen.

Sie standen an einem besonders düsteren Platz neben einer Anhöhe – die wohl auch der Grund war, dass sie ihn von so weit oben in seiner Welt hatten packen können –, wo das Grau des Bodens und des Himmels sich zu gleichen schienen. Das Tor hatte sich geschlossen. Finn hatte es noch nicht einmal bemerkt, so eng umschlungen hatte er in Sulawans riesigen Armen gelegen.

»Ich habe das Gerippe aufgehalten«, verkündete er stolz.

»Wirklich?«, fragte Sulawan interessiert.

Beag lugte hinter seinem Bein hervor.

»Ich glaube es jedenfalls«, antwortete Finn. »Ich war gerade dabei, als du mich gepackt hast.«

In dem Moment erst fiel ihm auf, dass Sulawan einen Toröffner in der linken Hand hielt.

»Großartig, du hast Kristalle«, sagte er. »Dann kannst du mich ja wieder nach Hause bringen. Möglichst weit weg von hier, damit ich mir überlegen kann, was ich als Nächstes mache.«

Ihm war etwas schwindelig. Vielleicht von der Anstrengung im Gerippe. Oder von seiner Flucht. Oder einfach vor Müdigkeit.

Und Hunger. Denn plötzlich merkte er, wie hungrig er war.
»Irgendwo in der Richtung dahinten stand eine Burgerbude – das wäre eine gute Stelle.«
Da fiel ihm auf, dass Sulawan in der rechten Hand noch etwas anderes hielt.
»Ist das etwa ein Messer?«, fragte er.
Sulawan brauchte nicht zu nicken, ein leises Grunzen reichte als Antwort.
Finns Schwindel legte sich langsam.
»Sind wir denn in Gefahr?«, fragte er und sah sich um. »Ist das Gerippe hier auch aufgetaucht?«
Sulawan schüttelte den Kopf, beugte sich zu ihm herunter, während sich der Blick seines einen Auges in seine Stirn bohrte.
»Du hast dich wacker geschlagen, als du diesen Gashadokuro erledigt hast. Ziemlich beeindruckend für so einen Hänfling wie dich.«
»Danke«, antwortete Finn.
»Du hast mir sogar einen Job abgenommen, auf den ich nicht sonderlich scharf gewesen bin«, sagte Sulawan. Er spuckte den Stein aus dem Mund, und der prallte vom harten Untergrund ab wie ein Geschoss.
Beag zuckte zusammen.
»Aber, und was das betrifft, muss ich ehrlich zu dir sein, Junge«, fuhr Sulawan fort, »ich habe noch einen anderen Job zu erledigen. Also hör gut zu, Folgendes wird jetzt passieren.«
Eigentlich hätte es ein Moment des Triumphs für Finn sein sollen, stattdessen kam ihm Sulawan immer bedrohlicher vor.

»Wo sind Cornelius und Hiss?«, fragte er.
»Du wirst mir jetzt Gantrua geben«, sagte Sulawan, »und dann benutze ich diesen Toröffner, um dich nach Hause zu schicken, und wir verlieren kein Wort mehr darüber.«
»Wozu brauchst du Gantrua jetzt noch? Das Gerippe ist doch weg. Du brauchst das Amulett nicht mehr. Du brauchst diesen ganzen Kerl nicht mehr.« Finn hielt den exsikkierten Gantrua in die Höhe. »Warum solltest du ihn haben wollen?«
Sulawan blitzte Finn an, und das eine Auge war ihm jetzt so nah, dass er die kleinen roten Äderchen darin sehen konnte, wie kleine Flussarme in einer weißen Landschaft. »Ich könnte jetzt sagen, es sei wegen der Ehre oder als Zeichen des Sieges unserer Spezies im ewigen Kampf gegen die verdorbenen Menschen und so weiter und so fort«, antwortete er. »Aber die Wahrheit ist viel einfacher. Beag?«
»Gantrua hat uns mehr dafür bezahlt, ihn zu befreien, als die anderen uns dafür bezahlt haben, ihn zu beschaffen und gegen das Gerippe einzusetzen«, erklärte Beag fast entschuldigend.
»Da hörst du's«, sagte Sulawan nüchtern. »Wir sind Söldner, und wir arbeiten für den, der uns anheuert. Cornelius und Hiss haben uns bezahlt, um ihnen zu helfen. Aber Gantrua hatte uns vorher schon bezahlt, um ihm zu helfen, falls er es zurückschaffen würde. Jeder macht also ein gutes Geschäft. Na ja, also *wir* machen ein gutes Geschäft, und jetzt übergib ihn mir.«
»Das wäre nicht richtig«, antwortete Finn.
»Hör zu, Junge, du hast ganze Arbeit geleistet, als du den Gashadokuro erledigt hast«, sagte Sulawan. »Du hast uns gerettet.

Und wahrscheinlich deine Prophezeiung erfüllt – ist dir der Gedanke etwa nicht gekommen?«

Das ergab irgendwie Sinn für Finn. Er hoffte, dass es stimmte und er diese Prophezeiung endlich los wäre.

»Also könntest du jetzt einfach mit dem Leben weitermachen, das du verlassen hast, bloß in dem Wissen, dass du zwei Welten gerettet hast«, sagte Sulawan. »Das ist doch nicht zu verachten.«

Sulawan wischte sich die Nase mit dem Handrücken ab. »Es ist nichts Persönliches, Junge, verstehst du? Nichts gegen dich. Nichts gegen Cornelius-Schlangenarsch. Nichts gegen die unglücklichen Seelen, die dich für wichtig halten. Nein. Ich bin bloß ein Geschäftsmann. Und das ist nur ein Job. Wenn du oder ihr oder sonst wer mir mehr bezahlt hättet, würde ich tun, was immer ihr wollt. Aber das habt ihr nicht, also läuft die Sache jetzt so. Beag und ich kriegen aber nur unser Geld, wenn du mir Gantrua übergibst und ich meinen Job zu Ende bringen kann. Wenn nicht, dann …«

Er hielt den Toröffner in der einen und das Messer in der anderen Hand hoch. »Na ja, ich bin dein einziger Weg hier raus«, sagte er. »Es liegt an dir, wofür du dich entscheidest.«

Sulawan hob mit einer Was-willst-du-jetzt-tun?-Geste die Hände noch höher und blickte sich um, als wollte er betonen, dass nur sie drei anwesend waren, obwohl Beag sich so weit wie möglich hinter seinem Bein außer Sichtweite hielt. Als würde er sich schämen.

Finn wusste sofort, dass ihm keine Wahl blieb. Aber ihn be-

schäftigten noch so viele Fragen. Eine ganz besonders. »Was wirst du tun, wenn ich dir Gantrua gebe?«
»Bleib doch hier, dann zeigen wir es dir«, knurrte Sulawan.
Finns Optionen beschränkten sich darauf, Gantrua auszuhändigen oder ihn aus der Hand gerissen zu bekommen. Und dabei womöglich noch die Hand vom Arm. Er rief sich außerdem in Erinnerung, dass es sich nur um die exsikkierten Überreste Gantruas handelte und dass keine Reanimationsflüssigkeit dabei war. Außerdem hatte er vor langer Zeit einmal eine Flugschlange hier reanimiert, und es hatte nicht halb so gut geklappt wie zu Hause, sondern zu einem schrecklich mutierten Etwas geführt.
All das führte Finn zu der Überzeugung, das zu tun, was ihn am wenigsten wahrscheinlich eines seiner Gliedmaßen kosten würde. Widerwillig händigte er Gantrua aus.
Sulawan belohnte das mit gewissem Respekt. »Gute Entscheidung, Junge«, sagte er und musterte die Kugel. »Das passiert also, wenn ihr einen von uns schrumpft.«
»Vielleicht kannst du ja eines Tages selbst einmal die Erfahrung machen«, antwortete Finn, ein wenig verstört über seine eigene Frechheit.
Sulawan lächelte ein bisschen und steckte das Messer in seinen Gürtel. Er zog einen frischen Stein aus der Tasche, untersuchte die Enden, entschied sich, welches davon er in den Mund stecken wollte, und nahm den Stein zwischen die Zähne.
Dann hielt er Gantrua in der linken Hand und ließ den Toröffner durch seine rechte gleiten.

»Beag«, sagte er, und der Kobold erschien hinter Sulawans Bein, das doppelt so breit war wie die Spannweite seiner Arme. Da erst bemerkte Finn, dass er etwas dabeihatte. Eine breite, runde Muschel, die geschlossen war und aus der auf jeder Seite ein Dorn ragte.

Beag legte sie auf den holprigen Boden und brach sie vorsichtig auf. Im Inneren befand sich eine weiche, matschgrüne Substanz.

»Gantrua hat einen Troll, der den ganzen Wissenschaftskram für ihn erledigt«, erklärte Sulawan. »Staub mischt. Die Luft kitzelt. All so was. Er hat euren halb toten Menschen in diese Welt geholt.«

»Mr Glad?«, fragte Finn.

»Habt ihr ihn so genannt? Na ja, Gantrua hat ihn jedenfalls an etwas arbeiten lassen, bevor er weg ist. Hieran ...« Er wälzte den exsikkierten Fomorianer in der geöffneten Muschel und überzog ihn mit der klebrigen Masse, »Glibber.«

Als die Kugel vollständig bedeckt war, erhob Sulawan sich und rieb sich die Hände am Bein sauber. »Der Troll hat mich auch gewarnt, nicht meine Finger abzulecken, sonst könnte mein Kopf plötzlich die Größe eines Berges kriegen.« Er beugte sich zu Finn herunter. »Als ob das irgendwem auffallen würde«, sagte er und lachte über seinen eigenen Witz.

Dann legte er die Kugel auf den Boden. Sie hopste wie eine Springbohne. Sie rollte. Schüttelte sich. Zuckte.

»Wir sollten lieber ein bisschen zurücktreten«, sagte Beag und huschte davon.

Gantrua entfaltete sich.
Er wurde höher, breiter, streckte sich langsam. In Beine, in Hüften, in Brust, aus der sich Arme breiteten, und schließlich, wie eine Blüte, die ans Tageslicht strebt, sein Kopf und sein Gesicht.
Doch irgendetwas stimmte nicht.
Es war zwar Gantrua, der da stand. Allerdings zusammengesetzt wie ein zerbrochener Tontopf. Er wirkte entstellt, mit einem Zahn, der sich durch seine Wange presste, mit Händen, die eher wie Klauen aussahen, und mit Muskeln, die an seiner Brust eine große Beule bildeten. Dicke Sehnen durchzogen das Leder seiner Rüstung, und die Metallplatten waren eingedellt und halb geschmolzen.
Man hörte das Knacksen der Muschel, als Gantrua sie zertrat.
Finns Mund stand so weit offen, dass es schon schmerzte.
»Das ist gar nicht gut«, sagte Sulawan und packte ihn an den Schultern, was sich anfühlte, als wäre er eine Tube Zahnpasta, die gerade ausgequetscht wird.
»Es war mein Ernst, als ich sagte, es ist nichts Persönliches, Junge«, sagte Sulawan. »Es war auch mein Ernst, als ich sagte, du könntest zurück. Du bist ein tapferer kleiner Bursche. Und gar kein übler. Du hast gerade etwas Gewaltiges und Grässliches und sehr Gefährliches aufgehalten und bist fast dabei draufgegangen. Du hast uns alle gerettet. Vielleicht hast du es jetzt geschafft. Vielleicht hast du diesen ganzen Prophezeiungs-Deal erfüllt. Also, hör auf meinen Rat und verschwinde, solange du noch kannst.«

Gantrua schlug die Augen auf. Eins davon saß so tief in seiner Höhle, als wäre es hastig hineingedrückt worden.
»Gantrua kommt jeden Moment zu sich und wird nicht sonderlich erfreut sein«, sagte Sulawan und hielt den Toröffner hoch. »Das willst du lieber nicht miterleben.«
Funken sprühend und mit dem inzwischen vertrauten Schrei der ahnungslosen Feuerraupe barst ein Tor in die Luft.
»Nur eins noch«, fuhr Sulawan fort. »Jetzt, wo er wieder da ist, wird es hier ziemlich ungemütlich. Sorg dafür, dass sie auf deiner Seite aufhören, Tore zu öffnen, sonst wird es für euch da drüben auch ziemlich ungemütlich. Und sorg dafür, dass du nicht wieder hier landest. Du hast nicht immer jemanden, der dich im letzten Moment rettet. Verstanden?«
Finn nickte.
»Gut«, sagte Sulawan.
In dem Moment stieß Gantrua ein Gebrüll aus, das den Erdboden erzittern ließ und eine Staubwolke aufwirbelte.
Und Sulawan schob Finn durch das Tor nach Hause.

55 FÜNFUNDFÜNFZIGSTES KAPITEL

Finn war zurück in Smoofy-Land.

Er presste sich mit dem Rücken an einen lila glitzernden Zaun und benutzte seine letzten Kraftreserven, um sich in eine sitzende Position zu bringen.

So oft hatte er nun schon die Welten gewechselt, war in verschiedene Realitäten gezerrt worden, aber daran gewöhnen würde er sich nie.

Im Gegensatz zur Verseuchten Seite, wo plötzlich Gantrua in der verwüsteten Landschaft stand, war hier in Smoofy-Land nach dem Kampf mit dem Gerippe Frieden eingekehrt. Es herrschte fast perfekte Ruhe. Ein Teppich aus Knochen bedeckte den Boden, aber nirgends war ein Laut zu hören, nirgends eine Bewegung zu sehen.

Finn beneidete das Reinigungspersonal des Freizeitparks nicht. All die Knochen, die sie aufsammeln mussten. Bestimmt fanden sie noch wochenlang welche. Kinder würden sie aus ihren Hamburgern picken, aus dem kleinen See fischen oder aus den Regalen in Smoofys Glitzermarkt ziehen.

Während er da so in der Abendkühle saß, hätte Finn sich fast einbilden können, er würde sich nach einem aufregenden Tag im Freizeitpark einfach nur ausruhen. Er hätte Lust gehabt, sich ein Eis zu holen – bis er sich rührte und merkte, dass er im Grunde so abgekämpft war, dass er am liebsten einfach für den Rest seines Lebens so sitzen bleiben würde. Vielleicht konnte er sich ja dann eins holen.

Da hörte er ein Geräusch. Schritte. Er stöhnte und fragte sich, wer da wohl jetzt schon wieder etwas von ihm wollte.

»Nicht jetzt«, bat er. »Bitte lasst mich einfach mal in Ruhe.«

»Finn ...«

Er blickte sich rasch um, ohne den Schmerz zu beachten, der durch seine kraftlosen Schultern zuckte. Er lachte ein bisschen. »Emmie.«

Sie stand an der Ecke, neben einem Verkaufsautomaten mit Süßigkeiten. Finn hatte immer noch Hunger.

»Du hättest es sehen sollen«, sagte er und versuchte, sich aufzurappeln. »Du wärst begeistert gewesen. Total begeistert.«

Er stöhnte, als er sich aufrichtete, so wie er manchmal

seinen Dad stöhnen hörte, auf diese übertriebene Art, wie Väter das tun, wenn sie sich bücken müssen, um etwas aufzuheben.

»Knochen. Legenden. Zertrümmerte Sachen. Meine dramatische Rettung.« Er lächelte, als er daran dachte, und war ein bisschen enttäuscht, dass sie sein Lächeln nicht erwiderte. »Allerdings ist Gantrua zurück. Dort drüben.« Er deutete ins Leere.

»Finn, ich bin froh, dass es dir gut geht, aber du solltest jetzt besser mitkommen«, sagte Emmie ernst.

Finn neigte den Kopf und versuchte, ihre Gedanken zu lesen. »Ich dachte, du wolltest nichts mehr mit mir zu tun haben nach all dem. Du hast gesagt, du würdest mir nicht vertrauen.«

»Ich musste mir einfach ganz sicher sein, das ist alles.«

»Und, bist du das jetzt?«, fragte er und ging ein Stück auf sie zu.

Emmie wich einen Schritt zurück.

»Nein«, stellte er fest. »Bist du nicht.«

»Du hast Dinge getan, die du nicht hättest tun dürfen, du hast einige verrückte Entscheidungen getroffen«, antwortete sie. »Es war ziemlich schwierig für mich. Ich musste mir erst mal selbst über alles klar werden.«

»Stimmt, ich habe ein paar verrückte Entscheidungen getroffen«, gab Finn zu. »Aber das hatte seine Gründe. Ich hoffe, das weißt du.«

»Ich habe eine Menge rausbekommen«, sagte Emmie. »Komm.«

Sie setzte sich in Bewegung, und Finn folgte ihr vorsichtig.

Da fiel ihm etwas ein, und er blieb stehen.

»Weißt du eigentlich, dass sie dich Rote Kriegerin nennen?«, sagte er lächelnd.

»Wer?«, fragte sie, ohne langsamer zu werden, als sie durch die bizarr blinkenden Lichter des halb zerstörten Freizeitparks lief.

»Die Legenden«, sagte Finn und ging wieder weiter. »Sie verehren dich – einige jedenfalls – aber sie …« Er fing an zu lachen, woraufhin seine Rippen schmerzten. Er konnte trotzdem nicht damit aufhören. »Sie streiten darüber, ob du stinkst oder nicht.«

Emmie schien beleidigt und verwirrt zugleich.

»Keine Sorge, ich hab ihnen gesagt, dass du das nicht tust«, sagte Finn. »Glaube ich jedenfalls. Es ist bloß, weil wir eine Menge Sachen zurückgelassen haben, als wir das letzte Mal auf der Verseuchten Seite waren, und sie glauben, dass diese Gegenstände wichtig sind. Schulbücher und so was. Es ist irgendwie verrückt.« Er zuckte zusammen.

»Ich weiß Bescheid«, antwortete Emmie. »Über einen Teil davon zumindest. Auf der ganzen Welt sind Sachen von uns aufgetaucht. Sie haben mir davon erzählt, aber jetzt müssen wir gehen. Komm mit, dann erkläre ich dir alles.«

»Ich mache dir keinen Vorwurf, weil du mich allein gelassen hast«, sagte Finn und schleppte sich hinter ihr her. »Ehrlich nicht.«

Emmie senkte den Kopf. »Es musste sein«, antwortete sie. »Ich wollte dich nie im Stich lassen. Es ging immer darum, Darkmouth zu retten. Dich. Uns alle.«

»Na ja, für mich ist das jetzt alles futsch«, antwortete Finn. »Ich mach mir da wenig Hoffnungen. Darkmouth gehört euch, wenn ihr es wollt.«
»Finn ...«, begann Emmie, wurde aber unterbrochen, bevor sie den Satz beenden konnte.
»Ihr da«, sagte Lucien, der zwischen verstreuten Teddys und zerdrückten Plastikeinhörnern stand.
Seine dünnen Haare standen nach allen Seiten ab, und seine Brille war gesprungen.
Er schien gleichzeitig wütend und schockiert.
Elektra und Tiberius waren neben ihm, jeder auf einer Seite.
Elektra wirkte mit dem einen übrig gebliebenen Rattenschwanz kleinlaut und sah aus, als wollte sie nach Hause.
Tiberius war ganz aus dem Häuschen und sah aus, als wollte er das nicht.
Hinter ihnen tauchten weitere staub- und schmutzverschmierte Gehilfen auf und kamen langsam auf sie zu. Axel war unter ihnen. Die Wissenschaftler Scarlett und Greyson ebenfalls. Sie wirkten verstört, unsicher, als hätten sie sich verlaufen und bräuchten Anweisungen und Schutz.
Finn seufzte. »Na bitte.«
»Sie hätten sterben können«, fauchte Lucien. »Dein riesiger, knochiger Freund hätte sie umbringen können. Hätte uns alle umbringen können.«
Finn war so erschöpft, dass er eigentlich keine Energie mehr hatte, Lucien die Stirn zu bieten. Aber irgendwie schaffte er es trotzdem.

»Ihr habt mit den Toren herumexperimentiert«, antwortete er. »In Darkmouth. Hier. Soviel wir wissen, in Heimgesuchten Orten auf der ganzen Welt. *Ihr* habt dieses Monster hergebracht. Nicht ich.«

Lucien blickte sich nach seinen Gehilfen um. Es war nicht zu übersehen, dass sie auf Befehle warteten, darauf, dass jemand ihnen sagte, was zu tun sei.

»Interessante Theorie«, sagte Lucien.

»Ich kann es beweisen«, erwiderte Finn. Die Kamera war zwar zertreten, aber er dachte an den Laptop, den er sicher im Schornstein in dem verlassenen Gebäude in Metzelstadt verstaut hatte.

»Meinst du etwa hiermit?«, fragte Lucien und zeigte auf einen Gehilfen, der den Rucksack in der Hand hielt, von dem Finn zumindest geglaubt hatte, er sei sicher verstaut.

Seine Hoffnung schwand auf der Stelle dahin.

»Ich habe da eine andere Theorie«, sagte Lucien. »Danach haben wir wissenschaftliche Experimente mit Kristallen durchgeführt, um herauszufinden, wie sie funktionieren. Wir haben daran gearbeitet sicherzustellen, dass sich keine Tore mehr öffnen, während du die ganze Zeit unterwegs warst, um mit den Legenden gemeinsame Sache zu machen und dieses Monster in unsere Welt zu bringen, damit es uns alle umbringt.«

»Glaubst du das etwa wirklich?«, fragte Finn leise und spähte in der Hoffnung, etwas zu essen zu finden, auf den Schutt. Er hatte einen Bärenhunger.

Lucien wirkte beunruhigt, blickte auf seine Kinder, dann wieder auf die angeschlagenen Gehilfen mit ihren zerrissenen Hosen, schiefen Krawatten und blutbespritzten Hemden hinter sich. »Ich glaube, es gibt zwei Theorien. Eine beschuldigt mich. Und eine beschuldigt dich.«

Finn entdeckte eine kleine lila Tüte auf dem Boden. Eine Packung Smoofy-Schokolinsen.

»Ach, endlich«, sagte er erleichtert. Als er sie jedoch aufhob, purzelten sämtliche Schokolinsen aus dem aufgeplatzten Tütenboden. Er stöhnte.

»Und für alles, was du da über mich behauptest, hast du absolut keinen Beweis«, folgerte Lucien. »Das ist mit ziemlicher Sicherheit dein Ende. Der letzte Abschnitt in deinem Eintrag in *Die berühmtesten Legendenjäger*. Die letzte Zeile, bevor sich die schwarze Seite über deinen Platz unter den Verrätern legt.«

Finn sank wieder erschöpft zusammen.

»Ich weiß nicht«, sagte Emmie. »Vielleicht ist da ja noch etwas? Noch ein paar Sätze, die der Verfasser von *Die berühmtesten Legendenjäger* hören sollte, bevor das große Werk gedruckt wird? Irgendetwas wirklich Interessantes?«

Aus den Lautsprechern des Freizeitparks war plötzlich ein Kratzen und Quietschen zu hören, dann ertönte eine Stimme.

»Ist das Ding an?«, fragte Estravon über die Anlage und löste eine schrille Rückkopplung aus, die im ganzen Park zu hören war.

»Was geht hier vor?«, fragte Lucien.

»Wartet nur ab«, sagte Emmie gleichermaßen zu Finn und zu Lucien und allen anderen Anwesenden. »Was jetzt kommt, ist echt spitze.«
»Also, gut«, ertönte Estravons hallende Stimme. »Drücken wir ›play‹.«

56 SECHSUND-FÜNFZIGSTES KAPITEL

Ein RRRTSCHSCH! schallte über ganz Smoofy-Land, so laut, als entstünde gerade ein Riss im Universum.

Es war aber kein Riss im Universum. Es war das Geräusch eines Reißverschlusses, der geöffnet wurde. Eines ganz gewöhnlichen Reißverschlusses, hochverstärkt auf eine ohrenbetäubende Lautstärke.

»Das war die Tasche, die aufgemacht wurde«, sagte Emmie.

»Welche Tasche?«, fragte Finn.
»Moment«, antwortete Emmie lächelnd.
Ein PLUMPS.
»Der Apfel landet auf dem Tisch«, erklärte Emmie.
Lucien versuchte den Eindruck zu erwecken, als sei das Ganze nur irgendein alberner Scherz, den er noch erdulden musste, bevor er mit der wichtigen Aufgabe weitermachen konnte, Finns Leben zu zerstören. Doch als er seine paar Haare glatt streichen wollte, schwitzten eindeutig seine Handflächen.
»Passiert da auch noch irgendwann etwas?«, fragte er. »Oder stehen wir hier nur rum und warten, bis der Krach uns alle wahnsinnig macht?«
»Moment«, sagte Emmie.
»Die Kristalle funktionieren nicht«, sagte da jemand, der auf Band aufgenommen war, so laut, dass die Vögel von einem in der Nähe stehenden Plastikbaum aufflogen.
Das letzte Wort schallte laut durch den Freizeitpark. Es war Axels Stimme. Alle drehten sich zu der Stelle, wo er mit zerrissener Jacke zwischen den anderen stand. Er rieb sich die Stirn und senkte den Kopf.
»Wir haben mit dem Staub aus dieser Höhle in Darkmouth schon so viele hergestellt, aber wir konnten noch kein einziges nennenswertes Tor öffnen«, fuhr seine Stimme fort.
Luciens Augen hatten sich geweitet, aber er versuchte nach außen hin immer noch die Ruhe zu bewahren, von der Emmie wusste, dass sie nur gespielt war.
»Warum klappt es denn nicht?«, fragte jetzt eine zweite Stimme.

Die Lucien nun wirklich aufhorchen ließ. Denn es war seine eigene.

»Das wissen wir nicht. Wir haben alles versucht. Jede erdenkliche Brausemischung. Verschiedene Geschmacksrichtungen. Unterschiedliche Farben. Wir haben Marmelade verwendet, Erdnussbutter, Schokocreme. Alles Mögliche. Wir haben getan, was wir konnten, aber es passiert nichts weiter, als dass sich für ein, zwei Sekunden Tore öffnen. Und nur kleine noch dazu.«

»Es muss klappen, Axel«, sagte Lucien. *»Ich werde nicht mein Leben lang hinter einem dämlichen Schreibtisch sitzen. Und ich bezweifle, dass du Lust hast, zu deiner spannenden Tätigkeit im Amt für Snacks und Verpflegung zurückzukehren.«*

»Stell das sofort aus«, forderte Lucien Emmie auf.

»Auf keinen Fall. Gleich kommt meine Lieblingsstelle«, erwiderte Emmie, und Finn sah, dass sie inzwischen lächelte.

»Wir haben diesen Staub in sieben Erdteilen benutzt, in allen Heimgesuchten Orten, die wir kennen, und haben versucht, dort Tore zu öffnen«, war wieder Luciens Stimme zu hören. *»Wenn es irgendwo funktioniert, dann hier, in dieser miesen Kleinstadt.«*

»Lucien, sollten wir das Ganze nicht lieber sein lassen? Es könnte gefährlich werden. Ist es denn richtig, weiter mit dem Gewebe zwischen den Welten zu experimentieren?«, fragte Axel. *»Was, wenn dabei etwas furchtbar schiefgeht? Wenn irgendetwas Schreckliches hindurchkommt?«*

»Und jetzt passt genau auf«, sagte Emmie mit einer Spur Dramatik in der Stimme. »Die nächste Stelle, *die* ist die beste.«

»Reißt den kompletten Himmel auf, wenn es nötig ist«, sagte Lu-

cien. *»Lasst jede Legende rein, die ein Stück von dieser Welt haben will. Aber öffnet diese Tore.«*

»Was, wenn jemand verletzt wird?«, fragte Axels Stimme.

»Hier geht es um einen Krieg. Da werden Menschen verletzt. Wir sind zum Kämpfen bestimmt!«

»Jepp«, sagte Emmie und konnte ihre Genugtuung kaum verbergen. »*Das* ist meine Lieblingsstelle.«

»Das ist ein Trick«, sagte Lucien, als die Stimmen verklungen und wieder den Hintergrundgeräuschen gewichen waren. »Das ist auf keinen Fall echt.« Aber sein überhebliches Auftreten hatte einen Knacks bekommen. Die Gehilfen hinter ihm begannen unruhig zu werden und bewegten sich langsam von ihm weg. Lucien wirkte erschrocken und machte plötzlich ein Gesicht wie einer, der auf frischer Tat ertappt wurde und nirgends mehr hinkonnte.

Aus dem Lautsprecher kam jetzt das Geräusch einer Tür, die aufging.

»Meine Jacke!«, war Emmies Stimme zu hören.

»Das klingt ja komisch«, sagte sie zu Finn. »Höre ich mich wirklich so an?«

»Die hab ich ganz vergessen, Entschuldigung.«

»Jetzt wirst du niemals zur Legendenjägerin«, sagte Lucien mit vor Wut zuckenden Wangen.

»Diese Sache wird ziemlich gut für dich ausgehen«, widersprach seine aufgezeichnete Stimme.

Dann war die Aufnahme zu Ende, wich dem leeren Rauschen der Lautsprecher.

»Soll ich es jetzt ausstellen?«, war plötzlich Estravons Stimme zu hören und ließ alle zusammenzucken.
»Ach, ich kann euch ja hier nicht hören. Ich stelle es aus. Ich stelle es jetzt aus …«
Und mit einem GSCHTTT! verstummte die Anlage.
»Nehmt dieses Kind fest«, befahl Lucien seinen Gehilfen. »Nehmt sie beide fest.«
Plötzlich gingen die Lautsprecher wieder an.
»Übrigens, Lucien«, erklang Estravons Stimme, »was du da mit den Experimenten außerhalb von Darkmouth gemacht hast, war gegen die Vorschriften. Gegen alle Vorschriften. Aber das weißt du wahrscheinlich schon.«
Die Lautsprecher verstummten wieder.
»Nehmt diese Verräter fest«, verlangte Lucien noch einmal.
Seine Gehilfen rührten sich nicht. Seine wahren Machenschaften waren aufgedeckt worden, und ihre mit ihnen.
»Gemäß Strafmaßnahme hundertsechsundzwanzig der Vorschriften über Verrat befehle ich euch …«
Lucien beendete den Satz nicht. Es war sinnlos.
Die Gehilfen wichen vor ihm zurück.
Als er merkte, dass sie es nicht selbst tun würden, ließ Lucien Elektra und Tiberius stehen, schnappte sich einen Exsikkator und richtete ihn abwechselnd auf Finn und Emmie.
Den Gehilfen stockte der Atem, und sie wichen noch weiter vor Lucien zurück.
Finn zuckte auch ein wenig zusammen, Emmie jedoch blieb angesichts der Bedrohung völlig ruhig.

»Ich mache das für unsere Zukunft«, sagte Lucien. »Ich habe nicht gewollt, dass meine Kinder in die Sache verwickelt werden, wie sehr sie meine Geduld auch strapazieren. Ich will nur, dass sie, dass *wir*, unsere Bestimmung als Legendenjäger erfüllen können. Jeder von uns. Elektra und Tiberius. Ich.«
Er hatte immer noch den Exsikkator in der Hand.
Weder Finn noch Emmie sagten irgendetwas.
»Ich kann einfach nicht zulassen, dass ihr mir das nehmt. Ich kann immer noch diese Aufnahme in die Finger kriegen und zerstören. Was dann? Kein Mensch wird euch glauben, nach allem, was ihr getan habt, nach all euren Ausflügen auf die Verseuchte Seite. Ihr könnt schreien und schreien und schreien, aber niemand wird auf euch hören.«
Emmie trat vor.
»Du hast vielleicht recht damit, dass auf uns niemand hören würde«, sagte sie zu Lucien. »Aber auf *sie* würden sie hören.«
Emmie zeigte auf die Anhöhe am Eingang zum Smoofy-Land.
Da stand jemand.
Es war eindeutig eine Frau, deren Gestalt sich vor den blinkenden Neonlichtern des Torbogens abzeichnete. Sie hatte etwas in der Hand. Vielmehr in beiden Händen. In der linken etwas, das aussah wie ein kleiner Notizblock. In der rechten einen Stift, mit dem sie gerade etwas aufschrieb.
»Ihr Name«, erklärte Emmie, während sich ihre Stimme vor Freude hob, »ist Tiger-Eins-Zwölf. Sie arbeitet für *Die berühmtesten Legendenjäger von der Antike bis heute*. Man hat sie geschickt, um Nachforschungen anzustellen, was hier passiert,

und um den Eintrag zu schreiben, auf den alle warten. Sie hat alles recherchiert. Und sie hat gerade alles mitgehört.«

Sämtliche Blicke lagen jetzt auf Tiger-Eins-Zwölf.

»Ich würde sie an deiner Stelle lieber nicht angreifen«, warnte Emmie Lucien. »Sie ist nicht allein.«

Neben Tiger-Eins-Zwölf erschien eine zweite Person und marschierte in voller Kampfmontur auf den Platz. Stark, entschlossen und – selbst aus dieser Entfernung zu erkennen – offensichtlich sehr, sehr wütend.

»Dad«, sagte Finn, und eine Welle der Erleichterung überkam ihn.

Da ließ Lucien endlich den Exsikkator sinken.

57 SIEBENUND-FÜNFZIGSTES KAPITEL

Da standen sie nun.
Auf der einen Seite die immer noch verwirrten Gehilfen.
Auf der anderen Seite Finn und Emmie. Finn fühlte sich irgendwie befreit, als hätte man eine schwere Last von seinen Schultern genommen.
Auf der gegenüberliegenden Anhöhe warteten Tiger-Eins-Zwölf und Hugo.
Lucien stand abseits von allen. Man konnte beinah sehen, wie sich die Rädchen in seinem Hirn drehten.
Er stellte Berechnungen an, versuchte seinen nächsten Schachzug zu planen. Er schob

sich die gesprungene Brille auf der Nase nach oben, strich sich die Haare glatt, setzte an, um etwas zu sagen, überlegte es sich in letzter Sekunde aber anders. Dann drehte er sich um und wollte seinen Gehilfen Befehle erteilen.
Doch bevor er überhaupt anfing zu reden, liefen sie weg, verließen hastig den Schauplatz, hatten sich längst entschieden. Sie waren zu dem Schluss gekommen, dass es besser für sie sei, zu verschwinden.
Wie Kellerasseln, dachte Finn, die hektisch auseinanderrennen und nach Schutz suchen, wenn man den Stein hochhebt, unter dem sie leben, und sie plötzlich dem Licht ausgesetzt sind.
Lucien schob die Zungenspitze zwischen die Zähne, ballte die Hände zu Fäusten und öffnete sie schnell wieder, um nicht so auszusehen, als wäre er geschlagen. Und versagte kläglich.
Schließlich öffnete er den Mund, um etwas zu sagen, wurde jedoch von Kindergeschrei unterbrochen.
Elektra und Tiberius hatten einen Schwertkampf mit herumliegenden Knochen begonnen.
»Aua!«, kreischte der Junge und fing an zu weinen, weil seine Schwester ihn zu fest getroffen hatte. Er hob einen Schädel auf und schleuderte ihn nach ihr. Dann rannte er, Elektra dicht auf den Fersen, Richtung Smoofy-Land-Ausgang davon.
Mit einem letzten tiefen Seufzer wandte Lucien sich um und lief Elektra und Tiberius hinterher.
»Lucien!«, rief Finn ihm nach. »Fahr nicht zurück nach Liechtenstein, ohne uns die Schlüssel für unser Haus dazulassen.«

58 ACHTUNDFÜNFZIGSTES KAPITEL

Finn setzte sich wieder hin. Sackte im Grunde fast zu Boden, so erschöpft fühlte er sich.

Es machte ihm nichts aus, dass er sich in einem halb zerstörten Freizeitpark befand und von den Überresten Hunderter alter Skelette umgeben war. Es machte ihm offenbar noch nicht einmal etwas aus, dass er beim Hinsetzen den singenden Smoofy-Glitzergürtel einschaltete, den er vergessen hatte abzunehmen.

»Smoofy saust durch seine Welt,
zaubert, was ihm so gefällt.
Smoofy! …«

Emmie lachte und setzte sich neben ihn.

»Also«, sagte Finn kopfschüttelnd,

»jeder hat hier so ungefähr jeden verschaukelt. Jeder hatte Geheimnisse vor jedem. Niemand ist der gewesen, für den er sich ausgab, oder hat getan, was er gesagt hatte, dass er tun würde. Bis auf mich. Und mir glaubt sowieso keiner.«
Emmie rückte näher zu ihm. »Ich glaube dir«, sagte sie.
Finn versuchte sich daran zu erinnern, wann er das letzte Mal etwas gegessen hatte, und bedauerte, dass er nicht in den kandierten Apfel gebissen hatte, der unter dem Achterbahnsitz gelegen hatte. Sein Magen fühlte sich an, als würde er gleich vor Hunger implodieren.
»Sag mir die Wahrheit, Emmie. Hast du immer an mich geglaubt, oder hast du auch an mir gezweifelt wie alle anderen?«
»Ich habe nicht so an dir gezweifelt wie sie, Finn. Auf keinen Fall.«
»Aber du hast. Zumindest ein bisschen.«
Emmie blickte auf den Boden. »Ein bisschen, ja. Es ist eben dauernd alles Mögliche passiert. Ich wusste natürlich, dass du kein Verräter bist ... aber dann ist noch mehr passiert. Du bist auf der Verseuchten Seite verschwunden. Und du hast eine Legende gestohlen und sie in einem Zug losgelassen.«
»Das war doch ein Unfall«, sagte Finn.
»Und du bist weiter weggelaufen, was dich wirklich verdächtig gemacht hat«, fuhr Emmie fort.
»Ich konnte ja nicht einfach mit erhobenen Händen wieder bei denen reinspazieren, oder?«, antwortete Finn und überlegte dann. »Obwohl, ich bin ja schließlich sogar mit erhobenen Händen da reinspaziert. Aber das war was anderes.«

»Ich musste mich entscheiden, ob ich weiter mit dir zusammen weglaufe oder ob ich einen anderen Weg finde«, sagte Emmie. »Also habe ich mich ergeben, weil ich dachte, ich könnte damit Luciens Vertrauen gewinnen und rausfinden, was wirklich vor sich geht.«

Darüber dachte Finn nach, obwohl sein Hirn gerade mit Wichtigerem beschäftigt war.

»Du hast nicht zufällig etwas zu essen dabei?«, fragte er.

Schritte näherten sich, und Hugo und Tiger-Eins-Zwölf kamen zu ihnen.

Finn hob die Hand zum Zeichen, dass sein Vater nichts sagen sollte. »Ich weiß, ich weiß«, sagte er. »Du hattest die ganze Zeit einen Plan.«

Hugo legte ihm als Antwort darauf seine Hand auf die Schulter. Finn zuckte zusammen, weil sie auf den Blutergüssen landete, die Sulawans fester Griff hinterlassen hatte.

»Deine Mutter wird ziemlich traurig sein, dass du ohne sie in Smoofy-Land warst«, sagte Hugo.

»Ich muss zugeben, dass die Achterbahn ganz schön gut ist«, antwortete Finn.

»Du schuldest ihr einen ausgedehnten Ausflug hierher«, sagte sein Vater und blickte sich um. »Sobald sie alles wieder aufgebaut haben.«

Hugo half Finn auf die Beine und klopfte ihm den Staub von der Jacke. Er schüttelte den Kopf und sah gleichzeitig stolz aus. Es schien, als könnte er sich nicht entscheiden, ob er seinen Sohn ausschimpfen oder triumphierend in die Luft heben sollte.

»Finn, das hier ist Tiger-Eins-Zwölf. Wir kennen uns schon sehr lange. Und jetzt schulden wir ihr einen großen Gefallen.«

»Ich komme auch aus einer Legendenjägerfamilie«, sagte Tiger-Eins-Zwölf. »Dein Dad und ich haben uns kennengelernt, als ich noch jung und in der Ausbildung war, aber unser Heimgesuchter Ort wurde schon vor langer Zeit friedlich. Ich bin nie zur Legendenjägerin geworden. Stattdessen habe ich angefangen, für die Herausgeber von *Die berühmtesten Legendenjäger* zu arbeiten.«

»Das ist die Frau, die deinen Eintrag in dem Handbuch schreiben wird«, sagte Hugo.

»Nun ja, ich leite ein Team, das sich um deinen Eintrag kümmert«, bemerkte Tiger-Eins-Zwölf etwas verlegen.

»Und was hat es mit deinem Namen auf sich?«, fragte Finn.

»Das ist ein Deckname. Wie jeder einen hat, der für *Die berühmtesten Legendenjäger* arbeitet. Damit wir anonym bleiben. Obwohl ich jetzt wahrscheinlich nicht mehr so richtig anonym bin.«

»Sie war Teil meines Plans, Finn«, sagte Hugo. »Weil ich nämlich wirklich die ganze Zeit einen Plan hatte. Ich hatte nicht vor, den Rest meines Lebens damit zu verbringen, Kakadus zu pediküren. Den Job bei *Pico Bello* habe ich nur angenommen, um nicht aufzufallen. Inzwischen habe ich übrigens gekündigt. Leider habe ich versäumt, die Schlange nach Mr Green zu werfen, als ich ging. Durch meine Arbeit dort konnte ich an die Zutaten für unsere Exsikkatorflüssigkeit kommen – was dir, wie ich hörte, in dem Zug das Leben gerettet hat –, und gleichzeitig sah es so aus, als wäre ich tatenlos. Ich selbst konnte Darkmouth nicht verlassen, sonst hätten wir alles verloren. Also habe ich um Hilfe gebeten.«

Finn war froh. Er hatte sich so gewünscht, dass sein Vater einen richtigen Plan gehabt hatte. Zugleich überkam ihn aber auch ein bisschen das schlechte Gewissen, weil er ihm nicht ganz geglaubt hatte.

»Dein Vater hat mich angerufen, als er hörte, dass ich den Handbucheintrag über dich schreiben würde«, sagte Tiger-Eins-Zwölf. »Einen Eintrag, der, ehrlich gesagt, ein ziemlich dunkles Kapitel in unserer Geschichte zu werden drohte. Ich war mir nicht sicher, ob ich Hugo helfen konnte. Es sah in der Tat so aus, als hättest du wirklich Schlimmes vor, Finn. Und diese ganze verrückte Flucht hätte das alles noch schlimmer gemacht, wenn ich nicht zufällig etwas gefunden hätte.«

Sie holte etwas aus ihrer Hosentasche und gab es Finn.

»Ein Stift aus der Tierhandlung in Darkmouth?«, fragte er.

»Dieser und andere Gegenstände wurden sehr weit weg von hier entdeckt«, antwortete Tiger-Eins-Zwölf. »Wo sie nicht hätten sein dürfen. Und wo bestimmte Vorfälle sich nicht hätten ereignen dürfen. An alten Heimgesuchten Orten, viele davon seit Jahrhunderten legendenfrei, an die, wie ich inzwischen weiß, Lucien Gehilfen schickte, damit sie dort versuchten, Tore zur Verseuchten Seite zu öffnen.«

»Dann haben sie ihre Experimente tatsächlich nicht nur hier und in Darkmouth durchgeführt?«, fragte Emmie.

»Weit gefehlt«, antwortete Tiger-Eins-Zwölf. »Lucien hatte

diesen ganzen Staub aus der Höhle in Darkmouth. Diese Kristallsplitter, fein zu Staub zermahlen. Und er wollte unbedingt einen Weg finden, ihn erfolgreich einzusetzen, wo immer er es für am wahrscheinlichsten hielt.«

»Zum Beispiel an alten Heimgesuchten Orten«, schlussfolgerte Finn.

»Früher öffneten sich Tore in solchen Gemeinden wie Metzelstadt, sie schienen also ideal zum Experimentieren.«

Finn bemerkte in einiger Entfernung noch zwei andere Leute zwischen den am Boden verstreuten Knochen. Aber er konnte sie nicht erkennen, weil sie sich im dunklen Schatten zwischen den grellen Smoofy-Land-Lichtern aufhielten.

»Also sandte Lucien Geheimtruppen in ehemals Heimgesuchte Orte auf dem ganzen Erdball«, fuhr Tiger-Eins-Zwölf fort. »Wo immer sie welche fanden. Ob sie inzwischen von Städten verschluckt, von Urwald überwuchert oder in der Wüste versunken waren. Egal.«

»Und irgendwann hat es funktioniert«, sagte Finn. »Hier, bevor das Gerippe rübergekommen ist. Sie haben rausgefunden, wie man ein Tor öffnet.«

»Deshalb war es auch so wichtig, dass du sie gestoppt hast, bevor es zu spät war«, sagte Tiger-Eins-Zwölf. »Bis dahin hatten sie nur Funken hinbekommen, Kratzer, winzige Risse im Gewebe zwischen den Welten. Aber das verträgt nicht sonderlich viel.«

Hugo ergriff jetzt das Wort. »Mit jedem Versuch, auch mit den erfolglosen, haben sie die unsichtbare Wand zwischen den Welten geschwächt und immer dünner gemacht. Dadurch konnte das Gerippe hindurchdringen und ... na ja, es hätte noch zu viel Schlimmerem führen können. Könnte es immer noch, wenn wir nicht dafür sorgen, dass sie wirklich aufhören.«

»Aber Dad«, sagte Finn und deutete auf die Verwüstung um sie herum. »Was meinst du denn mit noch viel Schlimmerem?«

»Wenn man eine Schutzwand zu sehr schwächt«, antwortete Hugo, »stürzt sie irgendwann ein.«

»Und das hieße ...?«, fragte Emmie.

»Furchtbares würde passieren«, antwortete Hugo. »Etwas ganz Furchtbares.«

Einen Moment lang herrschte Schweigen.

»Trotzdem bin nicht schlau daraus geworden, warum die Knochen an der Erdoberfläche auftauchten«, sagte Tiger-Eins-Zwölf dann. »Erst als es hier auch passierte und erst als Emmie uns erzählte, dass du dieses Gerippe auf der Verseuchten Seite gesehen hast, Finn. Da wusste ich, dass es auch hierherkommen würde. Was ich aber bis jetzt noch nicht wirklich verstehe, ist, warum die Rucksäcke, Kampfanzugteile und all die anderen Sachen von euch überall auf der Welt auftauchen.«

»Ich glaube, ich kenne die Antwort auf diese Frage«, sagte Finn und sah Emmie dabei an. »Auf der Verseuchten Seite gibt es Legenden, die ... die uns irgendwie ...«, er schämte sich, das Wort auszusprechen, »vergöttern. Mich und Emmie, meine ich.«

Hugo zog eine Augenbraue hoch.

»Ich weiß, es klingt verrückt, Dad«, sagte Finn, »aber genau das haben sie mir gesagt. Als ich bei unserem letzten Besuch dort drüben explodiert bin, habe ich ein paar Sachen zurückgelassen. Und die halten sie jetzt für heilige Überreste.«

»Du meinst, wie die Reliquien von Heiligen in manchen Religionen?«, fragte Hugo, der belustigt über den Gedanken wirkte, dass sein Sohn ein solches Idol sein sollte.

»Ich denke schon«, antwortete Finn. »Ich weiß, es klingt merkwürdig, aber sie haben sie im Boden vergraben, als Geschenke für das Gerippe. Opfergaben. Überall auf der Verseuchten Seite. Sie dachten, sie würden es damit vielleicht besänftigen.«

Immer noch liefen in einiger Entfernung zwei Personen zwischen den Knochen herum, die Finn nicht erkennen konnte. Sie suchten offenbar nach etwas. Hugo und Tiger-Eins-Zwölf schien das nicht zu kümmern.

»So etwas wie diesen Stift haben sie da drüben überall begraben«, erzählte Finn weiter. »Und als sich die einzelnen Teile des Gerippes von dort nach hier geschoben haben ...«

»... haben sie die Reliquien mit herübergebracht«, folgerte Tiger-Eins-Zwölf. Dann zeigte sie auf die zwei Leute zwischen den Knochen. »Genau danach suchen die beiden da drüben.«

Sie winkte dem Paar zu, das, beleuchtet von einer einhornförmigen Smoofy-Straßenlampe, näher kam.

Finn erkannte die beiden sofort. Der eine war der Mann von der *Blubberschrubb Autowäsche*, der Finn in Darkmouth im Vorbeigehen kurz gegrüßt hatte. Mit der zweiten Person hatte er sogar schon mehr Zeit verbracht.

»Anne«, sagte Finn zu der Frau, die sie von der Bahnstation mit nach Metzelstadt genommen hatte.

»Sie nennt sich Wölfin-Drei-Fünf«, sagte Emmie. »Ganz schön cool. Auf jeden Fall war es kein Zufall, dass sie gerade in der Nähe der Bahnstation war, als sie uns aufgelesen hat. Sie war uns schon die ganze Zeit gefolgt.«

»Wir hatten von eurem Verschwinden aus Darkmouth gehört«, erklärte Anne und kam zu ihnen herüber.

Der Mann von der *Blubberschrubb* Autowäsche setzte unterdessen seine Suche zwischen den Knochen fort.

»Ich wurde geschickt, um ein Auge auf euch zu haben, aber ich hätte euch, ehrlich gesagt, um ein Haar verloren«, erzählte Anne weiter. »Ihr wart auf einmal weg, und ich hatte gar nicht damit gerechnet, dass wir uns kurz darauf einfach so zufällig begegnen.«

»Dein Mut hat sie total überrumpelt«, stellte Hugo fest.

»Ich wollte es euch sagen und habe Tiger-Eins-Zwölf angerufen, um zu hören, was ich dann tun soll«, erklärte Anne. »Aber bis ich aufgelegt hatte, wart ihr schon weg.«

»Als Team arbeiten wir sehr gründlich beim Verfassen von *Die berühmtesten Legendenjäger*«, sagte Tiger-Eins-Zwölf. »Und während wir anfingen, uns näher mit dir zu befassen, stellte sich heraus, dass es nötig war, auch ein Auge auf Lucien zu haben. Und dass die Sorge deines Vaters, Darkmouth solle deiner Familie durch eine Verschwörung weggenommen werden, ihre Berechtigung hatte.«

Hugo sah einen erstaunten Blick über Finns Gesicht huschen.

»Und dass du recht hattest auch«, sagte Hugo, um ihm eine Freude zu machen.

»Was passiert jetzt mit Lucien?«, fragte Emmie. »Er wird doch sicher für immer weggesperrt, oder?«
»Das bezweifle ich«, antwortete Tiger-Eins-Zwölf, und Emmie ließ die Schultern sacken. »Ohne einen Rat der Zwölf, der das übernimmt, wird er nach Liechtenstein gehen und seinen Fall mit den anderen Gehilfen ausdiskutieren. Leider gibt es darunter ein paar, die mit seinem Vorhaben einverstanden waren, und die haben sicher etwas dagegen, dass durch *Die berühmtesten Legendenjäger* alles ans Licht kommt. Und unser Problem ist, dass wir auf diejenigen von ihnen angewiesen sind, die für die Legendenjäger zuständig sind. Ich fürchte, wenn die Lage sich erst einmal beruhigt hat und dort wieder jemand die Führung übernimmt, werden die Herausgeber sich auf eine Übereinkunft einlassen. Und die wird garantiert vorsehen, dass dieser Teil der Geschichte am Ende sehr weit hinten in einem sehr hohen Regal landet, um dort sehr viel Staub anzusetzen.«
»Das ist nicht fair«, sagte Finn.
»Stimmt«, erwiderte Hugo, »aber immer noch besser als die Alternative, dass wir in einem Deckelglas landen und in einem Regal Staub ansetzen. So verschwinden sie wenigstens alle nach Liechtenstein, und wir bekommen Darkmouth zurück. Das ist alles, was zählt.«
»Das ist *nicht* alles, was zählt«, widersprach Finn müde, aber entschieden.
Er wandte sich an Tiger-Eins-Zwölf. Ihm lag noch etwas Wichtiges auf dem Herzen. »Vertraut ihr mir denn jetzt alle?«

Tiger-Eins-Zwölf antwortete nicht gleich, sondern blickte sich um. Dann sah sie Hugo an. Danach wieder Finn.
Bevor sie jedoch etwas sagen konnte, ertönte ein Ruf von der Stelle, wo der *Blubberschrubb-Autowäsche*-Mann gerade die Knochen inspizierte.
»Ich hab hier etwas gefunden!«

59 NEUNUNDFÜNFZIGSTES KAPITEL

Sie stiegen über Knochen, Glitzer und Schutt hinweg und liefen zu ihm hin.

Der *Blubberschrubb-Autowäsche*-Mann stand auf einer runden Grasfläche, in deren Mitte sich eine riesige Smoofy-Statue erhob. Er hockte sich hin und rieb Erde von einem harten, rechteckigen Etwas, das halb aus dem Boden ragte.

Tiger-Eins-Zwölf und Hugo erreichten ihn zuerst und blieben stehen, während Anne mit einer Taschenlampe auf das Objekt leuchtete.

»Oh nein«, sagte Tiger-Eins-Zwölf so leise, dass es kaum zu verstehen war.

»Warte da, Finn«, sagte Hugo und streckte die Hand aus, um seinen Sohn aufzuhalten, als er fast schon bei den anderen war. Dann stellte er sich vor ihn und versperrte ihm die Sicht.
Aber Finn konnte noch erkennen, wie Emmie die Hand vor den Mund schlug.
»Was ist denn da?«, fragte er und wurde zunehmend unruhiger, weil man ihm die Sicht verwehrte.
»Vielleicht ist es nur irgendein Scherz«, sagte Anne.
»Wahrscheinlich. Es kann ja auf keinen Fall echt sein«, antwortete der *Blubberschrubb*-Mann.
»Doch, kann es«, erwiderte Tiger-Eins-Zwölf.
Finn versuchte, sich an seinem Vater vorbeizudrücken, schaffte es aber nicht. »Warum soll ich es nicht sehen?«, fragte er besorgt.
»Bisher haben wir nur Gegenstände gefunden, die Finn zurückgelassen hat, wenn er in die Vergangenheit gereist ist«, fuhr Tiger-Eins-Zwölf fort und kauerte sich vor das Objekt, von dem Finn jetzt gerade so den gesprungenen Rand erkennen konnte.
Es war aus Stein, mit einem schwarzen Schimmer, in dem sich die bunten Lichter von Smoofy-Land spiegelten.
»Aber die Kristalle in der Höhle von Darkmouth haben nicht nur Tore in die Vergangenheit geöffnet«, sagte Hugo. »Meinen Vater haben sie auch in die Zukunft gebracht. Wir wissen zwar nicht, wie weit, aber wir wissen, dass er dort war.«
»Du willst also sagen …«, begann Emmie und sah von dem Objekt zu Finn.

»... dass es sein kann, dass ein Gegenstand aus Darkmouth irgendwann *in der Zukunft* auf die Verseuchte Seite gelangt und dort zu einer Reliquie wird«, sagte Tiger-Eins-Zwölf.

»Um anschließend wieder in die Gegenwart zu kommen«, sagte Hugo und klang verwirrt.

Finn versuchte entnervt, seinen Vater zur Seite zu schieben, ohne Erfolg. »Ich muss es aber sehen«, ließ er nicht locker.

Hugo drehte sich um und legte Finn die Hände auf die Schultern. »Es ist vielleicht gar nichts«, sagte er. »Das musst du wissen, bevor du dir das ansiehst.«

Dann trat er zur Seite.

Die anderen machten auch Platz und gaben den Blick auf das Objekt frei.

Sie sahen schweigend zu, wie Finn darauf zuging, alle mit todernster Miene. Es war merkwürdig, fast wie auf einer Beerdigung.

Dann verstand Finn, warum.

Das Objekt war eine verwitterte Steinplatte, die oben schon gesprungen war. Doch als er sich hinhockte und die letzten Reste Erde davon wegwischte, waren die eingemeißelten Worte deutlich zu lesen.

FINN DER
WIDERSPENSTIGE
14 Jahre

Ruhe in Frieden

Inzwischen

Viele tausend Kilometer entfernt kam der Wind aus der verkehrten Richtung.

Er wehte durch die Wüste und trieb einen schmalen Streifen Sand vor sich her, zwang ihn über den Scheitel einer Düne, den Hang hinunter auf ein verlassenes Dorf zu, quer über den flachen Erdboden an der Hütte vorbei, in der der alte Warmaksan der Unerschütterliche wartete. Pflichtbewusst. Geduldig. Ein wenig gelangweilt, wenn er ehrlich zu sich selbst gewesen wäre. Was er aber nicht war, denn das hätte ihm die Gefahr vor Augen geführt, wahnsinnig werden zu können. Dies war kein Ort, an dem er wahnsinnig werden wollte. Da draußen gab es schon genug Wahnsinn, auch ohne dass er noch etwas hinzufügte.

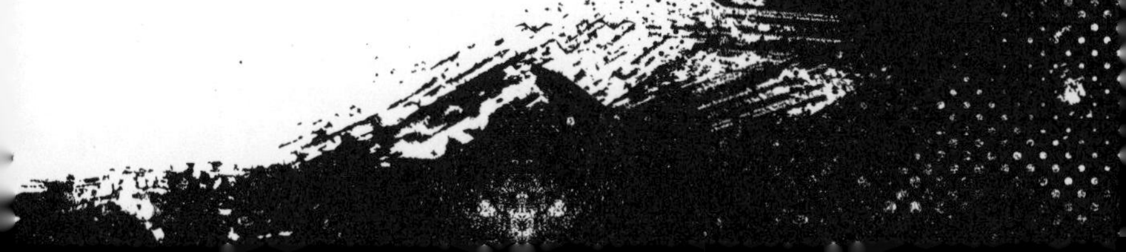

Er bemerkte aber den Wind. Bemerkte, wie er an seinen Zehen kitzelte, wie der Sand in kleinen Häufchen vor den Stuhlbeinen liegen blieb. Vor allem jedoch merkte er, dass er aus der falschen Richtung kam.
Bisher war der Wind immer aus Westen gekommen, war an der Rückwand der Hütte hinaufgewandert, in der er saß. Dieser hier wehte aber von Osten herein.
Warmaksan der Unerschütterliche überdachte das, griff nach der nächstgelegenen Waffe, zögerte noch einen Moment und entschied sich dann, sie fest zu umklammern. Denn er hatte noch etwas anderes bemerkt. Etwas viel Beunruhigenderes. Etwas, das er seit seiner Kindheit nicht mehr erlebt, das die Wüste seit Jahrzehnten nicht mehr geschmeckt hatte.
Regen.
Er war leicht, nur ein paar Spritzer, die der Wind in die Hütte trug. Warmaksan ging langsam zur Tür. Das grelle Licht des Tages hatte sich verdüstert, die Temperatur war gefallen.
Als er die Türschwelle erreichte, erschreckte ihn eine Eidechse, die Schutz suchend zwischen seinen Füßen hindurchhuschte.
Warmaksan trat hinaus und wäre fast auf eine zweite Eidechse getreten. Und eine dritte. Am Boden wimmelte es von Eidechsen, die aus dem Sand kamen, ihre Verstecke verließen, alle in eine Richtung strömten. Fort. Hinaus aus dem Dorf.
Er sah ihnen nach, wie sie mit panisch peitschenden Schwänzen verschwanden, und wandte sich dann wieder in die Richtung, aus der sie gekommen waren. Dort drüben stand noch eine Hütte, ein kleines Nebengebäude, das schon lange aufgegeben war und der Wildnis

und Leere überlassen wurde. Dahinter sah Warmaksan ein Schimmern, einen hellen Fleck, einen Lichtschein, der über beide Seiten hinausstrahlte.

Mit erhobener Waffe schritt Warmaksan darauf zu. Mit langsamen, gleichmäßigen Schritten. Widerwillig, aber pflichtbewusst. Regen rann ihm die Nase herunter, kitzelte an seiner Lippe.

Er ging um die Hütte herum. Und erblickte ein Tor.

Es war nicht breiter als seine Hand und doch breit genug, um hindurchzuspähen. Von seinem blauen Himmel hob sich unheilvoll ein golden glänzender Streifen ab.

Es war ein Riss in der Welt.

Und er wurde größer.

60 Sechzigstes Kapitel

Das Haus roch nach anderen Menschen. Nach ihren Kleidern und ihrem Essen.

Finns Zimmer roch vor allem nach Tiberius und Elektra. Es glich einer Müllhalde, war von zwei wild gewordenen Kindern auseinandergenommen worden, die vorübergehend darin gewohnt hatten.

Finn hob ein abgebrochenes Schwert auf. Aus den Regalen gerissene Bücher. Etwas, das aussah wie ein mumifizierter Basilisk. Er konnte vor lauter Zeug, das auf dem Boden herumlag, kaum den Teppich sehen und benutzte das abgebrochene Schwert, um ein wenig in den Bergen von Sachen herumzustochern. Er würde früher oder später alles aufräumen müssen und hoffte nur, dass dieser Geruch – *ihr* Geruch – rasch wieder verschwinden würde.

Es klopfte.

Seine Mutter stand in der Zimmertür.

»Findest du das hier etwa schon schlimm? Ich habe ungefähr eine Tonne Brause gefunden, mit der die Abflüsse verstopft waren«, sagte Clara. »Allerhand, was diese Gehilfen so angestellt haben, während wir fort waren.«

Hinter Clara stand Hugo und rieb sich das Kinn – immer ein sicheres Zeichen, dass er nicht entspannt war. Er hielt etwas in der Hand. »Das hier ist eine sechshundertfünfzig Jahre alte Minotaurenklaue, die sich schon seit Generationen in Familienbesitz befindet. Die haben sie als Klopapierhalter benutzt.«

Finn schaffte es durch das Chaos, um ein Fenster aufzumachen und frische Luft hereinwehen zu lassen. Es fühlte sich gut an, denn sie kühlte sein Gesicht.

Emmie kam ins Zimmer. »Du solltest dieses Durcheinander hier aufräumen«, sagte sie grinsend. »Das sieht ja aus, als hätte hier 'ne Hydra gewütet.«

»He, glaub nicht, dass dieser ganze Rote-Kriegerin-Kram bedeutet, dass du mir sagen kannst, was ich zu tun habe.« Finn lächelte. »Ich habe dein Zimmer gesehen, und es sieht schlimmer aus als die Nasenhaare eines Hogboons.«

»Hast du mit deinem Vater gesprochen?«, fragte Clara Emmie. »Er ist bestimmt außer sich, weil er alles verpasst hat, was passiert ist. Alles, was du getan hast.«

»Ja, er beendet seinen Job in Liechtenstein und kommt sobald wie möglich her«, antwortete Emmie. »Er sagt, es gibt eine Menge Wirbel in der Hauptverwaltung, während sie untersuchen, wer für das alles verantwortlich ist.«

»Es gibt überall viel Dreck wegzuräumen«, sagte Hugo und rieb sich immer noch das Kinn. »Und vieles, worüber man sich Sorgen machen muss.«
Alle Blicke wanderten zu Finn.
»He, ich bin noch nicht gestorben. Und ich werde auch nicht sterben. Also hört auf, mich so anzusehen.«
»*Eine* gute Nachricht haben wir immerhin für dich«, sagte Clara und unterbrach die traurige Stimmung, indem sie Finn einen Brief gab.
Finn öffnete ihn und sah sofort das Smoofy-Land-Logo am oberen Rand.
»Du machst Witze, Mam. Wir machen da keinen Ausflug hin, bitte ...«
»Lies einfach«, antwortete Clara.

> *Hiermit wirst du offiziell davon in Kenntnis gesetzt, dass es dir, deinen Freunden und mindestens fünf aufeinanderfolgenden Generationen deiner Familie untersagt wird, jemals Smoofy-Land zu besuchen ...*

Finn lachte. »Großartig.«
»Das ist nicht fair«, sagte Emmie. »Ich bin überhaupt nicht dazu gekommen, mit irgendwas zu fahren. Die Achterbahn sah fantastisch aus. Wisst ihr eigentlich, dass es die glitzerndste ...«
Finns beißender Blick ließ sie verstummen. Emmie grinste.
»Was soll's?«, sagte sie. »Ich bleibe jedenfalls bei euch, bis mein Dad zurückkommt, und was immer hier abläuft, toppt sowieso jeden Freizeitpark.«

Finn knibbelte ein paar Bonbonpapiere von der Wand und dachte an alles, was passiert war. Und an die eine Sache, die noch passieren musste und die jetzt wie ein riesiges Gewicht auf ihm lag.

Finn der Widerspenstige. Ruhe in Frieden.

Er spürte die Blicke der anderen im Nacken.

Er hatte keine Wahl. Er musste in die Zukunft aufbrechen, die für ihn vorbestimmt war. Sie würde ihn hier einholen oder anderswo, aber sie *würde* ihn einholen.

Und in diesem Augenblick wartete bereits die erste große Aufgabe auf ihn. Immerhin wusste er, dass er dabei nicht allein sein würde.

»Also schön«, sagte er und hob einen Exsikkator auf, der in Lametta gewickelt war. »Ihr dürft mir jetzt alle helfen, mein Zimmer aufzuräumen.«

Ende

danksagung

Besonderer Dank gebührt meiner fantastischen Agentin Marianne Gunn O'Connor und Pat Lynch von der O'Connor Literary Agency.

Danke allen bei Oetinger, besonders meinen Lektorinnen Anne-Kristin Schorling und Astrid Wedekind.

Vielen Dank dem fantastischen Illustrator Moritz Schaaf.

Und ein ganz besonderer Dank der wunderbaren Übersetzerin Birgit Salzmann.

Wie immer gelten die größte Liebe und Dankbarkeit meiner Frau Maeve und unseren Kindern Oisín, Caoimhe, Aisling und Laoise.

Danke außerdem meinen Eltern Marie und Tim, die mich als Kind immer mit Büchern gefüttert haben, wenn ich welche brauchte. Und mit echten Leckerbissen noch dazu.